»hurra VOLLIDIOT präsentiert das außergewöhnliche beobachtungs- und beschreibungstalent von einem der gerne frauen mehr liebt als alles andere, fast schon mehr als das eigene glück«

SMS von ANKE ENGELKE

»Die absurden Situationen sind einfach köstlich. Tommy Jauds Sprache, die Schenkelklopfer, die oftmals aus nur einem Satz oder gar Wort entstehen – das reicht noch für einige Fortsetzungen.«

Verena Mayer, *Süddeutsche Zeitung*

Tommy Jaud, geboren 1970, lebt als freier Autor in Köln. Er war u.a. Headwriter der Kult-Sendung ›Ladykracher‹ und schrieb das Drehbuch zur TV-Komödie ›Zwei Weihnachtsmänner‹, 2009 ausgezeichnet mit dem Deutschen Comedy-Preis. Nach dem Roman-Erfolgsdebüt ›Vollidiot‹ (2004) kletterte ›Resturlaub. Das Zweitbuch‹ 2006 auf Platz 2 der Jahresbestsellerliste Belletristik, die ›Vollidiot‹-Fortsetzung ›Millionär‹ erreichte 2007 aus dem Stand Platz 1 der SPIEGEL-Bestsellerliste, ebenso wie ›Hummeldumm. Das Roman‹, der Jahresbestseller 2010.

Alles und mehr unter www.tommyjaud.de

Unsere Adresse im Internet: www.fischerverlage.de

TOMMY JAUD

VOLLIDIOT

DER ROMAN

FISCHER
TASCHENBUCH
VERLAG

Limitierte Sonderausgabe
Veröffentlicht im Fischer Taschenbuch Verlag,
einem Unternehmen der S. Fischer Verlag GmbH,
Frankfurt am Main, April 2011

Lizenzausgabe mit Genehmigung des Argon Verlags
© 2004 Argon Verlag GmbH, Berlin
Druck und Bindung: GGP Media GmbH, Pößneck
Printed in Germany
ISBN 978-3-596-51159-4

Für Wolfgang und Brigitte

MACADAMIA NUDGE MATSCH

Ein dürrer, kleiner Ikea-Verkäufer mit lichten, roten Haaren und großer Nase tippt mich an. Lieber Gott, danke dir, dass ich nicht so aussehe!

»Kann ich Ihnen helfen?«

Kann er nicht. Es sei denn, Ikea hätte das Rasierklingen-Set *Suizöd* im Programm oder den Strick *Hängan*. Ich weiß auch nicht wirklich, warum und wie lange ich vor dem *Karlanda*-3er-Sofa mit Anbauelementen gestanden habe. Ebenso ist es mir ein Rätsel, warum ich überhaupt hier bin: Schließlich gibt es für einen Single nichts Ungeeigneteres, als einen verregneten Oktobersamstag bei Ikea zu verbringen. Das ist garantiert auch der Grund, warum man dort keine Singles sieht. Keinen einzigen! Glückliche Pärchen mit und ohne Kind ziehen feixend ihre Runden und diskutieren, ob der *Gullholmen*-Schaukelstuhl zum Sofa *Ektorp* passt oder nicht. Passt er nicht, möchte ich schreien, genauso wenig wie ihr mir in den Kram passt mit euren biederen Markenpullovern und eurer stinklangweiligen Standardfamilie *Vörort*.

Nirgendwo auf der ganzen Welt wird einem Single sein ganz persönliches Scheitern konzentrierter und kaltblütiger vor Augen geführt als bei Ikea. Und zwar auf ganzer Linie. Ikea, das ist kein Einrichtungshaus, das ist ein ausgeklügelter, skandinavischer Lehrpfad des Versagens, der durch das eigene Nichts direkt zu einer der dreißig gelbblauen Kassen führt.

Wohnzimmer. Zusammen sein. Mit Ihren Freunden oder Ihrem Schatz. Rumms! Voll in die Fresse. Zusammen sein? Mit wem? Ich hab nur einen Freund, und der ist wehleidig und fett. Und einen Schatz hab ich schon gar nicht und deswegen auch keinen Bedarf an einem Dreisitzer. Danke schön!

Schlafzimmer. Liebesnest. Tummelplatz. Schmuseecke. Ein Ort zum Beisammensein. Zum Glücklichsein.

Ich sehe die Schlagzeile in der *Bild*-Zeitung schon vor mir: *Massaker in Werbeagentur – frustrierter Single tötet zehn Ikea-Katalogtexter mit Bratpfannenset Bruzzlon.* Textest du noch, oder stirbst du schon? Vielen verschissenen Dank. Meiner Meinung nach sollten Singles nur in Begleitung von Freunden oder professionellen Therapeuten zu Ikea. Ich jedenfalls war zum letzten Mal hier. Zwanzig verdammte Kilometer bin ich gefahren, nur um was zu finden, in das man sich setzen kann, wenn man mal keinen Bock auf Stehen oder Liegen hat. Dann endlich sehe ich den Sessel, den ich mitnehmen wollte.

Ein Musterpärchen, das ich von Seite zehn des aktuellen Katalogs zu kennen glaube, lässt sich lachend auf das Ledersofa *Liegan* fallen und schmust doof herum. In genau dieser Sekunde wird mir wieder bewusst, dass ich mich bereits in Singlephase vier befinde.

SINGLEPHASE EINS:

Frisch getrennt und voller Lebensmut meldest du dich wieder bei deinen fast vergessenen Saufkumpanen, nur um festzustellen, dass die inzwischen ganz andere Interessen entwickelt haben. Interessen fernab von Beck's und Frauen aufreißen. Logisch. So hast du's ja auch gemacht, als du noch eine Freundin hattest. Weil sie Mitleid haben, darfst du natürlich gerne vorbeikommen, zum gemütlichen Fernseh-Abhängabend. Aber natürlich hast du keine Lust, Erdnuss knabbernd zuzuschauen, wie Thomas Gottschalk seine achttausendste Saalwette vorliest, während das Wohnzimmer gerade in Schatzi-Schatzi-Harmonie absäuft. Deine Ex wird das neue Feindbild. Du gibst ihr die Gesamtschuld für das Scheitern der Beziehung, informierst Freunde, Bekannte und alle Boulevardmagazine. Und dann gibst du Gas. Du meldest dich im Fitnessclub an, gehst bis in die Puppen aus und könntest jede haben. Willst du aber nicht. Noch nicht!

SINGLEPHASE ZWEI:

Du findest das Leben sensationell und voller Möglichkeiten. Du warst schon zwei Mal in deinem neuen Fitnessclub und bist im Aerobic-Kurs kurz davor, den Basic Step zu erlernen. Natürlich siehst du immer noch aus wie ein Calvin-Klein-Model nach vier Wochen Bahnhofstrich, freust dich aber schon auf deine einzeln definierten Bauchmuskeln, die du im Supermarkt immer auf den *Men's-Health*-Covern sehen musst. Wie du hörst, hat deine Ex auch noch keinen neuen Partner. Du schaust dich inzwischen vorsichtshalber schon mal nach einer Neuen um – wäre doch zu blöd, wenn du NACH deiner Ex Erfolg hättest.

SINGLEPHASE DREI:

Du HAST nach deiner Ex Erfolg. Man hat sie zusammen gesehen, und angeblich ist er sehr muskulös. Du kämpfst immer noch mit dem Basic Step und wünschst dir, dass mal ein paar scharfe Frauen in den Kurs kämen. Tun sie aber nicht. In deinem Übereifer hast du nämlich übersehen, dass du einen Zweijahresvertrag im beliebtesten Gay-Fitnessclub der Stadt unterzeichnet hast. Du buchst einen wahnsinnig teuren Urlaub in einem Single-Ferienclub und glaubst doch tatsächlich, dass du dort auf alle Fälle mal zum Zuge kommst. Insgeheim schiebst du eine tierische Angst, dass du der Einzige sein wirst, den Air Berlin ungevögelt nach Köln zurückfliegt. Natürlich glaubst du noch an deinen Erfolg, wo du doch so ein klasse Typ bist. Die Frauen können ja nicht total bescheuert sein.

SINGLEPHASE VIER:

Die Frauen SIND total bescheuert. Fakt ist, sie interessieren sich einen Dreck für dich, was vor allem daran liegt, dass du bei jeder halbwegs attraktiven Frau zehn verschiedene Sex-Stellungen im Kopf durchgehst und man das natürlich sofort sieht. Das Wort *Ficken* steht auf deiner Stirn. In 1000 Punkt Times New Roman mit diversen Leuchteffekten. Du bekommst weltweites Hausverbot bei Ikea, weil du ein Pärchen von einem braunen Ledersofa gezogen und gezwungen hast, alle Plastikbälle aus dem Kinderparadies zu essen. Wie gesagt, das ist MEINE Phase. Ach ja, und ...

SINGLEPHASE FÜNF:

Du gehst wieder recht gerne in deinen Schwulenfitnessclub.

Doch dazu wird es nicht kommen!

Ich bemerke, dass der langnasige Verkäuferzwerg immer noch neben mir steht.

»Sie möchten sich setzen?«

»So sieht's aus. Und zwar bequem!«

»Dachten Sie eher an einen Zwei- oder Dreisitzer?«

Hallo? Steht eine glückliche Familie neben mir, mit einer »Wir möchten uns mit Papa setzen!«-Banderole?

»Ich dachte eher an etwas, auf das ich mich alleine setzen kann, wenn ich weder stehen noch liegen möchte, wissen Sie?«

»Alles klar. So 'ne Art Single-Sessel, was? Die haben wir hier ...«

Ich werde eine E-Mail an die Konzernleitung schreiben und sie auffordern, diesen zu kurz geratenen Aushilfs-Pinocchio fristlos zu feuern. Zuvor allerdings, so informiert mich Zwerg *Zwergan*, soll ich mir das Regal 30 C merken, denn dort sei mein Single-Sessel. 30 C. Warum schreibt er mir das nicht auf einen Zettel? Sind doch nur zwei Ziffern und ein Buchstabe!

30 C!

Ich sehe überhaupt nicht ein, warum ich mir das merken soll. Es gibt wichtigere Informationen als die, wo ein Sessel steht. Hat dieses besoffene Schwedenpack überhaupt eine Ahnung davon, wie viele Zahlen ich mir schon merken muss? Meine Hausnummer, meine Kontonummer, mindestens fünf Internet-Passwörter und dann noch die Telefonnummer von Flik. Entschieden zu viel. Was ist, wenn ich heute Abend meine Traumfrau treffe und wenn die mir ihre Telefonnummer gibt und ich sie mir nicht merken kann, weil diese völlig unnötige 30-C-Information wertvollen Speicherplatz blockiert? Eine Katastrophe! Und was mache ich mit dieser 30 C, wenn ich meinen Sessel gefunden habe? Schicke ich sie an das Archiv des nutzlosen Wissens? Gibt es so ein Archiv? Ganz bestimmt nicht! Deswegen sage ich:

»Ich weigere mich, mir die 30 C zu merken!«

Meine Forderung unterstütze ich, indem ich auf den Verkaufstresen *Tresan* poche und ergänze: »Schreiben Sie mir die Nummer bitte auf!«

»Aber Sie haben sie sich doch schon gemerkt«, poltert der dreiste Zwerg zurück und wagt es sogar, sich einfach so abzuwenden, ohne mir noch einen schönen Abend zu wünschen. Egal, ich hätte sowieso keinen schönen Abend. Deutschland geht den Bach runter, wenn man mich fragt. Und Schweden sowieso. Stinksauer mache ich mich auf den Weg ins Mitnahmelager. 30 C!

Es ist schon fast dunkel, als ich meinen neuen, flach verpackten Single-Sessel aus meinem gelben Peugeot 205 lade. Wirklich gelb ist er nicht, der Peugeot, eher landratsamtmetallic, also mit einem Spritzer Müllabfuhrorange. Der Single-Sessel hingegen ist eierschalenfarben. Mühsam schiebe ich das Paket in den Eingangsbereich meines Apartmentblocks. Die Lifttüre steht offen, fast so als erwarte mich jemand. Das ist natürlich Unsinn. Auf mich wartet nämlich keine Sau. Ich fahre hoch, schließe die Tür zu meiner überteuerten Zweizimmerwohnung auf, knipse das Licht an und schleppe mich mitsamt Sessel über das verkratzte Parkett in mein Wohnzimmer. Ich bin immer noch total angepisst, dass ich mir die 30 C gemerkt habe! Ich reiße mehrere Meter Plastik vom Sessel und kiloweise Pappe und werfe sie auf meinen Balkon. Dann zünde ich mir eine Kippe an und schalte meinen 3000-Euro-Flachbild-Plasmafernseher ein, in der Hoffnung, dass ich über die Nachrichten die beknackte Regalnummer vergesse. 30 C! So ein Scheiß! Während Peter Kloeppel verkündet, dass sich der Zoo in San Diego über Delphinnachwuchs freut, lasse ich mich in meinen *Jennylund*-Sessel fallen. Seltsamer Name für einen Sessel. Wahrscheinlich ist das mal wieder der Name der Designerin. Bei *Jennylund* könnte das gut sein. Obwohl: klingt eher nach einer billigen Pornodarstellerin. Sitze ich auf einem Pornosessel? Ich streiche über die Lehne.

Jenny Schlund, du geile Sau!

O ja, Simon, besorg's mir!

Vielleicht hatte ich ja doch zu lange keinen Sex mehr. Ich sollte ausgehen, ein nettes Mädel kennen lernen und eine Familie gründen. Am besten noch heute Abend! Ein plötzliches Gefühl von Leere und Einsamkeit wabert mir entgegen. Ich versuche auszuweichen, aber das Gefühl hat mich schon umhüllt. Aber wahrscheinlich ist das immer so am letzten Arbeitstag vor dem Urlaub. Ich arbeite im T-Punkt. Das ist so ein Laden, über den sich alle ständig aufregen. Ich übrigens auch. Und ich arbeite immerhin dort! Am schlimmsten sind natürlich die Kunden. Alle? Ja, alle!

»Sagen Sie, haben Sie dieses Internet, von dem man jetzt so viel spricht?«

»Das tut mir Leid, das letzte Internet hab ich gerade eben verkauft!«

»Wissen Sie vielleicht, wann Sie wieder eines reinbekommen?«

»Schwer zu sagen, morgen kriegen wir eine Ladung Telefonanschlüsse, vielleicht ist da was bei!«

»Dann komme ich morgen noch mal?«

»Das wäre toll. Und am besten, Sie fragen dann direkt meinen Kollegen, den Herrn Jarck, der ist fürs Internet zuständig!«

»Danke schön!«

»Immer gerne.«

Wie gesagt: Ich hasse meinen Job. Manchmal glaube ich, der T-Punkt wurde nur deswegen eröffnet, um mich arme

Wurst endgültig kleinzukriegen. Aber egal. Morgen Abend geht's in die Sonne und bis dahin brauche ich auch keinen einzelligen Schwachstrullern mehr den Unterschied zwischen Breitband und Trennwand zu erklären. Ich stelle Peter Kloeppel lauter und greife nach einer weiteren Prince Denmark, die ich mir mit einem roten Gasofenfeuerzeug anzünde. Es ist einer dieser trüben Herbstnachmittage, die absichtlich schon kurz vor fünf in die Knie gehen, damit Singles wie ich noch frühzeitiger in ihre Depression schlittern können. Mein Kumpel Flik behauptet zwar, dass das nun mal so wäre mit dem Dunkelwerden, wenn es auf den Winter zugeht, aber ich bin überzeugt, dass die da oben das absichtlich machen, einfach nur, damit ich mich noch beschissener fühle. Samstagabende, das sind die schlimmsten, wenn man alleine ist. Gleich danach kommt der Sonntag und danach der Freitagabend, der ist auch schlimm. Ganz besonders, wenn man seit Monaten alleine ist und auf einem eierschalenfarbenen Ikea-Stuhl *RTL aktuell* mit Peter Kloeppel sieht. Nicht mal der ist alleine, denn neben ihm sitzt eine gewisse Ulrike von der Groeben, die verstehen sich prima, die beiden. Ja, sie haben sogar gemeinsame Interessen! Ich habe nämlich schon ein paar Mal gesehen, wie dieser Kloeppel was zum Thema Sport gefragt hat und die Frau von der Groeben sich dann total über diese Frage beömmelt hat und dem Herrn Kloeppel dann alles erzählt hat. Und dann hat der sich gefreut und sich bedankt! Ein tolles Paar. Das passt!

Neben mir liegt das Buch *Sorge dich nicht, lebe!*, das mir Flik geschenkt hat. Eigentlich eine Frechheit, dass er glaubt, ich hätte so was nötig. Ich hab's fast durch. Inzwischen weiß ich schon so viel: Ich soll mir nicht so viele Sorgen machen und mehr leben. Und dann steht da noch, dass man halt grob wissen sollte, wo man hin will im Leben, und damit meinen die nicht, dass man weiß, ob man jetzt bowlen geht oder ins Kino, sondern so die richtigen Dinge im Leben wie Liebe und Karriere und so. Das Problem ist nur, dass genau das mein Problem ist und ich nicht weiß, wo ich hin will, und dann ist das halt auch mit den Zielen nicht so einfach. Während ein gelackter Österreicher irgendwas zum Thema Herbstwetter erzählt, blättere ich vor zu den Problemlösungsstrategien. Das ist die Stelle, wo man so Sachen mit Bleistift reinschreiben kann, was ich auch schon gemacht habe.

Frage eins: *Was ist das Problem?*
Antwort: *Ich hab keinen Bock, meine Ziele aufzuschreiben.*
Frage zwei: *Was ist die Ursache des Problems?*
Antwort: *Ich weiß nicht, warum ich das tun sollte, weil ich keine Ziele habe.*
Frage drei: *Welche Lösungen sind möglich?*
Antwort: *a) Ich mach das ein andermal.*
b) Ich haue Flik das Buch um die Ohren.
c) Ich baller mir zehn Bier hinter die Binde.
Frage vier: *Welche Lösung schlagen Sie vor?*
Antwort: *c!*

Ich knipse den Österreicher weg und drücke meine Zigarette aus. Ganz schön still, so ohne Fernseher. Ich schalte den Fernseher wieder an, ziehe mein Handy aus meiner Hosentasche und klicke mich durchs Adressbuch. Das muss man machen, wenn man selbst nicht mehr angerufen wird.

ADAC, Air Berlin, Alexander, Bernd W. ...

Bernd Weile. Der ist nett, mit dem könnte ich mal wieder auf die Rolle gehen! Kurz vor dem Wählen fällt mir ein, dass Bernd in München wohnt und ich in Köln. Mal abgesehen von der Frage, wer da das größere Pech hat, ist das entschieden zu weit für ein Bierchen.

... Eva, Fabienne, Flik ...

Ich könnte Flik anrufen, den alten Langweiler. Eben, da haben wir's ja schon. Was sollte an einem Abend mit Flik passieren? Nach vier Bieren wird ihm wieder schlecht, und ich stehe alleine da. Oder er verdirbt sich den Magen an einem verdorbenen Zwiebelstück auf einer Pizza. Ich klicke weiter und lande bei meiner letzten Freundin. Oha!

... Julia ...

Was macht die denn noch in meinem Speicher? Und zack: gelöscht! Ein gutes Gefühl! Selbst wenn ich wollte, könnte ich sie jetzt nicht mehr anrufen. Es sei denn, ich fragte Iris nach ihrer Nummer. Hab ich die Nummer von Iris noch? Gott sei Dank! Man weiß ja nie. Vielleicht sieht sie ja endlich ein, dass sie einen Riesenfehler gemacht hat und kommt winselnd zurückgekrochen? Ich will mir mit der alten Kippe eine neue anzünden, bemerke aber, dass ich noch gar keine rauche, zünde mir eine an und stecke die zweite erst mal weg, weil zwei auf einmal rauchen, das geht nun wirklich nicht. Klick, klick.

Vorbei an der strohdoofen Miriam, die ich nicht lösche, weil ich bei ihr ab und zu noch einen Pikser machen darf, klicke ich mich schließlich zur technischen Hotline von Siemens. Mit Siemens kann man nicht weggehen. Siemens ist ein multinationaler Mischkonzern, und das ist auch der Grund, warum man Siemens nicht vögeln kann. Ich frage mich, was die Nummer in meinem Handy verloren hat. Ach ja … wegen meiner Kaffeemaschine, die sich seit dem 1. 1. 2000 nicht mehr auf »Zeitversetztes Brühen« einstellen lässt. Ganz gespannt darauf, wer denn nun wegen dieses unglaublichen Jahrtausendfehlers in Aufzügen stecken bleibt oder in Flugzeugen abschmiert, war ich natürlich der einzige Mensch auf der ganzen Welt, den es tatsächlich getroffen hat. Mit seiner Kaffeemaschine! Klick, klick.

… *Kati, Katja, Lala* …

Lala ist meine kroatische Putzfrau und nicht unbedingt die erste Wahl für hemmungslose Saufabende. Klick, klick.

… *Paula, Petra* …

Von Paula weiß ich, dass sie gerade nicht in Köln ist, und Petra geht ohne ihren komischen Hund sowieso nirgendwohin. Klick, klick.

… *Taxi Köln* …

Wenn ich einem Taxifahrer einen Fünfzig-Euro-Schein in seine verspeckte Hemdtasche steckte, würde er bestimmt ein paar Kölsch mit mir zischen. Ich könnte mich natürlich auch an der Taxischlange vorbeischleichen und mir eine scharfe, nymphomane Taxifahrerin aussuchen! Und wenn wir's dann gemacht hätten, brauchte ich ihr nicht mal ein Taxi zu rufen, weil sie ihr eigenes ja schon mithätte. Wie praktisch! Klick, klick.

Ich klicke weiter, als etwas völlig Unerwartetes geschieht. Mein Handy klingelt. »Unbekannter Anrufer« steht auf dem Display. Was ist, wenn das Julia ist, deren Nummer ich gerade gelöscht habe? Solche Zufälle soll's ja geben! Ich reiße mich zusammen und gehe vorsichtig ran.

»Hallo?«

»Hi! Was machste? Du klingst gestresst!«

»Ich BIN gestresst! Das Telefon hat geklingelt!«

Es ist Phil Konrad. Der Super-Poser. Mister »Hey-ich-fühl-mich-sexy-ich-glaube-da-geht-heute-was«. Mr. Dauerpleite, der mir noch mindestens zehn Bier schuldet. Und der Wichser hat einen gut bezahlten Job bei 'ner Fernsehproduktion. Ich darf ja im T-Punkt für einsfünf netto irgendwelchen trüben Tulpengesichtern verklickern, warum die Leitung besetzt ist, wenn man schon telefoniert. Fakt ist aber, dass ich jetzt keinen Bock auf Phil Konrad habe. Er gehört zu der Sorte Mensch, die es zur wahren Meisterschaft darin gebracht haben, dass man sich in ihrer Umgebung stets unbedeutend und uncool vorkommt.

»Was machste heute Abend? Ich hab irgendwie das Gefühl, dass was geht!«

Dingdong! Da haben wir's! Will keiner mit ihm weg, weil er so ein Scheiß-Angeber ist. »Du, ich … ich steck bis zum Hals in Arbeit … Steuer und so … weißt ja, die Sachen, die man immer aufschiebt, und in genau dieser Sekunde hab ich angefangen! Außerdem flieg ich doch morgen in den Urlaub!«

»Wann?«

»Um 16 Uhr noch was!«

»Dann kannste doch heute noch mal weg. 16 Uhr ist doch cool. Also … was meinste, um zehn im Pub?«

Auf der anderen Seite: Besser als die viertausendste Wiederholung von *Beverly Hills Cop II*.

»Sagen wir viertel vor zehn?«

Ich kann es ums Verrecken nicht haben, wenn ich die Zeit nicht bestimmen darf.

»Von mir aus! Super. Bis dann!« Ich lege auf, ziehe die Beine auf *Jenny Schlund* und springe in meinem Sorgenbuch auf das wichtige Kapitel: *Akzeptieren Sie das Unvermeidliche.*

Der Kölner Ring ist schon wieder bevölkert mit Kaugummi kauenden Prolls, die irgendeine Scheiße in ihre geklauten Fotohandys labern. Es ist eine unbeschreibliche Mischung aus grenzdebilen Oliver-Geissen-Gästen und verfehlter Asylpolitik. Als ich ins Taxi springe, bin ich kurz verführt, auf der anderen Seite wieder auszusteigen und blöd grinsend ein Mentos in die Kamera zu halten. Mach ich natürlich nicht, weil es den beknackten Spot ja schon gibt.

»In die Harp, Venloer Straße, bitte!«

Direkt neben der Grundgebühr sehe ich zwei ratlose, persische Augen im Rückspiegel.

»Die Hard?«

»Nicht Die Hard, THE HARP, Venloer, Ecke Bismarck!«

»Kenn isch nisch!«

Bitte nicht! Schon wieder so ein orientierungsloser Falkplan-Analphabet, der seinen eigenen Arsch nicht mal dann findet, wenn ein Pumpnebelhorn dranhängt. Vielleicht kommt er ja von selbst auf die verrückte Idee, im Stadtplan nachzuschauen.

»Schau isch im Stadtplan nach!«

Bingo. Das nenn ich Menschenkenntnis.

Als ich im Pub ankomme, ist Phil natürlich noch nicht da. Auch sonst tote Hose. Lediglich die üblichen Verdächtigen pumpen sich schon rechtzeitig mit so viel Guinness zu, dass sie spätestens in einer Stunde vergessen haben, dass die Welt ihnen genau das Gleiche zu bieten hat wie sie der Welt: einen Scheiß nämlich. Ich setze mich neben Brian, einen rotköpfigen Schotten, und bestelle mir ein Pint Heineken. Irgendjemand hat sein Stadtmagazin auf dem Nachbarhocker vergessen. Ich bin ganz froh drum und blättere es lustlos durch. In der Südstadt macht ein neuer Spanier auf. Sehr schön. Hätten wir dann insgesamt 26. Die Fantastischen Vier spielen am Tanzbrunnen. Auch schön. Den *Tag am Meer* fand ich mal gut, danach hab ich eigentlich nichts mehr von denen gehört. Is ja auch egal. Mann, das ist ja interessant: Die Innere Kanalstraße wird für zwei Wochen einspurig. Wenn das mal keine wichtigen Informationen sind!

Phil kommt im Cord-Anzug und grünem Haribo-T-Shirt in den Pub. Und natürlich kommt er nicht irgendwie so durch die Tür, nein, er zelebriert sein Erscheinen, als hätte er einen Auftritt in Ankes Late Night Show. Meine Fresse, wie beknackt sieht das denn aus! Ohne zu fragen, schnappt sich Phil einen Hocker von einem benachbarten Stehtisch und stellt ihn neben mich an die Bar.

»Sensationeller Anzug!«, strahle ich nicht ohne Ironie.

»Super, oder? Hab ich mir eben noch gekauft. War runtergesetzt auf 549 Euro. Schon geil, oder? Was trinkste denn?«

»Heineken, wie seit zehn Jahren!«

»Nehm ich auch. Sag mal, haste Geld? Ich war noch nicht am Automaten!«

Klar. Leute, deren EC-Karte schon vor zwei Jahren am Bankschalter zerschreddert wurde, gehen auch nicht zum Automaten. Ich stecke Haribo-Phil einen Fünfzig-Euro-Schein zu.

»Danke. Und, schon gepackt?«

»Nö. Mach ich morgen!«

»Wirst sehen, der Ferienclub ist der Hammer. Am besten, du nimmst dir gleich 'ne Großpackung Gummis mit!«

»Ich lass mich überraschen!«

Dann prosten wir uns zu, stürzen unser Bier runter und

erzählen uns, wen wir die letzten Wochen nicht alles flachgelegt haben. Bei Phil waren es angeblich zwei. Bei mir exakt keine. Phil schüttelt den Kopf.

»Was is mit der Starbucksmaus, von der du mal erzählt hast?«, will er wissen.

»Was soll mit der sein?«

»Na ja … läuft was? Planste was? Findste die noch gut?«

»Ich weiß nich, im Augenblick brauch ich mal 'ne Pause, glaube ich!«

»Im Augenblick? Du hast seit Monaten Pause!«

Das sind genau die Themen, mit denen man den Samstagabend eines Singles einläutet. Vielen Dank. Mit der Starbucksmaus hat er natürlich schon Recht. Die find ich gut! Keiner schäumt die Milch lasziver auf als sie. Bisher hab ich sie allerdings nur durch die Scheibe gesehen, was in erster Linie daran liegt, dass ich mich weigere, den Laden zu betreten. Bevor nämlich die US-Röst-Truppen das Gebäude besetzten und gewaltsam verstarbuckten, befand sich unter dieser Adresse mein Lieblings-Schnellrestaurant, die Mexican Food Station. Und jetzt gibt es da keine leckeren Quesadillas mehr, sondern nur noch irgendwelchen *Chocolate Fudge Macadamia Nudge Matsch*. Phil kann natürlich nicht ansatzweise verstehen, dass ich das »Babe« noch nicht klargemacht habe.

»Mensch, Simon, da musste reingehen und sie fragen, was sie nach Feierabend macht, ist doch klar, oder? Oder?«

»Ich geh da nicht rein, und du weißt genau, warum!«, entgegne ich, um unsere Unterhaltung zu entsexualisieren.

»Ahhh … vergiss die Food Station doch mal. Das Leben geht weiter. Kauf dir 'nen Kaffee und einen Keks!«

»Ich kauf mir keinen Ami-Kaffee!«

»Echt nicht? Das ist ja interessant! Und warum nicht?«

»Auf der ganzen Welt machen die Amis Ketten auf mit Sachen, von denen sie keine Ahnung haben! Pizza Hut zum Beispiel. Hab ich da irgendwas verpasst, oder ist Pizza nicht zufällig italienisch? Ich gehe ja als Deutscher auch nicht in die USA und eröffne 'ne Crêpes-Kette mit fünfhundert Filialen!«

Ich nehme einen Schluck Bier. Phil schaut mich an wie ein Auto.

»Könntest du aber!«

»Ja, genau!«

»Hey, Simon, ich hab ja nur gesagt, dass du da reingehen sollst, einen Kaffee trinken und die Gute fragen, was sie nach Feierabend macht. Kann mich nicht erinnern, dass das Wort Kulturrevolution gefallen ist!«

»Ich kann da nicht rein! Der Kaffee schmeckt wie Rattengift und rauchen darf man auch nicht. Außerdem sitzen immer dreißig Mütter mit schreienden Kleinkindern drin! Und die Mexican Food Station …«

Augen rollend stellt Phil sein Bier ab und beendet meinen Satz für mich.

»… war besser, ich weiß. Okay, das mit dem Rauchen nervt echt. Aber ansonsten redest du totalen Scheiß! Es ist wirklich bedauerlich, wie Starbucks dein Leben zerstört hat!«

Da haben wir's: Phil sitzt keine Viertelstunde neben mir, und ich fühl mich schon unwohl. Ich sollte die Klappe halten, doch ein innerer Rechtfertigungsdrang treibt mich weiter.

»Hast du mal Nachrichten geschaut in den letzten Jahren? Stichwort Irak, Afghanistan, die Sanktionen gegen Kuba? Das kann ich doch nicht unterstützen!«

»Sekunde mal, Simon. Lass mich das zusammenfassen:

Du weigerst dich, Kaffee im Starbucks zu trinken wegen der Kubapolitik der USA?«

»So sieht's aus!«

»Und was denkst du, was passiert, wenn die Nachricht im Weißen Haus einläuft, dass Simon Peters das Starbucks in Köln boykottiert? Ohhh … Mr. President, wir müssen das Helms-Burton-Gesetz gegen Kuba revidieren, Simon Peters hat eine Kaffee- und Keksblockade gegen das Starbucks in der Kölner Altstadt angekündigt!«

Ich weiß nicht, ob ich es schon erwähnt habe, aber manchmal hasse ich Phil regelrecht.

»Du bist bekloppt!«

»Und du ein Arsch!«

Wir schweigen eine Weile, und ich lasse meinen Blick durch den Pub schweifen. Am Dart steht die übliche Bande versoffener Berufsjugendlicher und denkt, sie betreibe Sport. Eine dürre Studentin steckt sich vor dem Klo einen Fünfzigerpack Gratispostkarten ein, und die mollige Knubbelbedienung bringt gerade einen Korb Homebaked Irish Bread an den Nachbartisch. In Gedanken bin ich aber immer noch bei Starbucks.

»Und es ist doch eine Kulturrevolution!«, zische ich Phil an. »Du wirst sehen, am Ende verkaufen die uns unsere eigenen Lebkuchen für zwei Euro das Stück!«

»KEINER verkauft dir Lebkuchen für zwei Euro das Stück!«

»DIE schon!«'

»Wie gesagt: Du bist bekloppt!«

»Und du gehst mir auf den Sack!«

»Noch ein Pint?«

»Klar!«

Kopfschüttelnd trinken wir unser Bier. Ich schau noch

mal, ob im Pub nicht doch irgendwo Peter Kloeppel und Ulrike von der Groeben sitzen, mit denen ich über Sport oder Delphine sprechen könnte. Leider ist keiner von beiden da. Als uns gegen Mitternacht das dritte Mal »I can't get no satisfaction« aus den Lautsprechern entgegenquäkt, bestellen wir ein Taxi in den Wartesaal. Das ist so 'ne Disco, wo Phil angeblich zwei scharfe Schnecken am Start hat, die er von 'ner Party kennt. Weil ich ein Idiot bin, lade ich Phil auf die Biere ein, obwohl ich ihm gerade Kohle geliehen habe. Der irische Knubbel gibt uns noch einen Whiskey aus, dann rasen wir in Richtung Wartesaal.

DER SAFTSCHUBSER-GENTLEMAN

Phil kennt den Türsteher und kommt so rein. Denke ich zumindest zuerst. Als ich auf meinen Zwanziger nur ein müdes Lächeln zurückbekomme, wird mir klar, dass ich für ihn mitgezahlt habe. Gerissenes Arschloch! Wenigstens ist drinnen schon echt was los. Irgendein verpickelter »Resident DJ« mit Berlin-Mitte-Hornbrille nervt mich mit Vocal House, das stumpfe Fußvolk findet's natürlich galaktisch. Ich bahne mir den Weg zur Bar, denn schließlich will ich mir ja die Birne wegballern, und was ich in mein Sorgenbuch geschrieben habe, das ziehe ich auch durch. Haribo-Phil hat die versprochenen Partyschnecken schon gefunden. Die Größere von beiden sieht tatsächlich nach Party aus, die Kleinere wie 'ne Schnecke.

»Petra, das ist Simon! Simon – Petra!«, stellt uns Phil vor.

»Hi!«, sage ich zum Partymädchen, und zur Schnecke das Gleiche.

»Hi!«, sagt die Schnecke. Partymädchen Katja sagt nichts. Mit ihrem leicht chemischen Blick und ihrem schwarzen Pagenkopf erinnert sie mich schwer an die durchgeknallte Gangsterbraut Mia aus *Pulp Fiction*.

Als kleine Starthilfe fürs Gespräch ergänzt Phil: »Petra und Katja sind bei der Lufthansa. Simon ist Kundenberater im T-Punkt und verurteilt die Kuba-Politik der US-Regierung auf das Schärfste!« Ich werfe Phil einen bitterbösen Blick zu. Vielen Dank. Was glaubt der Vollidiot, was so eine Partyschnecke darauf sagt?

Oh … du bist also in Bezug auf die US-Außenpolitik tendenziell gegen die Sichtweise der Republikaner? Das ist ja soooo sexy! Darf ich mit dir schlafen?

Katja, also die, die nach Party aussieht und nicht nach Schnecke, belässt es bei einem kurzen Lächeln und wendet sich dann demonstrativ ab. Es ist wie immer. Der Schuss ist 'ne arrogante Kuh. Schade. Ihr enges T-Shirt und der unverschämte Stringtanga, den sie aus ihrer schwarzen Kunststoffhose fast bis zu den Schultern hochgezogen hat, deuten nicht gerade auf »keinen Sex vor der Ehe« hin. Ich überlege, mit welchem Killer-Satz ich meine Konversation starten könnte. Phil reicht uns mit gönnerhaftem Blick eine Runde Wodka Red Bull, die er mit meiner Kohle bezahlt hat. Dabei tut er in jeder Sekunde so, als hätte er gerade den gesamten Club gekauft. Ich weiß nicht, ob ich's schon erwähnt habe: Ich mag ihn nicht. Ich werfe meinen Strohhalm hinter mich, weil ich finde, dass Strohhalme was für Schwuchteln sind. Dann brülle ich der *Pulp-Fiction*-Gangsterbraut ins Ohr:

»Fliegst du Kurz- oder Langstrecke?«

»Langstrecke!«, gähnt sie mir entgegen und bringt es dabei fertig, mich nicht mal anzuschauen. Langstrecke! Die sollen total versaut sein, hat mir Phil erzählt, und der muss es wissen, so viel Pornos wie der schaut. Also dranbleiben!

»Und wohin fliegst du so?«, will ich wissen.

»Staaten!«

Auweia!

»Würde es dein Sprachzentrum überfordern, mir einen ganzen Satz zu basteln?«

Mein kleiner Witz wird mit einem absichtlich schlecht gespielten Hollywood-Zahncremelächeln und sofortigem Abwenden belohnt. Im Augenwinkel sehe ich Phil, der mir mit erhobenem Daumen zuzwinkert. Mit der anderen Hand fummelt er einer dümmlich grinsenden Blondine am kleinen Schwarzen. Wie ich ihn hasse! Keine fünf Minuten hier und hat schon wieder die Nächste klargemacht. Ich leere meinen Drink und wende mich wieder meinen Luftfahrt-Hasen zu:

»Ich flieg ja morgen mit Air Berlin auf die Kanaren!«

»Und … haste schon gepackt?«, fragt mich die Gangsterbraut.

»Nee!«, sage ich, und dann schauen wir wieder in unterschiedliche Richtungen. Man kann nicht gerade behaupten, dass wir auf der gleichen Wellenlänge unterwegs wären. Dazu manifestiert sich bei mir ein passabler Themen-Blackout.

»Haste gewusst?«, frage ich, »die Innere Kanalstraße wird für zwei Wochen einspurig!«

»Echt?«

»Wenn ich's dir sage!«

»Na, dann wird's wohl 'ne Menge Stau geben!«

»Davon kannste ausgehen!«

»Zum Glück muss ich da nie lang!«

»Ich auch nicht …«

Ich könnte mich mit dem Fuß an ein Taxi binden und mir bis Köln-Porz ein schönes Asphalt-Peeling verpassen lassen vor Wut. Was erzähl ich denn da für einen Müll, bitte schön? Ich muss zum Angriff übergehen, Risikobereitschaft zeigen und Witz! Und das Ganze am besten zur gleichen Zeit!

Ich stupse das Partymädchen an der Schulter.

»Was mich ja mal tierisch interessieren würde …«

»Ja …?«

»… wie viele Bonusmeilen kriegt man eigentlich, wenn man eine Stewardess vögelt?«

Ich wasche mir gerade den Langstrecken-Wodka-Red-Bull aus meinen Haaren, als ein breit grinsender Haribo-Phil die Tür zu den Toiletten aufstößt.

»Mensch, Simon. Du hast aber auch 'n Lauf heute, oder? Haste Kuba angesprochen, oder was?«

»Verpiss dich!«

»Hast du noch Geld dabei, ich hab irgendwie schon alles …«

»Verpiss dich, hab ich gesagt!«

Phil tut mir den Gefallen. Ein paar Sekunden später folge ich ihm in den Club, gehe aber an eine andere Bar und bestelle mir einen doppelten irischen Treppenschmeißer namens Tullamore Dew. Die Eiswürfel lasse ich auf den Boden fallen, weil neben Strohhalmen auch Eiswürfel was für Schwuchteln sind. Dann bestelle ich mir noch einen Whiskey und noch einen. Je mehr ich von dem Zeug trinke, desto weniger brennt er. Das haben die schlau hingekriegt, die Iren. Ich quatsche jedes weibliche Wesen an, das sich mir auf zehn Meter nähert. Eine Frau mache ich zweimal mit dem gleichen Spruch an, was sogar besoffen peinlich ist.

Nach einer Weile bemerke ich, dass das von mir präferierte Geschlecht eine Art Bannmeile um meine Person gezogen hat. Irgendwas läuft hier falsch. Hab ich keinen Respekt vor Frauen oder die keinen vor mir? Oder beides? Ich kann machen, was ich will: Ich krieg zwischengeschlechtlich einfach kein Bein auf den Boden. Ich frage mich, was es ist, das mich bei den Frauen so abblitzen lässt. Im Grunde genommen finde ich mich nämlich eigentlich klasse. Gut, vielleicht bin ich ein bisschen zu dünn und blass, aber Muskeln baue ich ja gerade auf durch mein eisenhartes Training, und sonst – also sonst finde ich mich völlig in Ordnung, fast sogar einen Tacken über dem Durchschnitt. Da laufen ganz andere Quarkgesichter mit Superschüssen rum.

Als ich mir den vierten Tullamore Dew in den Rachen kippe, fällt mir wieder ein, was meinen Erfolg bei Frauen bremsen könnte: Es ist die Singlephase vier, bestehend aus purer Verzweiflung in Verbindung mit einem stetig bröckelndem Selbstbewusstsein. Das Schlimme daran ist, dass es sich um einen Teufelskreis handelt: Je größer das Bedauern, desto geringer die Möglichkeiten, und je geringer die Möglichkeiten, desto größer das Bedauern. Die Lösung laut Sorgenbuch: sich gut fühlen, entspannen, positiv denken! Und natürlich: sich zuschütten, denn das hilft dabei. Ich bestelle mir einen fünften Tullamore Dew und schiele in die Menge wie ein einäugiger Papagei durch Milchglas. Alarm! Bekannte Gesichter nähern sich!

»Daaaaaa bist du!«

Es ist Phil, die beiden Fluggastfahrhelferinnen im Gepäck.

»Brauchte mal 'ne Auszeit!«, red ich mich raus und meide jeden Augenkontakt. Und dann geschehen zwei unglaubliche Dinge: Phil bestellt auf SEINE Rechnung eine Runde Wodka Red Bull, und Gangsterkatja mit dem frechen String entschuldigt sich bei MIR wegen der Aktion mit dem Drink. Eigentlich wäre mein Bonusmeilen-Spruch ja wirklich lustig gewesen, aber dann dürfte man sich das als Dame ja auch nicht gefallen lassen und bla bla bla …

Man kann sagen, dass ich auftaue und versuche, das verloren gegangene Langstreckenterrain wieder gutzumachen. Ich erzähle Gangsterkatja, dass ich sowieso nicht mehr lange beim T-Punkt arbeite, weil ich mich bald selbständig mache mit so einer Internetsache, und dann eine Schweinekohle verdiene und sowieso nicht mehr in Köln wohne, sondern in der Karibik, und dass ich ihr mein Geschäftsmodell gerne mal erklären könnte. Ich stelle ein paar dämliche Fragen über die gefährliche Strahlung auf Langstreckenflügen und was das Spannendste sei, was ihr jemals passiert sei auf so einem Flug. Sie sagt, das Spannendste sei ein besoffener Passagier gewesen, der durchgedreht ist, als sie ihn beim Rauchen auf dem Klo erwischt hat, und ihr eine gescheuert hat. Ich bin ein bisschen enttäuscht.

»Aber es war doch bestimmt ein Terrorist, der da geraucht hat!«, vermute ich.

»Nein, ein ganz normaler Passagier!«

»Aus Saudi-Arabien!«

»Nein, aus Schweden!«

»Mhhh …«

Phil schmeißt eine weitere Runde, und langsam wird es ansatzweise lustig in unserer Vierertruppe. Na also, warum nicht gleich. Wir rauchen und wir trinken und wir lachen, und irgendwie entspanne ich mich wieder und spüre, dass der Zeitpunkt für einen weiteren Angriff gekommen ist. Denn: Katja hält ihren Kopf schief, während sie mich anschaut. In irgendeinem Körpersprachebuch hab ich mal gelesen, dass sie mich dann echt klasse findet. Ich muss loslegen, bevor ich total blau bin! Ganz wichtig beim Angriff ist es, mit viel Gespür und Takt vorzugehen, immerhin hält sich meine baldige Sexpartnerin nach eigener Aussage für eine Dame. Also frage ich höflich und sanft:

»Hast du jemals auf so einem Flugzeugklo gevögelt?«

Diesmal bewegt sich ihr Drink nicht in meine Richtung.

»Sag ich dir nicht!«

Dingdong, ich hab sie!

»Also ja!«, lege ich nach. Sie schaut auf den Boden.

»›Sag ich dir nicht‹ heißt nicht ja!«

»Heißt aber auch nicht nein, offenbar!«

»Mann. Okay ... gevögelt nicht, aber ... ich hatte Oralverkehr.«

Es ist erschreckend, was man von Frauen erfährt, die ein paar Drinks hatten!

»DU hattest Oralverkehr oder ER?«

»Eigentlich ... eher SIE ...«

Verlegen drückt sie ihre längst erloschene Kippe in den Aschenbecher und blickt mich mit ihrem chemischen Blick erwartungsvoll an. Mit einem weltmännischen Lächeln überspiele ich die Tatsache, dass es mir gerade den Boden unter den neuesten Sportschuhen wegzieht.

»Ah, du bist bi!«, lache ich, »sag das doch!« Sie ist endlich fertig mit ihrer Kippe. Genickt hat sie trotzdem nicht.

»Du bist ... ’ne Lesbe?«

Jetzt nickt sie.

»Und deine Freundin, ich meine, ist das DEINE Freundin?«, stammle ich.

»Jetzt komm aber, das sieht man doch!«, lacht sie. Ich packe Haribo-Phil am Kragen, ziehe ihn zu mir ran und schüttel ihn ordentlich durch.

»Du Penner hast uns zwei Lesben angeschleppt!«

»Spinnst du?«

Ich brauche nicht zu antworten, denn Pulp-Katja kriegt inzwischen kaum noch Luft vor Lachen. Ich überlege kurz, ihr meinen Drink in den Ausschnitt zu schütten, lasse es dann aber. Ich kapiere blitzschnell. Was für ’ne beknackte, billige Nummer, und ich falle drauf rein! Ausgerechnet ich! Pulp-Katja streicht mir versöhnlich über den Rücken.

»Jetzt komm schon … eins zu eins! Wer solche Sprüche bringt, den kann man auch mal verscheißern!«

Ich finde nicht, dass man jemanden, der so großartige Sprüche bringt wie ich, verscheißern kann. Ich finde vielmehr, dass man so jemandem einen Bambi, einen Oscar und den Nobelpreis verleihen und in jeder Scheiß-Großstadt Statuen mit seinem Namen aufstellen sollte und überhaupt! Ich bekomme einen Versöhnungsdrink und nippe dran wie Hanswurst auf Valium. Die können mich echt alle am Arsch lecken.

Gegen vier Uhr morgens macht Phil den sensationellen Vorschlag, dass wir jetzt alle noch zu mir fahren und schön einen kiffen. Das muss man sich mal reintun. ER lädt alle zu MIR ein!

»Ich hab nix zu kiffen«, wehre ich mich.

»Haste wohl!«, entgegnet Phil.

»Woher willst du das denn wissen?«

»Weil ich das letzte Mal was versteckt habe, als wir bei dir waren!«

»Du hast WAS?«

»Ich hab ein Piece versteckt, unter deiner Couch!«

»Warum versteckst du denn Drogen in meiner Wohnung?«

»Weil du sie sonst wegrauchst, du Pfeife!«

Die Stewardessen giggeln und verfolgen unser Gespräch wie ein Wimbledon-Endspiel von der Seitentribüne. Ich kann immer noch nicht fassen, dass Phil in meiner Wohnung Stoff bunkert.

»Versteck den Scheiß doch bei dir!«, bölke ich ihn an.

»Sorry, Simon, aber das ist mir zu gefährlich, da bin ich ganz spießig!«

»Ich hasse dich!«

»Sehr gerne!«

Wir bekommen Applaus. Spiel, Satz und Sieg Phil Arschloch Konrad. Trotz der beeindruckenden Schlange am Taxistand machen wir ratzfatz einen Wagen klar, indem ich eine Ohnmacht simuliere und die Luftfahrt-Schnecken laut »Krankenhaus« rufen. Ich frage mich kurz, warum eigentlich ICH immer den Ohnmächtigen spiele und Phil nie, lege den negativen Gedanken dann aber ins Handschuhfach des Funkmietwagens. Du bist, was du denkst, heißt es in meinem Sorgenbuch, also denke ich positiv. Man muss immer und jederzeit positiv denken! Immerhin fahren wir mit zwei 1A-Frauen in meine Wohnung. Und: Die Innere Kanalstraße ist noch immer zweispurig! Und: Ich bin am Leben! Ich hatte schlimmere Samstagabende. Zum Beispiel, als ich mit meinem Kumpel Flik im Dorint bis fünf Uhr gewartet habe, dass uns Nutten ansprechen. Oder der Spieleabend bei Karim und Beata. Nein, das hier geht wirklich, und es geht vor allem, weil noch was gehen kann! Zwei Stewardessen in der Wohnung. Und dann noch von einer namhaften Airline! Nicht so Billigflieger-Tussen, die irgendwann wegen illegaler Preisabsprachen vor den europäischen Gerichtshof gezerrt werden. Neiiiin: Qualitätsstewardessen von der deutschen Lufthansa! Wie mein scharfer Pulp-Hase wohl in so einer Uniform aussieht?

Mit Milch und Zucker?

Sehr gerne. Ach ja, eine Bitte hätte ich: Dürfte ich mal eben meine Zunge in Ihren Hals stecken?

Wir hätten hier auch noch 69 oder 'ne schnelle Nummer mit der Hand ...«

Dann lieber die 69, aber nur, wenn's kein Problem ist!

Natürlich nicht, ich muss nur noch schnell den Bordshop machen.

Gut, dann warte ich eben …

»Was plapperst du denn da für eine Scheiße?«, krakeelt Phil von der Rückbank. Mist – ich sollte echt aufhören, so laut zu denken, wenn ich besoffen bin.

»Nix!«

Oh! Wir sind bei mir!

Phil tastet die Unterseite meiner Couch ab und zieht stolz ein kleines Plastiktütchen raus, was offenbar mit einem Klebeband daran befestigt war.

»Haste Papier?«

»Am Altpapier-Container.«

»Arschloch!«

»Selber!«

Das Praktische an Phil ist, dass man sich um nix kümmern muss, wenn er zu Besuch ist. Er weiß, wo alles steht, nimmt sich, was er will, und nervt nicht lange mit irgendwelchem Höflichkeitsmist. Die beiden Mädels schlürfen inzwischen an einem Dreißig-Euro-Champagner, den ich nicht rechtzeitig vor Phil versteckt habe. Auch meine CD-Sammlung ist außen vor, weil Mr. Ich-glaub-heute-Abend-geht-was seine eigene, illegal gesaugte Trancekacke eingelegt hat und sich einen Dreck um die Nachbarn kümmert, was die Lautstärke angeht. Im Bayerischen Fernsehen kommt Spacenight, meine Lieblingssendung, weil sie die extra für Leute produziert haben, die um die Zeit dermaßen die Lampe an haben, dass sie nur noch Dinge wahrnehmen, die so groß sind wie ganze Kontinente. Kommt gut auf meinem riesigen Flachbildschirm.

»Sag mal, wie kannste dir das denn alles leisten, so als T-Punkt-Angestellter?« Katja steht mit ihrem Moët & Chandon in der Mitte des Raumes und scannt die Preise meiner Einrichtungsgegenstände inklusive Plasmafernseher.

»Sagt dir der Begriff Konsumschulden irgendetwas?«

»Konsumschulden? Das ist hier alles auf Pump, oder was?«

»Klar! Alles, was du hier siehst! Mir gehört quasi nix! Den Plasmafernseher zum Beispiel, den zahl ich noch vier Jahre ab, wenn ich's überhaupt schaffe. Wahrscheinlicher ist, dass sie mir noch heute Nacht die Couch unterm Arsch wegpfänden!«

»So ein Quatsch!«, lacht Pulp-Katja und nimmt einen Schluck Champagner.

»Wenn ich's dir doch sage!«

Es hat doch tatsächlich schon wieder geklappt. Ich sollte ein Buch schreiben und reich werden: *Full Frontal Truth – Lügen mit der Wahrheit. Sensationelle Rhetoriktipps von Dr. Simon Peters.*

Die russische Raumstation schwebt gerade an Europa vorbei, als Phil mein Sorgenbuch auf meinem neuen Single-Sessel entdeckt und es hämisch grinsend präsentiert.

»*Sorge dich nicht, lebe*? Von Dale Carnegie?«

Verdammt! Ich dachte, ich hätte das Ding weggeräumt. Peinlich, vor allem wegen meiner persönlichen Einträge. Irgendwo beim Thema »Mittelfristige Ziele« steht, glaube ich, sogar »Phil mal so richtig die Fresse polieren«.

»Da schauen wir doch mal rein!«, freut sich ebendieser. Ich springe auf und entreiße ihm das Buch, kurz bevor er's aufschlagen kann. »Da schauen wir NICHT rein! Das lässt du schön da liegen, du Penner!« So weit käme es noch.

»Über was machste dir denn Sorgen, Simon?«

»Dass du's nicht überlebst, wenn ich dich gleich verdresche!«

»Okay … schon verstanden. Keine Fragen mehr! Der Sessel ist nicht schlecht, übrigens, haste neu?«

»30 C«, sage ich.

»Wie? 30 C?«, fragt Phil.

»Der stand im Regal 30 C. Im Ikea-Mitnahmelager. Von da muss man den selber abholen!« Phil nimmt einen Schluck Champagner aus der Flasche und reicht sie zu seiner Schnecke weiter. » Was merkst du dir denn so 'n Scheiß überhaupt? Die Regalnummer hätte ich längst wieder vergessen!«

»Leck mich!«

Phil winkt mit großer Geste ab, die man nur macht, wenn man entweder Stummfilmschauspieler ist oder besoffen und breit. Oder aber ein besoffener Stummfilmschauspieler. Ich bekomme den Joint gereicht und nehme trotzig einen viel zu tiefen ersten Zug. Dann renne ich hustend aufs Klo. Und wo ich schon mal da bin, lasse ich mir bei der Gelegenheit auch gleich noch den gesamten Abend durch den Kopf gehen.

Als ich wieder halbwegs klar bin, putze ich das Klo und meine Zähne und werfe einen schielenden Blick in den Spiegel. Hut ab, ich seh ganz schön scheiße aus. Ich knipse das Licht aus und schleiche zurück ins Wohnzimmer. Im Fernsehen zeigen sie, wie die Kosmonauten an Bord der MIR einen riesigen, schwerelosen Wodkatropfen mit dem Mund fangen und dazu blöd in die Kamera winken. Ich mag keine Russen, und wenn sie noch so schwerelos sind. Schweden find ich gut. Oder Spanier. Komisch. Eigentlich finde ich alle S-Länder, klasse.

Phil hat sich inzwischen mit dem kraushaarigen Schneckenmädchen auf den Boden gesetzt und haucht ihr giggelnd irgendwelchen Mist ins Ohr. Mein Luftfahrthase starrt mit halb geöffneten Augen auf die Kosmonauten und nickt lediglich, als ich den Raum betrete. Ich muss mich selbst erst kurz sammeln, um mir klar zu machen, warum diese seltsamen Menschen in meiner Wohnung sind und nicht bei sich zu Hause. Ich lasse mich neben Pulp-Katja auf die Couch fallen, was sie wieder ein wenig aufweckt.

»Wieder dahahaaa!«

»Warste weg?«

Witzig! Ich sollte den Abend beenden. Gerade als ich mir so zurechtlege, wie ich den hier anwesenden Zeit- und Schlafdieben verklickere, dass die Party jetzt vorbei ist, spüre ich, wie mir eine Frauenhand sanft durchs Haar fährt. Das ist schön, denke ich mir. Das ist sogar sehr schön. Leider ist die Hand recht fix wieder weg.

»Biste müde?«, fragt die Frau, der die Hand gehört.

»Ach was«, antworte ich wie aus der Pistole geschossen und setze mich ein wenig näher zu ihr. Ich muss jetzt auf jeden Fall den Faden aufnehmen und ein Gespräch starten. Ich konzentriere mich und sage:

»Du siehst aus wie Uma Thurman in *Pulp Fiction*!«

»Echt? Das hör ich zum ersten Mal!«

»Echt?«

»Nein! Eigentlich hör ich's dauernd! Hier! Neue Tüte!«

Wer hat die denn gebaut? Egal. Ich nehme noch einen Zug. Und noch einen. Dann, das kann ich spüren, ist die Zeit reif für das eine oder andere Kompliment.

»Weißt du …«, setze ich an, »das hat dir vielleicht noch keiner gesagt, aber … ich finde, trotz der Ähnlichkeit jetzt zu dieser Uma Thurman in *Pulp Fiction*, also trotzdem siehst du … na ja … du siehst aus wie du!«

Ich schaue in zwei fragende Augen.

»Ich sehe aus wie ich?«

»Exakt!«

»Das ist, glaube ich, das schönste Kompliment, was ich jemals bekommen habe!«

Das saß!

»Das freut mich!«, sage ich stolz, gebe die Tüte zurück und pirsche mich ein weiteres Stückchen näher an meine Stewardess. Jeder Zentimeter, davon bin ich überzeugt, wird mit wertvollen Bonusmeilen belohnt, die ich dann am Ende des Abends gegen tolle Prämien wie Oralverkehr oder außergewöhnliche Stellungen eintauschen kann. Inzwischen sitze ich schon fast auf ihr, na ja, jedenfalls berühren sich unsere Beine. Wenn das kein Upgrade bedeutet!

Doch leider zeigt sich Uma Thurman unbeeindruckt ob meines beeindruckenden territorialen Zugewinns und zieht einfach nur am Joint. Auch gut. Soll die sich mal schön einen wegziehen, ich werde ohnehin jeden Anflug von Kontrollverlust ausnutzen. Phil labert immer noch auf sein schneckiges Kraushaarpummelchen ein, während diese meine CD-Hüllen durchschaut. Herrlich! Alles fällt Mr. Superphil wohl auch nicht in den Schoß. Pulp-Katja reicht den Joint weiter an die Schnecke, die mit einer albernen »Nein danke, keine Drogen«-Geste à la Jürgen Fliege ablehnt. Ha! Sie bleibt clean. Das wird schwer für Phil. Der Abend dreht sich! Das Bayerische Fernsehen gönnt Deutschlands Partyheimkehrern inzwischen einen Blick über Neuseeland. Für die völlig Zugekifften blenden sie »Neuseeland« in stadtbusgroßen Lettern ein.

Kawumm!

Die Droge erwischt mich plötzlich und von hinten. Eine unsichtbare Kreatur hängt mir Blei an die Beine, eine andere stopft mir Zuckerwatte in die Ohren. Alles ist dumpf und stumpf, und ich kann mich kaum rühren. Eine Sekunde darauf habe ich panische Angst, dass die Lautsprecherboxen ihre Membranen auf mich schießen und mich in die Couch nageln. Dürfen die das? Wo ist denn Pfarrer Fliege, wenn man ihn mal braucht?

»Phil … drehste mal die Boxen weg?«, würde ich gerne rufen, doch irgendwie kriege ich meinen Mund nicht auf. Mit großer Mühe zerre ich mich selbst hoch und drehe die Boxen zur Seite. Sie sind schwer wie Beton. Dann lasse ich mich wieder auf die Couch fallen. Pulp-Katja beobachtet mich, sagt aber selbst keinen Ton. Als sich meine Paranoia wieder ein wenig gelegt hat, fällt mir ein, dass die Boxen ihre Membranen bestimmt auch in einer Kurve auf mich schießen könnten, wenn sie das denn wollten. Vielleicht kann ich mich ja vorher in ein S-Land absetzen! Wie in Trance stehe ich wieder auf, öffne das Fenster und atme mehrmals tief ein. Die frische Luft lässt mich ein Stück weit runterkommen. Gerade als ich das Fenster wieder schließe, höre ich, wie meine Gangsterbraut mit mir spricht. Ich verstehe nicht alles, aber immerhin die Satzfetzen *letzte Bahn weg* und *jetzt zu weit*. Herzlichen Glückwunsch, Herr Peters. Ihre Geduld hat sich ausgezahlt! Das Publikum in der ausverkauften Kölnarena tobt, als ich mich mit meiner Trophäe für die geschickteste Anmache des Jahres verbeuge und zu meiner Dankesrede ansetze.

Danke. Danke. Vielen Dank! Das ist der schönste Augenblick in meinem Leben. Danke. Ich weiß, das sah jetzt alles sehr leicht aus, aber es steckt auch viel Arbeit dahinter. Und ohne mein Team wäre ich so weit gar nicht gekommen. Danke also auch an Phil!

»Ist das okay für dich, wenn ich hier bleibe?«, reißt mich Katja aus meiner Rede.

»Klar, kein Problem! Jetzt gleich? Ich hab Gummis!«

»ÜBERNACHTEN! Nicht vögeln!«

Ich lehne diesen lächerlichen Preis ab, meine Damen und Herren. Einen schönen Abend noch! Das Publikum buht. Ich muss offenbar noch ein paar Dinge klarstellen, bevor ich von der Bühne gehe: *Was ist das für eine Welt, meine Damen und Herren, in der es Frauen noch immer wagen, einsamen Männern mit falschen Signalen das Leben schwer zu machen? Man kann nicht einfach in einem schönen Kleidchen durch die Welt laufen mit einem »Küss mich«-Blick hierhin und einem »Leg mich flach«-Augenaufschlag dorthin! Jedenfalls nicht, und ich denke, da werden mir auch die aufgetakelten Make-up-Schleudern hier in der ersten Reihe zustimmen – nicht, wenn man es nicht so meint. Welchen Grund, außer Sex, gibt es denn zum Beispiel, einen Typen, den man besoffen in einem Club kennen gelernt hat, in dessen Wohnung zu begleiten? Den Besteckkasten sortieren? Klarspüler in die Spülmaschine geben? Das Gefrierfach abtauen? Wohl kaum! Ich sehe, Sie haben verstanden.*

Die Mehrheit des Publikums belohnt mich mit Applaus. Einige unverbesserliche Feministinnen pfeifen aber immer noch.

»Nur übernachten, klar. War nur 'n Spaß!«, sage ich zu Pulp-Katja.

»Na hoffentlich!«

Ich verwerfe meine Paarungspläne fürs Erste, denn wenn die Lady sowieso gleich in meiner Kiste liegt, hab ich noch eine reelle Chance auf mehr. Nur jetzt muss ich wohl oder übel so tun, als sei alles schrecklich logisch, locker und freundschaftlich. Ich schalte von der Spacenight auf einen

Shoppingsender. Dort verkauft ein total überdrehter, bärtiger Typ mit amerikanischem Akzent gerade einen fernsteuerbaren Modellhubschrauber in Tarnfarben. Geil! So was wollte ich schon immer haben! Meine übernachtungsbereite Stewardess gibt mir einen überraschenden Kuss auf die Backe.

»Ich mach mich jetzt doch mal fertig. Wo is 'n dein Schlafzimmer?«

»Gang und rechts, direkt nach der Economy!«, sage ich.

»Hahaha!«, antwortet sie, findet es aber nicht wirklich komisch. Dafür ist der Hubschrauber der Hammer! Der bärtige Amerikaner sagt, der ginge ab wie Schmidts Katze und außerdem gäbe es jetzt nur noch 34 Stück. Ich hab keine Ahnung, wie schnell Schmidts Katze ist, aber vermutlich ziemlich schnell. Was man mit so einem Hubschrauber alles machen könnte? Man könnte eine Funkkamera ranbauen und dann über die Freiluftbereiche von Saunen fliegen! Oder man kann Sachen abwerfen auf Leute, die man nicht mag. Sensationell! Muss ich haben. Ich will wissen, was Phil davon hält.

»Phil? Da is 'n … da …«

Der Penner liegt inzwischen knutschend über der Schnecke. Sehr zu bezweifeln, dass er noch irgendetwas mitbekommt. Dafür liegt sein Portemonnaie auf dem Tisch. Ich klappe es auf, und mir fällt die Kinnlade runter. Der Wichser hat 'ne goldene Mastercard! Und pumpt MICH an! Mich, der achttausend Miese auf seinem Giro hat! Ich schreib die Kreditkartennummer und das Verfallsdatum auf meine Kippenschachtel, greife nach meinem Handy und wähle die Shopping-Nummer.

»Morgen … Phil Konrad hier … Ich würde gern den Kampfhubschrauber bestellen, der gerade bei euch rumfliegt. Kann man mit dem auch Sachen abwerfen? Echt? Geil. Jaja … klar … neee, Mastercard, ja …«

Ein Weltklasse-Sender! Binnen drei Minuten hab ich das Ding bestellt. Und weil ich gerade dabei bin, bestelle ich auch noch das Chuck-Norris-Total-Gym und ein siebenteiliges Messerset. Als ich auflege, hat der Schneckenschänder inzwischen seine Hand unter dem Slip, was mich dran erinnert, dass auch in meinem Bett eine scharfe Stewardess liegt und nach schmutzigem Sex mit mir lechzt. Ich putze anstandshalber meine Zähne und schleiche ins Schlafzimmer. Ich weiß gar nicht, warum ich alles so leise tue, denn schließlich beachtet mich sowieso keine Sau. Auch das Zähneputzen wäre nicht nötig gewesen. Denn: Der Pulphase liegt in meinem Al-Bundy-University-T-Shirt in der Mitte des Bettes und schläft wie ein Stein. Und jetzt? Ich stoße ein paar Mal absichtlich laut gegen den Tisch und sage Dinge wie: »Mensch, wo ist denn jetzt noch mal das Kopfkissen?«

Nix! Schläft sogar wie ein schwerer Stein.

Dann sage ich das mit dem Kopfkissen noch einmal lauter und schließlich sehr, sehr laut. Immer noch nichts. Schläft wie ein Granitblock! Dass ich inzwischen sehr eindeutige Geräusche aus dem Wohnzimmer höre, macht es mir nicht wirklich leichter. Hat meine Wohnung wenigstens auch mal wieder Sex. So eine Scheiße! Ich mache das Licht aus, lege eine Decke über Pulp-Katja und mich selbst auf die vierzig Zentimeter, die sie mir frei gelassen hat. Toll! Ich bekomme also nicht nur keinen Sex, ich muss auch noch Economy übernachten. Aber was soll's! Ich ruckel mich ein wenig an sie ran und flüstere ihr ein zärtliches »Gute Nacht« ins Ohr, gefolgt von einem »und träum irgend 'ne Scheiße mit hässlichen Monstern, bei der du höllische Angst bekommst und schweißgebadet aufwachst!«

Dann drehe ich mich wieder auf meinen Übernachtungsstreifen und schiele auf den Wecker. Es ist kurz vor sechs. Ich könnte meinen Kollegen Flik anrufen, mich wieder mit ihm ins Dorint setzen und warten, bis uns Nutten ansprechen. Dann aber denke ich an Dale Carnegies »Du bist, was du denkst!« und verwerfe die Idee. Denk positiv, Simon! Das Mädchen neben dir vertraut dir, denn sie schläft halb nackt im Bett eines fremden Typen. Also: Ist es nicht toll, ein echter Gentleman zu sein?

Irgendwas stöhnt aus dem Wohnzimmer.

Nein! Es ist nicht toll, ein Gentleman zu sein. Eine Mischung aus Neid und blankem Hass steigt mir bis in die Haarwurzeln. Als wäre dies alles nicht schlimm genug, taucht vor meinem inneren Auge ein baumhohes Regal mit der Aufschrift 30 C auf. Dieser dumme Zwerg! Er hätte die Regalnummer aufschreiben müssen! Ich drehe mich nach links und nach rechts, nach oben und nach unten. Irgendwann höre ich ein Kichern, und dann schlägt die Wohnungstür zu. Ich knipse das Licht wieder an und packe meinen Koffer für den Urlaub.

Das Katzenmädchen

»Bist du total bekloppt? Du kannst doch nicht einfach so weit raussegeln!«, staucht mich das sensationellste Blond des Ferienclubs zusammen und wirft mir ein Seil zu.

»Hier! Fang! Ich zieh dich zum Boot!«

Wie lange ich schon hilflos im Atlantik herumpaddele, weiß ich nicht. Ebenso wenig, wie oft ich versucht habe, wieder auf mein Surfbrett zu kommen, um mein tonnenschweres Segel aufzurichten. Ich weiß nur, dass der Strand sich immer weiter entfernt hat. Trotzdem war ich irgendwie froh, als sich mit einem sonoren Yamaha-Außenborder-Brummen ausgerechnet die schärfste Animateurin des Clubs genähert hat. In ihrem schwarzen Wetsuit sieht sie aus wie ein Bond-Girl. Leider habe ich keine Lizenz zum Vögeln, sondern nur zum Schnauzehalten und Gerettetwerden. Ich kralle mich an mein Schulungs-Surfbrett und halte ausnahmsweise mal die Klappe.

»Das Seil nehmen, nicht rumgucken!«

Wer denkt, dass einen alle Ferienclub-Animateurinnen ständig nur anlächeln, der irrt. Einige schreien einen auch an. Besonders die in den hautengen Surfanzügen!

»Wir haben doch gesagt, dass ihr nicht so weit raussegeln sollt!«

Mann, ist die sauer!

»Ich bin nicht gesegelt, ich bin abgetrieben!«, rechtfertige ich mich und ziehe mich am Seil in Richtung Boot. Dabei schaue ich ein bisschen so wie ein japanischer Kugelfisch kurz vor dem Servieren. Nicht, dass ich schon mal so einen Fisch kurz vor dem Servieren gesehen hätte, aber ich bin mir relativ sicher, dass er so gucken würde wie ich.

»Komm ins Boot!«, faucht mein Bond-Girl. Als ich, überhaupt nicht agentenlike, mit einer akrobatischen Balancenummer vom Surfbrett ins Schlauchboot taumle und dabei fast wieder ins Wasser falle, meine ich, Applaus vom Clubstrand vernehmen zu können. Widerwärtiges, ekelhaftes Pauschalpack!

»Danke! Du hast mir das Leben gerettet!«, stammle ich.

»Das ist vielleicht gar nicht sooo falsch. Siehst du die Klippen da drüben?«

»Die hätten schon aufgepasst!«

Statt zu lachen, schmeißt sie den Außenborder an und bringt mich, mein 3,7 Quadratmeter großes Segel und mein Schulungs-Surfbrett zurück an den Strand.

Vorbei an den grölenden Clubgästen ziehen wir das Motorboot über einen Holzsteg hoch zur Wassersport-Station. Die Kommentare der Clubgäste, die sich auf ihren schlecht gewaschenen Clubstrandtüchern ihre quarkfarbenen Großstadtrücken rösten, überhöre ich dabei einfach. Ich will nur noch duschen und mich ein bisschen ausruhen. Denn wenn es nicht mal am letzten Abend klappt, dann weiß ich auch nicht mehr. Ich hab doch keine 899 Euro für eine Woche Single-Club ausgegeben, ohne einen einzigen Pikser gemacht zu haben!

Drei Stunden später sitze ich mit einem hessischen Wertpapierberater an einem kleinen Tisch neben der Tanzfläche. Weil wir auf den Kanaren sind, befindet sich sowohl die Tanzfläche als auch der Tisch im Außenbereich neben dem Pool. Das Teelicht, das auf dem Tisch flackert, ist das gleiche wie bei mir zu Hause. Irgendwo auf den Kanaren muss es einen Ikea geben. Vorsicht! Zu spät. Da ist es wieder, mein 30 C.

»Tanzt wie 'ne Nutte!«, zischt mein Hesse mit rotem Kopf und bohrt seinen albernen Cocktailschirm durch ein Stück Ananas. Weil auf der Tanzfläche keiner blutüberströmt zusammenklappt, handelt es sich hierbei offenbar nicht um Voodoo. Dennoch: Auch mit rudimentärsten Kenntnissen der menschlichen Psyche lässt sich leicht abschätzen, dass nicht mehr viel fehlt, um meinen bisher so sympathischen Banker in einen kaltblütigen Amokläufer zu verwandeln, der gleich mit einer Maschinenpistole den gesamten Außenbereich der Clubdisco in Schutt und Asche legt. Robinson – Zeit für Gefühle! Wegen der Musik würde ich's noch verstehen. Es läuft Joe Cocker. Joe Cocker ist aber nicht sein Problem. Sein Problem ist die Frau, mit der er seinen Urlaub verbringt.

Ich biete meinem eifersüchtigen Banker eine Zigarette an, um ihn abzulenken.

»Jetzt schau doch mal hin, Simon, wie 'ne Nutte!«

»Hier … Feuer!«

Statt seine Kippe anzuzünden, schleudert er sie auf die Tanzfläche. Ich finde, dass Kippen auf die Tanzfläche schleudern nicht zu Leuten mit rahmenlosen Designerbrillen und BOSS-Sakkos passt. Außerdem habe ich Angst, dass sein Kopf gleich platzt.

»Jetzt gräbt sie auch noch dieser Ossi an!«

»Das ist mein Tennislehrer!«, informiere ich ihn.

»Mir doch wurscht. Ossi is' Ossi!«

Armer Wessi, würde ich eher sagen. Fliegt fast dreitausend Kilometer, um allen zu zeigen, was er für ein toller Hecht ist mit seinem brasilianischen Superschuss, und dann steht er jeden Abend da wie Karl Arsch, nur weil Fräulein Zuckerhut mit jedem Mann flirtet, dessen Kreditkarte noch länger als vier Wochen gültig ist. Hoppla. Da kommt sie auch schon angeschlichen.

»Gregor. Gib mir die Karte!«

Das war, glaube ich, Portugiesisch und heißt so viel wie »Ich liebe dich!«.

Ich kann nicht glauben, dass ein erfolgreicher Investment-Banker seiner Freundin wortlos seine Clubkreditkarte gibt, statt mal eben mit ihr Schluss zu machen und so auf einen Schlag hunderttausend Euro zu sparen.

»Nicht, dass wieder nix drauf ist!«, droht sie ihm und trippelt zurück an die Bar wie Peg Bundy aus *Eine schrecklich nette Familie*.

Eines muss man sagen: Dieser brasilianische Akzent ist schon geil. Und Figurprobleme sehen auch anders aus. So ist Fräulein Zuckerhut beispielsweise stolze Besitzerin eines 100-%igen Salsa-Hinterns. Salsa-Hintern sind die Hölle! Nicht ohne Grund foltert man uns mit derart unverschämten sexuellen Stimuli in jeder verdammten Fernsehreportage über Südamerika. Bei so einem Salsa-Hintern kann man einfach unmöglich wegzappen! Egal, über was berichtet wird, irgendwelche untervögelten Cutter schneiden immer einen Salsa-Hintern in den Bericht. Südamerika in der Schuldenfalle? Und Schnitt auf Salsa-Hintern! Klebstoff schnüffelnde Straßenkinder in Salvador da Bahia? Schnitt auf Salsa-Hintern! Tankerunglück vor

Buenos Aires? Dann muss man doch mal so einen Salsa-Hintern …

Nur MTV hat die Chuzpe, die Salsa-Hintern grundlos zu zeigen. Diese makellosen, shakiresken Hintern von in Slomo zuckenden Schlafzimmerblick-Stringtanga-Schlampen, die sich Vollmongos wie Jay-Z und Snoop Doggy Dog auf ihre eingeölten BMW-Motorhauben setzen. Oder waren's die Hintern, die eingeölt wurden? Egal … irgendwie komme ich jedenfalls in die richtige Stimmung. Aber statt eine Frau anzubaggern, sitze ich hier neben einem hyperventilierenden Fondsmanager. Ich nehme einen Schluck Beck's aus der Flasche. Vielen Dank noch mal, Phil, für den tollen Tipp mit dem Single-Club, der auch nur deswegen so heißt, weil man garantiert als Single wieder nach Hause fährt. Ich hab das ganze Angebergekläffe noch im Ohr: »Mensch, Simon, da machste jeden Abend 'ne andere klar, ich sag nur, vögeln, bis der Arzt kommt!« Ein Arzt ist tatsächlich mal gekommen – um den Kreislaufkollaps eines 70-Jährigen zu behandeln, der sich im Aquarellkurs mit seinem Pinsel überhoben hat. Das Beste war, dass ich vorgestern per SMS erfahren habe, dass Phil selbst noch gar nicht hier war. Er hat lediglich gehört, dass der Club was für Singles wäre. Was für ein Knallkopf! Scheiß drauf, es ist der letzte Abend, also hab ich nix mehr zu verlieren. Ich bin braun, mir wurde eben das Leben gerettet, und ich fühl mich ansatzweise sexy.

»Hey, Simon! Geile Aktion aufm Meer heute! Hab gehört, Aneta musste dich reinschleppen, weil du sonst abgesoffen wärst!«

Das war Kommentar Nummer 16, präsentiert von einem badischen Spinninginstructor, der mit drei Bieren an mir vorbeizischt.

»Freut mich, dass es dir gefallen hat!«

Mein hessischer Banker hat sich noch nicht wirklich beruhigt, wie mir ein Seitenblick verrät. Nicht gerade ein toller Typ, muss man sagen. Aber so ist es ja immer: Neureiche, langweilige Milchbrötchenfresse vögelt brasilianischen Salsa-Hintern. Und warum? Drei Buchstaben. SLK! Das Auto, nicht die Lotterie. Von den Kisten hat er angeblich drei. Kann aber auch sein, dass er mir davon nur dreimal erzählt hat.

»Wie 'ne Nutte, Simon! Tanzt wie 'ne Nutte!«

»Brasilianerinnen tanzen halt besser als Hessinnen!«, tröste ich ihn, als er mal wieder kurz vorm Aufspringen und Schlussmachen ist.

»Dafür kosten sie das Zehnfache!«

»Warum tanzt sie eigentlich nicht mit dir?«, will ich wissen.

»Weil ich nicht tanzen kann. Ich bin zu steif.«

»Wer sagt das?«

»Sie.«

»Ach …«

»Wo steckt eigentlich DEIN Traumbabe?«, grinst er mich an. Ich sage ihm, dass er seine Klappe halten soll, und deute auf den Tennisossi, der gerade sein Bein zwischen den Salsa-Hintern geschoben hat, obwohl das der Song »Lady in Red« von Chris de Burgh gar nicht unbedingt erfordert hätte.

»Och … der Ossi tanzt aber ganz gut!«, sage ich. Das war's!

»Also jetzt reicht's!«

Noch ehe ich mein hessisches Milchbrötchen zurückhalten kann, springt es auf, wühlt sich durch buntbehemdete Rentner und schüttet seinem Widersacher seine Bacardi-

49

Cola ins Gesicht. Wie entwürdigend! Männer schütten sich keine Longdrinks ins Gesicht. Sie tun das nicht aus dem gleichen Grund, aus dem sie sich nicht zwicken oder kratzen oder Joghurette kaufen. Sie tun es nicht, weil sie Männer sind! Weil Männer sich Mars-Riegel kaufen und sich in die Fresse hauen!

»Du blödes Arschloch!«, keift der Salsa-Hintern und scheuert dem Weichei eine. Und dann muss ich, zusammen mit etwa einhundert weiteren Clubgästen, mit ansehen, wie Fräulein Zuckerhut ihren zappelnden Banker mitsamt Designerbrille am Ohr von der Tanzfläche wegzieht wie einen Hund vom Essenstisch. Das muss man sich mal reintun! Am Ohr! Ich schäme mich für ihn. Und jetzt? Was ist denn jetzt mit mir? Jetzt sitze ich alleine an meinem kleinen kanarischen Kerzenlichttisch. Ein großohriger SAP-Programmierer, den ich gestern beim Tischtennis geschlagen habe, nähert sich mit einem breiten Lächeln. Lieber Gott, mach, dass er sich nicht zu mir setzt!

»Da haben sie dir aber deinen Arsch gerettet heute auf See, oder?«

»Ich tu, was ich kann!«

Er zieht weiter, und ich zünde mir mit meinem letzten Streichholz eine Prince Denmark an. Sekunden darauf geht mit einem bemerkenswerten Sinn für unangebrachte Symbolik die Kerze auf meinem Katzentisch aus. Tja ... das ist dann wohl der Preis meiner elitären Sozialplanung: Einsamkeit. Nur ich und mein kleiner, kerzenloser kanarischer Katzentisch.

Weil es noch relativ früh ist und sich die Clubdisco erst so gegen Mitternacht füllt, hol ich mir noch eine Flasche Beck's an der Bar. Ich beschließe, eine Weile dort abzuhängen und meinen Blick schweifen zu lassen. Und alle sind sie wieder da, wie jeden langweiligen Abend:

Tante »Käthe«, der so ein bisschen aussieht wie Rudi Völler und seit drei Jahrzehnten jeden Februar hier in »seinem Club« Urlaub macht. Eine einzige falsche Frage, »wie das hier früher so war«, und man kann sich den Abend an die Clubmütze stecken. Ein paar Meter weiter stehen die Idioten vom Singletisch. Eine ausgezeichnete Idee der Clubleitung, genau diesen Tisch im Restaurantbereich mit einem großen, von weitem sichtbaren Schild mit der Aufschrift SINGLE-TISCH zu kennzeichnen. Der Single-Tisch, das ist der Tisch, an dem schon dann ein Hauch von guter Laune aufkommt, wenn mal eine Stunde lang keiner geheult hat. Ich saß einen einzigen Abend dabei, und es ist nur der Tatsache zu verdanken, dass der Club keinen Schnupperkurs »Pulsadern aufschneiden« anbietet, dass ich mich nicht vor lauter Melancholie mit einer Großpackung Gilette in die Badewanne gesetzt habe. Die Single-Gespräche laufen da immer nach dem gleichen Muster ab.

›Na, wie lange bist du schon alleine?‹

›Seit 'nem knappen Jahr. Und du?‹

›Ach ... ich weiß gar nicht mehr ... langsam denke ich schon, ich find nie mehr eine! Ich hab aber auch viel falsch gemacht, glaube ich.‹

›Du, ich schau mal zum Strand und ertränke mich!‹

›Okay. War nett, dich kennen zu lernen! Ach warte ... ich glaub, ich komme mit!‹

Aber wie's immer ist: Alle Verlierertisch-Singles haben sich gefunden. Sogar der erdbeerporige Peter ist seit drei Tagen mit dem Hardcore-Mauerblümchen Flo aus Essen zusammen, und heute Morgen am Wellfit-Buffet hatte ich fast den Eindruck, das Leid der Welt würde nicht mehr ganz so schwer auf den zerbrechlichen Schultern der beiden lasten. Aber was ist mit meinen Schultern? Da stehe ich nun mit Bierchen Nummer vier und warte drauf, vom Clubchef persönlich eine Medaille verliehen zu bekommen mit der Aufschrift »Einsamster Mensch des Clubs«.

Ich trinke noch ein Beck's und noch eines. Als der DJ die Weather Girls mit »It's raining men« auflegt, bestelle ich mir meinen ersten Whiskey. Die Tür des Club-Theaters geht auf, und jede Menge abscheulich gut gelaunte Menschen strömen heraus.

»Sehr gute Show heute!«, verrät mir eine mollige Dame aus Düsseldorf. Sie trägt eine tonnenschwere, diamantbesetzte Brille.

»Was haben sie denn gespielt?«, will ich gar nicht wissen, frage es aber trotzdem.

»Na Cats!«

»Aber das läuft doch schon die ganze Woche!«

»Heute war's besonders gut!«

Ich bestelle einen weiteren Whiskey, als mir das Bond-Girl auf die Schulter tippt. Aneta! Diesmal trägt sie keinen Wetsuit, sondern ein Katzenkostüm. Auch sexy!

»Na? Letzter Abend, was?«, blinzelt sie. Ich versuche, etwas weniger besoffen zu schauen, als ich bin, aber vermutlich seh ich wieder sehr kugelfischig aus.

»Du bist … du bist ja 'ne Katze! Mein Lebensretter-Kätzchen!«, stammle ich.

Ihr eng anliegendes Katzenkostüm sticht den Wetsuit in Sachen Erotik fast noch aus. Eine Frechheit eigentlich. Eben hatte ich mich hormontechnisch wieder auf Standby gefahren. Jetzt kommt die hier einfach so an und macht mich wieder geil. Sexy Frauen sollten Zirkuszelte tragen und nicht dieses Zeug, das einen so verrückt macht.

»Warum hast du denn so ein Ding da an?«, will ich wissen.

»Na wegen Cats. Das spielen wir doch gerade! Hab eigentlich gedacht, ich seh dich im Publikum!«

»Hab noch an meiner Einkommensteuer gesessen!«

Sinnloses Clubgeblubber. Ich verschwende meine Zeit. Mit Animteuren läuft eh nichts, und wenn sie noch so freundlich sind. Viele vergessen das immer. Die Jungs und Mädels haben ihr Lächeln verkauft an die Zuhälter der Tourismusindustrie. Es ist nicht echt! Und bei Aneta eben auch nicht. Sogar jetzt, wo ich mit ihr spreche, nickt sie anderen Clubgästen zu. Willkommen zum Reality-Check. Prüfung läuft. Ergebnis: Sie haben … keine Chance. Was mich dann allerdings ganz schön aus der Bahn wirft, ist die Frage:

»Haste Lust, einen Wein zu trinken?«

»Jetzt, hier?«

»Besser auf meinem Balkon. Hier sind mir zu viele Gäste!«

Auf ihrem Balkon? Sie fragt MICH, ob ich zu IHR komme, um einen Wein auf IHREM Balkon zu trinken? Das Bond-Girl? Eben dachte ich noch, ich hätte das System kapiert und dann so was. Dieser Club ist ein einziges, großes Missverständnis. Eine gigantische Pauschal-Truman-Show, angezettelt von der TUI und den Machern der Matrix. Aneta ist Animateurin. Sie hatte eine harte Woche. Sie hat sich versprochen, und jetzt tut es ihr Leid.

»Du lädst mich ein zu dir?«

»Warum denn nich …?«

Wie kann mir dieses Miststück in zehn Sekunden meine

ganze Clubtheorie wegbomben? Wie kann sie mir meine kleine, erbärmliche Abendplanung kaputtlächeln? Warum? Ich gehe auf Nummer Sicher und antworte mit:

»Klar!«

»So in 'ner Stunde? Ich muss noch aus meinen Katzenklamotten raus und duschen!«

Auch das noch. Ich mag gar nicht dran denken.

» Wo issn Dein Balkon, äh … Zimmer?«

»79 B, hinter den Tennisplätzen!«

»Ich bring Wein mit!«

»Super – bis gleich!«

Und weg ist sie. Ich schaue auf den spanischen Barkeeper, um mir bestätigen zu lassen, dass sie das, was sie gerade gesagt hat, wirklich gesagt hat, doch der mixt einfach nur einen Pauschalmojito nach dem anderen.

Aneta! In einer Stunde! Ich bin ansatzweise überfordert. Ich stelle den Whiskey weg und segle mit meiner grün hämmernden Beck's-Birne die geschwungene Stahltreppe runter in die noch halb leere Diskothek. Saiiiiiilllll awayyy … An der Theke sitzt der Tennisossi, inzwischen ohne Fräulein Zuckerhut, dafür aber mit einem Longdrink. Ein glückliches Gesicht sieht anders aus. Hey hoh – Traumjob Animateur, bezahlen Sie einfach mit ihren Leberwerten!

»Hey Maik!«

»Simon!«

Ein homöopathisches Lächeln huscht über sein blasses Gesicht.

»Gibst du mir 'n Drink aus?«, fragt er mich mit leicht sächsischem Akzent.

»Klar, was willste?«

»Tschin Dönnick!«

Weil ich den kanarischen Angestellten gerne das Gefühl

gebe, dass ich ihre Kultur und Sprache schätze, bestelle ich auf Spanisch.

»Dos Gin Tonic, bitte!«

»S'n Scheiß-Gefängnis hier, der Club, weißte, Simon?«

Oha! Mein Tennisossi hat die freie Zeit zwischen der Zuckerhut-Affäre und dem nächsten Mädchen genutzt und sich selbständig nach Philosophen-Laber-Country geschossen.

»Wieso? Is doch geil! Immer Sonne, Urlaub …«, entgegne ich. Sein Blick verrät mir, dass er dem nur bedingt zustimmt.

»S'wie bei uns früher! Wie in der DDR … Zaun drum, alle machen einen auf happy, und richtiges Geld haben wir och nisch!« So hab ich das noch gar nicht gesehen. Leuchtet aber ein.

»Letzter Abend, was?«

»Yap!«

»Findest die Aneta gut, oder?«

Der Club ist kein Gefängnis, der Club ist ein Dorf!

»Die find ich sogar sehr gut. Ich … treff sie gleich, auf 'n Wein, bei ihr!«

Maik runzelt die Stirn, schiebt sein leeres Gin-Tonic-Glas zur Seite und wirft das Pauschalcocktailschirmchen in die Spüle. Hut ab. Den Drink hat er fix weggezogen.

»Echt? Das hat die ja noch nie gemacht!«

»Wein getrunken?«

»'n Gast eingeladen zu sich. Da denkt man immer, man kennt sich … Die hört bald auf bei uns, weißte? Zieht nach Köln. Darf aber keiner wissen …«

»Die zieht nach Köln? Da wohn ICH doch!«

»Da wohnst DU doch? Und jetzt ist da kein Platz mehr oder was?«

55

»Haha … nee, ich bin nur überrascht!«

» Hey … die findet dich auch gut, Simon!«

»Jetzt echt?«

»Hat se gesagt!«

»Mhhh …«

Aneta und ich! In Köln! Das wär schon was! Ganz ohne das Pauschalfußvolk aus dem Club könnten wir durch die Kneipen ziehen, am Rhein spazieren oder einfach mal nur zu Hause abhängen und *stern TV* schauen! Ich merke, wie es mich wegzieht von der Bar, um diesen Traum wahrscheinlicher zu machen. Ich muss zu ihr. Jetzt. Sofort.

Ich rutsche vom Hocker und umarme Maik für diese großartige Information.

»Hey, klar … kein Problem. Danke für den Tschin Dönnick!«

Als ich schon fast weg bin, zieht er mich noch mal zu sich.

»Wenn ich dir noch einen Tipp geben darf, Simon?«

»Immer gerne!«

»Die Aneta, na ja … sie hat gekündigt wegen der ganzen blöden Anmacherei von den Gästen und so … Weißte? Na ja … is ja schon 'ne ganz schöne Kirsche. Und dann die ganze Hey-willste-ficken-Nummer und so, das war nix für sie. Also, wenn du wirklich interessiert bist, also wirklich, wirklich … dann würd ich schön den Ball flach halten heute. Weißte?«

Weiß ich. Ball fixieren, rechtzeitig ausholen, neben dem Körper treffen und auf alle Fälle flach halten. Wie in Trance packe ich meine Zigaretten ein und stapfe ins Freie. Sie zieht nach Köln! Raus aus der virtuellen Welt der guten Laune und hinein ins echte Leben! Sie zieht zu mir! In eine Stadt. In meine Stadt! Ich darf es nicht versauen. Wenn ich irgendwas nicht versauen darf, dann das! Ich werd's aber versauen. Und ich weiß auch, warum. Weil ich nach mittlerweile einem halben sexlosen Jahr, Salsa-Hintern und Katzen-Wetsuits so notgeil bin, dass ich sogar nach den Tagesthemen mit Anne Will kalt duschen muss. Und wenn ich die Tür zu Anetas Bungalow öffne, dann steht da ja wohl so was wie eine Anne Will: eine Frau!

Klopf. Klopf. Hallo Aneta. Bussi. Ein falscher Griff, ein dummer Spruch und schon versaut. Es sei denn …

Genau!

Das isses!

Das ist DIE Idee! Eine Idee, die einen entspannten Abend garantieren und die Zukunft mit Aneta sichern würde. Ich schnippe meine Kippe in den Kinderpool und schreite entschlossenen Schrittes zu meinem Single-Bungalow. Ich schließe die Tür zu meinem Zimmer ab, ziehe die Jalousien herunter und schalte den Fernseher ein. Ich zappe mich an zwei beknackten Talkshows vorbei direkt in das Zentrum meines Interesses: die aufwändig produzierten, fünfsekündigen Billigwerbespots, in denen sich scharfe, brünette Studentinnen auf billiger Bettwäsche räkeln und einen anflehen, sie anzurufen.

Das erste Mal komme ich auf die immergeile Chantal mit der Rufnummer 0190 dreimal die 67. Das zweite Mal auf eine notgeile Hausfrau, die angeblich in meiner Umgebung wohnt. Und das dritte Mal versau ich irgendwie vom Timing und komme auf ein Schnellkochtopfset für 179 Euro. Ich wusste gar nicht, dass ich so potent bin! Danke, WMF! Wenn ich mal irgendwann keinen hochkriegen sollte, dann denk ich auf jeden Fall an euch! Kurz blitzt der Gedanke an ein viertes Mal auf, doch die 60-Jährige, mollige Sekretärin mit der Rufnummer 0059 viermal die 88 überzeugt mich nur bedingt. Game over. »Operation Bungalow Storm« completed. Ich bin sehr zufrieden. Mit einem Zeitaufwand von einer schlappen Viertelstunde habe ich mich selbst in einen Zustand gerubbelt, bei dem ich mit einer nackten Shakira bei einer Honigmilch über die Entschuldung von Dritte-Welt-Staaten diskutieren könnte.

Trotzdem bin ich ein wenig nervös, als ich mich mit meiner vom Buffet geklauten Weinflasche und in einem frischen Hemd dem Bungalow 79 B nähere. Genau genommen bin ich sogar sehr nervös. So in etwa hab ich mich gefühlt, als ich mich mit 13 zum ersten Mal mit einem Mädchen auf ein Eis getroffen habe und ihr ein Bussi auf die Stirn geben durfte, nachdem ich das Eis bezahlt hatte. Glaube ich. Oder? Ach neee ... sie ist ja vorher abgehauen. Was man sich so alles zusammenreimt, wenn ein paar Jahre vergangen sind. Aah ... hier ist Bungalow 75 und da 76 ... Mittlerweile ist mir richtiggehend schlecht. Ich bin mir aber nicht sicher, ob das wegen der Beck's und der Whiskeys ist oder weil ich so aufgeregt bin. Könnte auch sein, dass ich ganz einfach verliebt bin! Bungalow 78.

Bungalow 79 und ... 79 B.

Ich spüre, wie sich mein Puls langsam vom Fatburning- in den Cardiobereich hocharbeitet. In einem Bungalow-Fenster flackert eine Kerze. Das muss es sein. Ich klopfe an die angelehnte Tür.

»Hallo? Wohnt hier 'ne Katze?«

»S'offen ...«

Zwei Reihen Ikea-Teelichter entlang dem kleinen Gang weisen mir den Weg in ein kleines, süß eingerichtetes Wohn-Schlafzimmer. Ich muss an 30 C denken. Der blöde fiese Zwerg hätte mir die Nummer wirklich aufschreiben müssen! Das Zimmer ist gemütlich eingerichtet. Es duftet nach Vanille, heißer Dusche und warmer Frau. An einer Wand hängt das obligatorische Che-Guevara-Poster, auf schwarzer Satin-Bettwäsche liegt das Katzenkostüm. Nur Aneta kann ich nirgendwo sehen.

»Wo bist'n du?«

»Einfach weiter ... aufm Balkon!«

Ich schiebe mich durch einen 70er-Jahre-Raumteiler und stehe auf einem winzigen Balkon mit zwei putzigen Bistrostühlen und einem Mosaik-Tischchen, auf dem bereits eine Flasche Wein steht. Leider geht der Balkon nicht auf den Atlantik, sondern auf eine vierspurige Umgehungsstraße, über die gerade ein britischer Reisebus donnert.

Aneta hat ihre braunen Beine auf die weiß verputzte Balkonmauer gelegt, streicht sich eine Locke aus der Stirn und reicht mir ein übervolles Weinglas. Mein Gott, diese Lippen sind phantastisch. Sie könnte mal eben eine Titelseite auf der *Vogue* haben und das ohne Make-up.

»Schön, dass du da bist!«

»Schön, dass ...«

Was sagt man, bitte schön, auf einen solchen Satz? Scheiße, bin ich nervös.

»Schön, dass ... na ja ... dass wir jetzt alle hier sind! Hier ... Wein!«

»Ah ... unser Tischwein. Lecker!«

»Na ja ...«, sage ich und setze mich direkt neben Aneta, die schon wieder kein Zirkuszelt anhat. Obenrum trägt sie so gut wie nichts, ich denke aber, man könnte es als bauchfreies Mini-Shirt bezeichnen. Aber das ist mir, dank meines heldenhaften Triple-Sex-Akts, ziemlich egal. Ich spüre einen gewissen Druck, über die kanarische Infrastruktur zu sprechen. »Herrlich«, sage ich und lasse dann meinen Blick zustimmend über die Umgehungsstraße schweifen.

»Das ist die FV 2!«, informiert mich das Bond-Girl.

»Für was stehen die Buchstaben?«, frage ich nach einer Weile.

»Ffffvvvvvumgehungsstraße!«

Wir schauen uns kurz an, dann müssen wir beide lachen. Fvumgehungsstraßen sind wirklich sehr nützlich. Sie schaffen Arbeitsplätze, bringen die Urlauber problemlos in ihre Pauschalhotels und Aneta und mich schneller in eine entspanntere Stimmung.

»Mal anstoßen?«

»Klar!«

Sie schenkt mir ein, hebt ihr Glas und schaut mir in die Augen. Glitzerfunkelbitzel! Mein Herz klinkt sich aus und rastet in der Magengegend wieder ein. Bitte nicht. Zu spät – passiert!

»Auf was?«, fragt sie, und man könnte den Ton durchaus als lasziv deuten.

»Auf … den Club?«, taste ich mich vorsichtig vor.

»Ganz bestimmt nicht!«

»Dann … sagen wir, auf uns?«

»Mejor. Also, auf uns!«

Mein Puls beschleunigt sich ohne meine Erlaubnis. Die Frau ist toll, ohne Wenn und Aber. Ich weiß nicht, warum, aber wir trinken das Weinglas beide auf Ex aus. Alles, was dann kommt, ist lustig, angenehm und einfach nur schön. Wir trinken und quatschen über dies und das. Wir loben den Mond für seinen romantischen Beitrag zu unserem Abend und singen die kanarische Version unseres Lieblingsliedes Biene Maja:

»En un país unbekaaaant…«, stimme ich an, »hace ziemlich poco tiempooo …«

»Fuera eine Biene bien bekaaaannt …«, ergänzt sie mit
ernster Miene, aber stimmlich perfekt. Das macht die Ani-
mateurerfahrung. »Y esa Biene que yo meine se llama Ma-
jaaaa …«

Wir bekommen einen Lachanfall nach dem anderen, öffnen die zweite Flasche Wein, imitieren den paranoiden hessischen Banker, Tante Käthe und Maik, den alkoholkran-
ken Tennisossi. Alles läuft 100-%ig nach Plan. Sie verliebt
sich in mich. Als Körpersprachexperte merke ich so was
eben gleich. Das Lachen, die Blicke, alles steht auf »Go!«.
Außerdem hat sie mich schon dreimal am Bein berührt. Ich
bin eben kein »Hey, willste ficken«-Penner. So was merkt
man bzw. frau. Noch ein Stündchen, dann werde ich ihr
meine Adresse in Köln dalassen und mich mit einem Bussi auf die Stirn verabschieden.

Dachte ich mir so.

Ist aber nicht.

»Simon, ich will mit dir schlafen.«

Mit Weinglas, Kippe und einem schockgefrosteten Lächeln krache ich auf die Klippen vor der Wassersport-Station.

Man sagt ja, dass kurz vor dem Tod noch mal das ganze
Leben an einem vorbeizieht. Bei mir ziehen zwar nur die
sieben Urlaubstage vorbei, dennoch falle ich in ein mehrse-
kündiges Konversationskoma. Ein weiterer Reisebus donnert über die Fvumgehungsstraße. Da säße ich jetzt gerne
drin. Egal, wohin er fährt. Und um alles noch viel schlimmer zu machen, greift Aneta nach meiner Hand und haucht
mir ins Ohr:

»Jetzt!«

Da. Noch ein Bus. Aus Holland, glaub ich. Da brauchen die ja Tage hier runter auf die Kanaren! Und das bei diesem mickrigen Sitzabstand! Gerade, wenn man so groß ist wie ich! Ich räuspere mich und quietsche:

»Aber warum … ich meine, warum denn jetzt?«

Toll, Simon. Du hast einen ganzen Satz gesagt!

»Ich hab Lust auf dich! Und … na ja … zu deiner Beruhigung … Weil du morgen fliegst.«

»Wie? Weil ich morgen fliege?«

Ich zünde mir zitternd eine Zigarette an.

Was ist das für ein Gott, der so was zulässt? Und wie zum Teufel kam ich Vollidiot eigentlich noch gleich auf die Idee, mir dreimal einen runterzuholen? Da ich mir diese Fragen leise stelle, können sie Aneta auch nicht davon abhalten, sich auf meinen Schoß zu setzen und mir einen sehr feuchten Beruhigungskuss zu geben. Ich kann sehen, dass sie unter ihrem Rock nichts anhat. Ich nehme es als Tatsache zur Kenntnis, nicht als Mann. Danke, WMF!

»Hey! Ich will mit dir schlafen, nicht dich heiraten. Und ich hatte das Gefühl, dass du das auch gerne möchtest …«

»Aber du kommst doch nach Köln!«, fiepe ich kleinlaut.

»Sobald mein Freund die Wohnung klargemacht hat!«

Vor meinem inneren Flachbildschirm sehe ich, wie mir der Clubchef die *Einsamster-Mensch-des-Clubs*-Medaille vom Hals reißt und mir eine *Größter-Vollidiot-der-Clubgeschichte*-Medaille umhängt. Was würde ich nicht jetzt für einen Scharfschützen auf dem Dach der Surfstation geben, der mich einfach so, kurz und schmerzlos, umnietet. Doch Scharfschützen kosten viel Geld, und das hab ich alles im Club versoffen.

Sie streicht mir durchs Haar.

»Komm, wir gehen rein!«

Das ist der Punkt, an dem ich die weiße Fahne aus dem Fenster hänge, der Punkt, an dem ich mich meinem Schicksal beuge. Aber: Man hat schon Menschen trotz weißer Fahne erschossen, das weiß ich. Wie ein Kleinkind am ersten Schultag lasse ich mich ins Schlafzimmer führen und mich aufs Bett fallen. Während ich mir in Gedanken gerade den Strick *Hängan* um meinen Hals hänge und den Stuhl zurechtrücke, streift die erotischste Frau des Clubs ihren Rock ab und schmiegt sich an mich. Man kann Aneta wirklich nicht vorwerfen, dass sie sich nicht bemüht, mir zu einer Erektion zu verhelfen. Genau genommen probiert sie sogar alles, was ich jemals bei *Liebe Sünde* und auf den Videos von Phil gesehen habe, und unter normalen Umständen hätte ich womöglich eine der schärfsten Liebesnächte meines Lebens. Doch so …

Ich versuche, an WMF zu denken, doch es hilft alles nichts. Hier ist er, der peinlichste Ständersupergau von Simon Peters! Über mir empfiehlt sich die schärfste Frau des Clubs gerade für den Porno-Oscar, und ich liege da wie ein verdurstender Strafgefangener auf Guantanamo nach zwei Tagen CIA-Verhör.

»Tut mir Leid«, sage ich, als ich mir sicher bin, dass da nichts mehr größer wird, »liegt nicht an dir!«

»Macht nix«, sagt sie und umarmt mich.

Gehen muss ich trotzdem.

Mit einem Pauschalmojito und meiner letzten Kippe setze ich mich an den einsamen Clubstrand. Der Sand ist noch warm, fast könnte man hier draußen übernachten. Morgen geht's in den Flieger, zurück in meinen kleinen, grauen Alltag, zurück in die Welt der DSL-Anschlüsse und Single-Sessel-Abende vor dem Fernseher. Von irgendwo höre ich das

Lachen einiger Single-Verlierertisch-Idioten. Womöglich haben sie ja Sex am Strand. Ich denke daran, wie Aneta mich am Nachmittag mit dem Motorboot an den Strand gezogen hat. Fast wäre ich gegen die gefährlichen Klippen gefahren, hat sie gesagt. Gefährliche Klippen. Als ich die Holztür zur Wassersport-Station aufbreche, sehe ich meinen Banker alleine und mit wirrem Haar und Weinflasche auf dem Bootssteg sitzen. Er ist besoffen.

»Hey ... Simon, ich hab dich gesehen mit Aneta an der Bar. Haste Erfolg gehabt?«

Ich ziehe ein Schulungs-Surfbrett aus dem Lager und lasse es auf den Sand fallen.

»Sagen wir so ... ich bin drei Mal gekommen!«

»Nicht schlecht!«

»Ja, und bei dir und deiner Süßen?«

»Sie hat Schluss gemacht!«

»SIE? Nicht du?«

»Nein, sie!«

Ich ziehe ein weiteres Surfbrett aus dem Lager und lege es neben ihn. Wir sind zwar beide betrunken, aber mit ein bisschen Glück schaffen wir das schon zu den gefährlichen Klippen.

LALA

Als ich nach fünf Stunden Flug fix und fertig die Tür zu meiner Wohnung aufschließe, bügelt Lala gerade zu kroatischer Volksmusik meine Hemden. Richtig. Lala ist meine Putzfrau. Warum sie allerdings ausgerechnet heute sauber macht und nicht in der Woche, in der ich im Urlaub war, ist mir ein Rätsel.

»Siiiiimmmmon! Bist du wieder da. Und wie braun!«, freut sie sich aufrichtig.

Ich stelle meine Reisetasche neben die Eingangstür und gebe Lala die Hand.

»War Wohnung schmutzig letzte Woche, hattest du Party?«, will sie wissen.

›Wie war dein Urlaub?‹ wäre eine passendere Frage gewesen, denke ich mir so. Ich muss mich erst mal sammeln. Lala war das Letzte, mit dem ich gerechnet habe.

»Letzte Woche? Ach so … ich hab ein paar Leute aus'm Club mitgenommen, wir haben noch einen getrunken und … na ja … ich hab nicht alles weggeräumt und so … wieso willste das denn wissen?«

Lala zögert ein wenig, offenbar ist es ihr peinlich, mich das zu fragen. In einer Art kroatischer Übersprungshandlung füllt sie destilliertes Wasser in das Bügeleisen, welches sich zischend bedankt.

»Simon ... frag ich auch, weil zum ersten Mal die andere Hälfte von Bett war auch benutzt, weißt du?«

Weiß ich. Das war der Pulp-Fiction-Luftfahrthase, der am nächsten Morgen ohne Frühstück und mit Kater nach Los Angeles abgedampft ist.

»Sonst ... ich soll immer beziehen für zwei, aber nur eine Hälfte benutzt!«, brabbelt sich Lala weiter ins Unglück. Schon klar. Big Lala is watching you. Das hab ich nun davon, dass ich seit zwei Jahren beide Seiten meines Doppelbettes beziehe, in der schwachsinnigen Hoffnung, dass eines Nachts die bauchfreie Christina Aguilera vor meiner Tür steht und mich auf Knien anfleht, bei mir übernachten zu dürfen.

Bisher hat sich Lala nie in meine privaten Sachen eingemischt. Das war ihr immer sehr wichtig, nicht mal Schränke hat sie aufgemacht, weil sie Angst hatte, dass da irgendwas drin sein könnte, was sie nichts angeht. Umso überraschter bin ich nun von Lalas plötzlichem Putz-Orwellismus.

»Is deine Freundin, die Bett hat zerwühlt?«, fragt sie mich augenzwinkernd. Hoppla. Lala steht doch nicht etwa auf mich? Womöglich hab ich sie mit meiner Stewardessenaktion eifersüchtig gemacht, sie mitten ins Herz getroffen und ihre tiefsten Gefühle verletzt!

»Nee, is ... 'ne Freundin, weißt du, 'ne Bekannte gewesen. Warum interessiert dich das denn?«

Lala scheint erleichtert. »Also hast du keine Freundin in die Moment?«

»Nein?«, sage ich, gehe aber mit der Stimme nach oben, als wäre es eine Frage. Lala lacht und sprüht vor Erleichterung noch ein wenig mehr Bügelfein als normal auf mein braungelbes Lieblingshemd.

»Frag ich, weil ich hab nette Frau für dich, bei der ich auch putze in Wohnung.«

Gott sei Dank! Für eine Sekunde dachte ich, sie hätte sich verliebt. Nichts gegen rothaarige Kroatinnen in den Vierzigern, aber ich selbst bin ja erst neunundzwanzig! Dann frage ich:

»Wie ist die denn so?«

Lala stellt das Bügeleisen zur Seite und hängt mein Lieblingshemd auf den Bügel.

»Ganz hell, zwei Zimmer, wunderschön Parkett mit großem Balkon zu Sonne …«

»Die Frau!«

»Ach so … Frau auch gut!«

Das war es auch schon. Ende des Gesprächs, denn Lalas Handy fiept. Gutes Timing. Bleiben Sie dran, Simon. Mehr Infos zum Date gibt's nach diesem Anruf. Gibt es leider doch nicht, denn auch mein Handy klingelt, und als ich Phil erzählt habe, dass ich im Club Sex mit vier verschiedenen Frauen hatte, hat Lala ihre Sachen gepackt und ist verschwunden. Ich setze mich in meinen Single-Sessel, zünde mir eine Zigarette an und schalte den Fernseher ein.

Eine ereignisarme Woche später finde ich neben Lalas Kassenzettel für Küchenrollen ein auf irgendeiner langweiligen Party geschossenes Polaroid-Foto mit einer lachenden Gruppe Prosecco-Tippsen in Business-Kleidchen. Auf eine große Brünette zeigt ein kugelgeschreibter Pfeil, und darüber steht, ebenfalls kugelgeschreibert: *Dörte!*

Dörte? Ist das ein Scheiß-Name oder ist das ein Scheiß-Name? Döööörte! Klingt für mich wie ein widerlicher Bio-Brotaufstrich. So einer, den sich frustrierte Realschullehrer auf ihr Dinkel-Bananenbrot streichen, bevor sie in ihren asbestverseuchten Klassenzimmern verpickelte Teenager mit binomischen Formeln zu Tode langweilen. Dörte! Ich könnte ausflippen wegen so einem Scheiß-Namen!

Das Date ist für mich schon jetzt gestrichen. Dörte!

Is noch Dörte im Kühlschrank, Schatz?

Direkt hinter der laktosefreien Milch!

Ich seh nur 'ne Packung Wiebke …

Jetzt hat mich der beknackte Name derart durcheinander gebracht, dass ich mir Dörte noch gar nicht richtig angeschaut habe: lange, brünette Haare, wie schon erwähnt, biedere schwarze Bluse und Jeans, und gar nicht mal so hässlich. Ihr Alter tippe ich so auf knapp unter 30. Süßes Gesicht, bisschen zerknittert allerdings, scheint sich viele Sorgen zu machen, vielleicht wegen ihres zerknitterten Gesichts. Ob sie den von Lala erwähnten großen Balkon hat, kann ich bei der Bluse leider nicht erkennen. Klar zu sehen ist allerdings, dass die Frau neben Dörte eindeutig schärfer aussieht als Dörte. Vielleicht putzt Lala da ja auch! Der Dörtepfeil zeigt allerdings zu 100 Prozent auf Dörte und auf sonst niemanden. Erst jetzt entdecke ich noch einen Zettel von Lala.

Simon, Dörte hat Foto von dir auch gut gefallen und möchte sich mit dir treffen. Rufst du an? 0168-9809476. Lala. PS: Ich habe Küchenrollen gekauft, Kassenzettel ist auf Tisch.

Lala ist der größte Küchenrollenfan der Welt. Ich tippe mal, dass gut 50 Prozent des Weltverbrauchs an Küchenrollen auf Lala fallen. Jahrhunderthochwasser in Köln? Schickt Lala mit einer Europalette Wisch & Weg, und die Altstadt ist in fünf Minuten trocken!

Moment mal … WELCHES Foto von mir hat Dörte gut

gefallen? Ich hab Lala keins gegeben. Ich springe auf und hechte zu meiner Magnetwand im Flur. Mein Mallorca-Foto fehlt! Das, auf dem ich nach zehn Bier in der Schinkenstraße so den Arsch voll habe, dass meine Busenfreundin Paula meint, ich würde fast ein wenig glücklich wirken. Nachdem ich mich an den Moment der Aufnahme nicht mehr erinnern kann, ist das sogar möglich. In den Momenten, an die ich mich erinnern kann, war ich nämlich nie glücklich. Ich fingere nach einer weiteren Kippe und setze mich wieder. Soll ich echt mit Dörte ausgehen? Ein Date, was mir meine Putzfrau organisiert hat? Wie arm ist das denn …? Obwohl … auch schon wieder cool irgendwie, also, wenn's klappt …

Papa, wo hast du Mama kennen gelernt?
Meine Putzfrau hat sie mir vorgestellt!
Warst du zu doof, um selber eine anzusprechen?
Ja. Und jetzt geh Hausaufgaben machen!

Ich suche mein Handy und schreibe folgende SMS an Dörte:

Lala sagt, wir müssen sofort heiraten. Kann ich dich vorher mal kurz sprechen?

Und zack. Meldung gesendet. ICH find's witzig. Mal sehen, ob sie Humor hat. Dem Businesskostümchen nach zu urteilen, handelt es sich bei Dörte aber eher um eine humorfreie Zone. So eine, die denkt, sie wäre kreativ, weil sie ihren Excel-Tabellen eine bunte Spalte beigefügt hat. Total verrückte Idee! Ich spüre, dass mich diese ganze Dörte-Geschichte so durcheinander gebracht hat, dass ich mich nicht mal mehr in Ruhe langweilen kann. Dabei hatte ich mich so auf einen wirklich verdienten Rumhängenachmittag gefreut, wo ich doch im T-Punkt so sensationell authentisch Migräne simuliert habe, dass mich meine Chefin fast noch nach Hause gefahren hätte. Das blöde Foto hat mir allerdings schon jetzt einen Strich durch meine gesamte Faulenzerplanung gemacht. Jetzt ist mir das passiert, was einem Mann niemals passieren darf, egal ob er 18 ist oder 104: Ich warte auf eine SMS von einer Frau! Dabei hätte sie mir eigentlich längst antworten müssen! Solche Prosecco-Excel-Mäuschen haben ihr Handy doch immer an! Oder? Ich laufe ein bisschen durch meine Wohnung, räume die Spülmaschine aus und stelle eine schmutzige Kaffeetasse hinein. Dann fülle ich Salz nach und Klarspüler. Müsste doch längst gefiept haben, mein Handy! Als ich mich, Minuten später, dabei erwische, wie ich mit meinem Microfasertuch meine Stereoanlage abstaube, weiß ich, dass ich etwas tun muss. Ich schmeiße den Staublappen in den Abfall und suche den Kursplan meines Fitnessstudios. Ich finde ihn in meinem Altpapierstapel zwischen zwei Pizzakartons mit Käseresten. In einem Anfall von Selbstüberschätzung entscheide ich mich für den Kurs »Step Aerobic für Anfänger«, der in einer halben Stunde beginnt. Würde mich ja eventuell auch einem meiner Ziele näher bringen, mal ein paar Muskeln zuzulegen.

Pieppiep macht mein Nokia.

Hoho, sage ich. Meine Business-Mäuschen-Theorie war richtig. SMS von Dörte.

Ruf mich an! D.

Ich stutze. Hallo? Geht's noch? Was bitte soll denn jetzt diese Dominas-aus-deiner-Umgebung-verabreden-sich-hier-auf-der-Line-Nummer? Spinnt die? Wer glaubt die denn, wer sie ist? *Ruf mich an!* Befehl erteilt, und ich springe oder was? Ich antworte mit *Ruf DU mich doch an*, packe meine Sportsachen und rase in meinem gelben Peugeot in mein pinkes Schwulenfitnessstudio.

DIE HALSLOSE KILLERSCHWUCHTEL

Nein, ich bin nicht schwul. Und ich werde es auch nicht. Ich hab lediglich nicht gut aufgepasst bei der Vertragsunterzeichnung. Das Studio sah von außen nämlich echt klasse aus, mit viel Geschmack eingerichtet und so. Erst Wochen später dämmerte mir der Grund für die geschmackvolle Einrichtung. Erst waren es Kleinigkeiten wie ein Aushang für den Gratis-Kurs »Fahnenschwenken am Christopher Street Day«. Und der kleine Zettel, den jemand in die Schublade mit meinem Trainingsplan gelegt hat: »Na du geiler Knackfrosch …« Weiter habe ich nicht gelesen. Beim Duschen haben dann natürlich trotzdem alle geguckt, ob ich aussehe wie ein geiler Knackfrosch. Sah ich nicht. Und natürlich wollte ich sofort raus aus dem Hinterlader-Schuppen. Aber Studioleiter Sascha versicherte mir, dass ich nun mal Mitglied sei, ob homo oder hetero, und dass das noch mindestens 23 Monate so bliebe, es sei denn, ich zöge nach München. Letzteres schien mir schlimmer, also blieb ich im Club.

Am Check In gibt es eine kleine Meinungsverschiedenheit, weil die Spindschlüssel keine Nummern aufgedruckt haben, sondern elektronisch funktionieren. Das heißt, ich kann mir irgendeinen Spind aussuchen und muss mir lediglich die Nummer merken, was ich natürlich nicht will. In der Regel halte ich nicht viel von Verschwörungstheorien, doch jetzt bin ich mir nicht mehr so sicher, ob mich da nicht irgendeiner fertig machen will.

»Nimm halt 'ne runde Zahl, die vergisst du nicht so schnell!«, rät mir Mitarbeiter Joachim, von dem ich glaube, dass er geschminkt ist.

»Mein Problem ist nicht, dass ich die Nummer vergesse, mein Problem ist, dass ich sie nicht vergesse!«, informiere ich ihn. »So wie die Regalnummer 30 C bei Ikea. Das ist zwei Wochen her, und ich weiß sie immer noch!«

»Also das würd nicht mal ich mir merken!«, giggelt Joachim und hält dabei ganz albern seine Hand vor den Mund, wie ein japanisches Schulmädchen, dem man gerade einen dummen Witz erzählt hat. Dann reicht er mir meinen elektronischen Schlüssel. Ich bin kurz davor, über den Tresen zu springen und Charleys Tante in die albernen Vitamin-Shakes zu tunken. Stattdessen atme ich mehrfach tief durch, nehme den Schlüssel an und mache mich auf den Weg in die Umkleide. Ich packe mein Handy in Spind 112, weil die 112 keine sinnlose Nummer ist, sondern der Notruf oder die Feuerwehr, jedenfalls eines von beiden. Ich stelle meine Straßenschuhe in den Spind und lege meine Schlüssel in den linken und mein Handy in den rechten Schuh. Bisher keine Antwort auf meine SMS an Dörte. Direkt neben mir quält sich ein Berg von einem Kerl mit rundem Kopf und superkurzen Haaren in ein Pitbull-Germany-Muscleshirt. Weil er keinen Hals hat und aussieht wie Popeye, nenne ich ihn Popeye, die halslose Killerschwuchtel. Angeblich, so hat mir mal einer erzählt, könne Popeye nicht mal mehr telefonieren, weil sich durch das viele Gewichtepumpen seine Oberarmmuskeln so verkürzt haben, dass er mit dem Hörer nicht mehr ans Ohr kommt. Seitdem hätte ich gerne seine Handynummer, um das zu testen. Aber wahrscheinlich ruft ihn sowieso keiner an, weil er so fies aussieht.

»Schönes Handtuch haste!«, nickt er zu mir rüber.

»Danke!«, grinse ich zurück und ergänze, ohne hinzuschauen: »Tollen Spind haste!«

Da ich nix in die Fresse kriege, fand er's wohl witzig.

Während ich in meine steinalte grüne Trainingshose steige, piept mein Schuh. Ich ziehe mein Handy raus und lese Folgendes auf dem Display:

Donnerstagabend 19:45, Stüssgen-Supermarkt an der Luxemburger Straße am Tiefkühlregal. CU!

Mein Laladörtedate spinnt ja komplett. Warum sollte ich mich denn mit ihr im Supermarkt treffen? Ich hab die Tante noch kein einziges Mal gesehen, und dann bestimmt die schon, wie's läuft? Neeee!

»Schlechte Nachrichten?«

Ein durchtrainierter Jüngling mit Spindnummer fünf hat offenbar meinen konzentrierten Blick aufs Handydisplay bemerkt.

»Ich … ich hab Stress mit'm Date!«, informier ich ihn. Seine tröstend gequietschte Antwort zeigt, dass er genau weiß, was in mir vorgeht. Aber auch nur fast:

»Määäääänner!!!«

Mit meinem nagelneuen Snoopy-Handtuch schlurfe ich zum Kursraum. Das Snoopy-Handtuch ist Bestandteil meiner großen Seht-her-ich-bin-keine-Schwuchtel-also-lasst-mich-in-Ruhe-trainieren-Kampagne. Zuvor hatte ich ein Benjamin-Blümchen-Handtuch, das ich nun allerdings nur noch zum Joggen nehme, seit mir mal jemand »Geiler Rüssel!« hinterhergerufen hat. An Snoopy schätze ich besonders, dass er nun wirklich nichts Schwules an sich hat. Der Kursraum ist noch leer, und ich schaue sicherheitshalber nochmals auf den Plan. Donnerstag, achtzehn Uhr – Step I. Jetzt haben wir fünf nach sechs.

»Hi, ich bin Helena!«

Eine Mischung aus Che Guevara und Hella von Sinnen grinst mich an. Zumindest deutet ihr paramilitärisches Outfit auf jahrelangen Guerillakampf hin. Sie ist ungeschminkt und hat nasse Haare. Wahrscheinlich von der Landung in der Schweinebucht.

»Hi. Ich bin Simon!«

»Freut mich. Machste zum ersten Mal Step?«

»Ja, ich dachte, irgendwann muss ich ja mal anfangen …«

»Superschade, dass so wenig da sind!«

»Na ja … wahrscheinlich ist der Trainer 'ne Hete, und jetzt hat keiner Bock!«, vermute ich.

»Das wüsste ich aber!«

»Wieso?«

»Weil ich die Trainerin bin!«

Ich sehe zwei leuchtende Notausgang-Schilder. Mit ein bisschen Glück käme ich an Che vorbei und könnte mich mit einer Chuck-Norris-Rolle auf die Straße retten. Die Sachen im Spind wären natürlich erst mal verloren, aber das wär's mir wert …

»Aber das ist doch Quatsch, du musst doch keinen Kurs für mich alleine geben!«, versuche ich, mich rauszuwinden, denn ich hab keine Lust auf 'ne Einzelstunde Step mit Che von Sinnen.

»Kein Problem. Ich bin doch sowieso hier. Ach … und … das Snoopy-Handtuch würde ich nicht so offen rumzeigen!«

Ich ahne Schlimmes.

»Was ist denn falsch an Snoopy?«

»Gar nix, wenn du's gern doggy-style magst!«

»Doggy Style?«

»Von hinten.«

»Oh …«

Ein weiterer, prüfender Blick auf mein Handtuch lässt mir Snoopys Grinsen in einem ganz anderen Licht erscheinen. Aber bevor ich mir weitergehende Gedanken machen kann, setzt auch schon meine ganz persönliche Step-Musik ein und wie ein hirnverbrannter US-Marine marschiere ich in Richtung Spiegel.

»Und rechts, und rechts, und marsch, und marsch …«, lauten meine Befehle. Es ist irgendwann zwischen einer schrecklich komplizierten Schrittkombination und einem besorgten Blick von Studioleiter Sascha, als mir klar wird, dass ich seit Wochen keinen Sport gemacht habe und mein Puls irgendwo bei 200 sein muss. »Alles okay, Simon?«, höre ich meine Trainerin noch rufen, dann verschwimmt meine Wahrnehmung in Richtung Premiere – ohne Dekoder.

»Die Beine hoch … du musst ihm die Beine hochlegen!«, hallt es von irgendwoher, und dann nimmt auch irgendjemand meine Beine hoch, und alle sind ganz besorgt, und dann packen sie die Lautsprecherboxen in Watte, damit ich mich nicht über die Musik aufrege, was ich sehr nett finde, und dann dreht jemand an den Farben, und dann weiß ich nicht mehr.

Jedenfalls komme ich einige Minuten später wieder zu mir, dank Popeye, der halslosen Killerschwuchtel, die alle Fenster geöffnet hat und meine Hand hält. Erschrocken ziehe ich sie zurück.

»Er ist wieder da!«, quäkt mein schwuler Retter und freut sich, als hätte er gerade ein pinkes Smart-Cabrio in der Lotterie gewonnen.

»Danke!«, keuche ich, richte mich mühsam auf und sehe

mich einer stirnrunzelnden Hella von Guevara gegenüber. »Vielleicht solltest du dich erst mal mit ein paar längeren Spaziergängen trainieren, bevor wir mit Step weitermachen …«

»Weltklasseidee«, nuschele ich, »finde Spaziergänge sensationell!« Ich nippe an einem Plastikbecher mit Wasser und schlurfe zurück in die Umkleide. Vielleicht sollte ich tatsächlich mehr Spaziergänge machen! Als ich die 112 aufschließe und mein Handy einschalte, trifft mich eine SMS mit der Wucht eines überladenen rumänischen Antikmöbellasters.

Dein Schweigen deute ich als Ja. Freu mich und sei pünktlich. Bis gleich. D.

Bis gleich? Verdammter Mist. Mein Putzfrauendate! Donnerstag ist ja – heute!

»Hat jemand 'ne Uhr?«, fiepe ich aufgeregt. Mist! Ich quietsche selber schon wie eine Ballettschwuchtel.

»Punkt sieben!«, quäkt mir ein gepiercter Griechenstöpsel zu, der gerade auf einem Bein balanciert, um sich seinen lächerlichen Lederstring überzustreifen. Punkt sieben! Das gibt mir noch genau eine Dreiviertelstunde Zeit, um in den Supermarkt zu kommen. Mist! Und Duschen muss ich auch noch. Das tu ich aber zu Hause. Hier ist das zu gefährlich. Trotz Seifenspenders in Brusthöhe.

JOSEF-STALIN-CHARME-SCHULE

Eine knappe Stunde später stehe ich im Supermarkt und lasse meine Augen über das Tiefkühlangebot wandern. Die Ofenfrische von Dr. Oetker gibt's jetzt mit Backpapier! Auf 220 Grad vorheizen soll man die, wenn man keinen Heißluftherd hat. Ich bin beeindruckt. 220 Grad. Dachte immer, solche Temperaturen gibt's nur auf der Sonne. Sonne hin, Sonne her, Fakt ist, dass ich jetzt schon geschlagene zehn Minuten am Tiefkühlregal stehe und auf das Laladörtedate warte. Ob sie einen Heißluftherd hat? Wenn nicht, würde es eventuell auch ein Loft auf der Sonne tun. Ich bin frisch geduscht, pünktlich und habe mein gelbbraunes Karohemd an. Mein Date ist noch nicht da. Oho! Was Neues von Käpt'n Iglu. Mozzarella-Karotten-Taler, die auf den Namen *Mozzinis* hören. Klingt irgendwie nach Ärger. Uhu! Wer stolpert da leicht abgehetzt durch die Supermarkt-Glasschiebetür und greift sich den letzten verdreckten Stüssgen-Plastikkorb? Obwohl diesmal kein kugelgeschreiberter Pfeil über ihr ist, erkenne ich sie sofort.

»Dörte!«

Ich lege die angetauten *Mozzinis* zurück ins Tiefkühlregal und winke zu ihr rüber. Nach ein paar hektischen Blicken in die falsche Richtung erkennt sie mich und eilt mit rudernden Armen und wirrem Blick in meine Richtung.

»Wir haben noch genau fünf Minuten!«, kiekst sie und fasst mir geschäftsmännisch an die Schulter, als hätte ich gerade einen ganz besonders tollen Gebrauchtwagen bei ihr gekauft. Dann rennt sie weiter. Eines ist schon jetzt klar: Die Frau hat gepflegt einen an der Waffel.

»Hi, ich bin Simon und freu mich auch, dich zu sehen!«, rufe ich ihr hinterher, worauf sie sich tatsächlich umdreht und kopfschüttelnd auf mich zukommt.

»Ach Gott, Entschuldigung … ich komm gerade aus einem Meeting … ich bin Dörte!«

Sie kommt aus einem Meeting! Sieh mal einer an. Wahrscheinlich musste sie gerade vierzig Leute entlassen und hat jetzt noch für 'ne Sekunde ein kleines Gewissensproblem. Aus mir nicht näher erklärbaren Gründen will ich wissen, was wir hier eigentlich machen.

»Wie ist jetzt eigentlich der Plan für heute Abend, Dörte?«

»Ach so … ja, ich dachte, wir kaufen was ein und kochen.«

Kochen? Spinnt die? Ich hab seit zwei Jahren nicht gekocht! Als wäre der Vorschlag nicht ungeheuerlich genug, legt sie noch eine Frage nach.

»Haste 'ne Idee?«

Ja. Habe ich. Und zwar geht die Idee folgendermaßen: dass ich nämlich auf einen Punkt hinter ihr deute, laut »DA!« rufe und die Sekunde der Irritation zur Flucht nutze. Dann lösche ich ihre und Lalas Nummer aus meinem Handy, suche mir eine andere Putzfrau und tauche als Baseballtrainer auf Kuba unter, bis die Luft wieder rein ist.

»So 'n Schlemmerfilet mach ich mir immer ganz gerne, mit Blattspinat zum Beispiel«, sage ich stattdessen und werde zur Strafe vom Tiefkühlregal weggezogen.

»Schlemmerfilet? Diese Studentenpampe ist ja wohl kaum Kochen«, nölt sie mich an.

Glückwunsch! Sie springt auf das Abschlussklassenniveau der Josef-Stalin-Charme-Schule. »Kochen? Wo sollen wir denn überhaupt kochen?«, wage ich zu fragen.

»Ich wohne in Köln-Deutz!«, ist die Antwort.

»Zu mir können wir nicht!«, antworte ich schneller, als der 1. FC Köln zu Hause in Rückstand gerät.

»Ich dachte, du wohnst um die Ecke?«

»Woher weißt du das denn?«

»Hat mir Lala gesagt!«

Sensationell! Wahrscheinlich hat Lala ihr bei der Gelegenheit auch gleich meine Kontoauszüge durchgefaxt.

»Warum können wir nicht zu dir?«

Ohne es so richtig mitzukriegen, werde ich zum Pastaregal geschoben. Jedenfalls stehe ich plötzlich davor.

»Weil ...«

Wenn ich nicht vor einer Stunde schon mal in Ohnmacht gefallen wäre, würde ich jetzt direkt hier vor den Spaghetti umkippen. Steht die Antwort auf Dörtes Frage nicht auf der Rückseite einer Barilla-Packung? Vergiss es, Simon. Du kommst da nicht mehr raus. Die »Nicht-aufgeräumt-Nummer« ist lächerlich, und die »Isch abe gar keine Küche«-Ausrede gab's auch nur in der Werbung.

»Ach, zu miiir?« Ich tue so, als hätte ich erst jetzt verstanden. »Na, das geht natürlich!«

»Supi. Dann haben wir's ja! Ahhh ... hier. Wir machen uns schön Pasta, oder?«

Wahrscheinlich findet sie das auch noch witzig, mich so

in die Enge zu treiben. Warum sag ich nicht einfach, wie ich mich fühle?

»Hey ... sag mal, Dörte, warum sag ich dir nicht einfach, wie ich mich fühle?«

»Wieso? Wie fühlst du dich denn?«

»Ich ... na ja, warum gehen wir nicht einfach in ein Restaurant und bestellen uns was?«

Ihrem Gesichtsausdruck glaube ich ein Bröckchen Unverständnis entnehmen zu können.

»UNTER der Woche?«

Diese Frau läuft definitiv auf einem komplett anderen Betriebssystem. Gut, das tun alle Frauen, aber bei uns liegt der Unterschied in einer Bandbreite von Windows XP Professional Edition und dem ersten Commodore 64 Basic.

»Nee, nee, wir machen uns schön Pasta. Mit was für 'ner Sauce?«

»Ich ... Tomate vielleicht?«, stammle ich.

»Ich Tomate! Du Jane!«, blödelt sie und lässt ein schrilles Gackern folgen.

Ach du lieber Himmel! Das ist ganz eindeutig das hysterische Lachen, das Hollywood-Drehbuchautoren für die Frauen vorsehen, die der Hauptdarsteller nach exakt einem Abendessen wieder verlässt. Ich nenne es das Hollywood-Sumpfhuhn-Gackern, kurz HSG, eine, wie ich finde, ernst zu nehmende Krankheit, die von zu wenig Sex und zu viel Stress herrührt.

»Okay ... was hältst du von Lachs und Sahne?«, fragt sie mich.

»Auch gut!«, antworte ich wie in Trance.

»Dann holst du den Lachs und ich die Sahne. Wein haste ja wohl zu Hause, oder?« Mit diesen Worten hastet sie in Richtung Molkereiprodukte.

Wein HAB ich zu Hause. Jede Menge. Ich geb dir aber keinen Schluck ab, du hysterische, blöde Kuh! Weil ich meinen Wein nämlich alleine trinke und dabei Musikvideos auf VIVA gucke, und weißt du, warum? Weil in den Videos Frauen tanzen, die alle viiiiiel schöner sind als du und nicht so schrill rumgackern, und wenn ich ein bisschen Glück habe, dann zeigen die sogar ein Salsa-Hintern-Video!

»Hier ist die Sahne!«

Mist. Ich hätte echt abhauen sollen. Jetzt steh ich hier wie ein Idiot und lass mich von einer hirnkranken Managerin behandeln wie Michel aus Lönneberga. Nur dass hier weit und breit keine Hütte ist, um nützliche Dinge zu schnitzen. Eine 45er Magnum zum Beispiel. Und das alles passiert mir nur, weil ich mein Bett normalerweise auf beiden Seiten beziehe und Lufthansa-Stewardessen so viel saufen, dass sie es nicht mehr nach Hause schaffen. Eine gewagte, aber durchaus korrekte Kausalität, die mich nun dazu zwingt, Lachs und billigen Wein zu kaufen. Zehn Minuten später sind wir schon bei mir.

Während mir Dörte in meiner eigenen Küche fortwährend irgendwelche Befehle zuraunt, überlege ich mir, wie es wäre, Sex mit Dörte zu haben.

»Haste Öl und Salz ins Wasser?«

»Hab ich!«

»Gut, weil sonst kannste's echt vergessen, die Pasta braucht das Öl, weißte?«

Wenn sie im Bett genauso 'ne Panik macht wie in der Küche, dann wird's in jedem Fall ein Fiasko.

Haste 'ne Erektion?

Hab ich!

Gut, weil sonst kannste's echt vergessen, zum Sex braucht man 'ne Erektion, weißte?

Wenn sie überhaupt mit mir in die Kiste will. Vielleicht will sie nur mit jemandem über ihren Job sprechen.

»Die Pastateller müssen warm sein!«

»Wieso das denn?«, frage ich, »ich dachte, wir essen die Nudeln, nicht die Teller ...«

Mein Witz wird mit einem schier endlosen, schrillen Sumpfhuhngackern abgestraft. Als sie sich beruhigt hat, informiert sie mich mit einem nervösen Augenzucken über die wahren Hintergründe der Telleraktion. Dabei stellt sie zwei Teller in den Backofen, den sie auf 100 Grad dreht.

»Kalte Teller sind der natürliche Feind der Pasta, weißt du?«

Ja. Und gackernde Sumpfhühner sind der natürliche Feind kopulierwilliger Männer! Moment mal, schießt es mir durch den Kopf, als ich im Wohnzimmer von den fünf Kerzen drei wieder ausblase, einfach nur so, weil Business-Stresstanten bei so viel Romantik bestimmt einen Nervenzusammenbruch erleiden, vielleicht, denke ich mir also, ist es ja doch noch nicht zu spät für einen Rückzug. Vielleicht krieg ich sie ja doch noch irgendwie aus meiner Wohnung.

»Du erinnerst mich sehr an meine Mutter!«, rufe ich ihr in die Küche und warte, bis sie ihre Sachen packt und geht. Sicherheitshalber ergänze ich: »Meine Mutter ist nämlich das Wichtigste für mich überhaupt!«

»Jaja ... das sagen Männer manchmal!«, gellt es zurück, gefolgt von einem kleineren HSG-Anfall. Zur Strafe blase ich noch eine Kerze aus und knipse die hellste Lampe an, die ich habe. Ich könnte eine Tüte rauchen. Doch offenbar hat Phil ein neues Versteck für sein Kiff gefunden, unter der Couch ist es jedenfalls nicht. Mir kommt kurz der Gedanke, aus meiner eigenen Wohnung zu fliehen. Aber was ist, wenn mein Businesshuhn dann durchdreht und meinen schönen neuen Sessel kaputtpickt? In der Schule hab ich mich einmal vor einer Abfrage gedrückt, indem ich Nasenbluten vorgetäuscht habe, das hat sehr gut geklappt. Aber jetzt? Dörte kommt mit dem Spaghettitopf und dem Wein und stellt alles auf den Tisch.

»Hey … du hast 'ne Kerze angemacht, wie romantisch!«

Sie wirkt entspannter als eben, und als ich mir die Weinflasche genauer anschaue, weiß ich auch warum. Sie ist halb leer.

»Hab schon was für die Sauce genommen!«

»Natürlich!« Und ich gieße meine Blumen mit Havana Club.

Als wir endlich essen, erzählt sie mir in aller Ausführlichkeit, wen sie in ihrem Job in der vergangenen Arbeitswoche so alles zusammenscheißen musste. Wie ich erfahre, hat Dörte ein halbes Jahr für das Londoner Design Museum gearbeitet und ist darauf auch mächtig stolz.

»Philippe Starck, mit dem war ich im August noch essen!«, verrät sie mir, während sie sich selbst Wein nachschenkt und mich dabei vergisst. Demonstrativ nehme ich die Flasche, bevor sie sie auf den Tisch abstellen kann, und mache mir mein Glas randvoll.

»Philippe Starck?«

»Der französische Star-Designer! Den musst du doch kennen!«

»Sorry, aber kenn ich nicht!«

Eines ist allerdings klar. Wenn sie letzte Woche mit Philippe essen war, steckt der gute Mann jetzt in einer tiefen Schaffenskrise.

»Was machst du denn eigentlich?«, fragt sie mich.

»Beruflich?«

»Ja ...«

Jetzt heißt es nachdenken. Wenn ich ihr sage, dass ich im T-Punkt 90-jährigen Witwen DSL-Flat aufschwatze, findet sie das womöglich noch cool. Also erzähle ich ihr was, das sie spätestens nach dem Dessert ein Taxi bestellen lassen sollte.

»Ich bin ... na ja ... ich bin arbeitslos und hab den Arsch voller Schulden!«

Gespannt warte ich auf Dörtes Reaktion. Nach einer kurzen Schrecksekunde bekommt sie einen Gackerlachanfall der Stärke 7,8 auf der nach oben offenen Sumpfhuhnskala.

»Du bist sooooo witzig! Ich mag das. Echt!«

Als ich ihr schließlich klar mache, dass ich wirklich arbeitslos bin, wird es ein wenig stiller um unsere vorgewärmten Pastateller.

»Sorry, ich hab echt gedacht ... du wirkst gar nicht wie ein Arbeitsloser, weißt du?«

Wie bitte wirkt denn ein Arbeitsloser? Hätte ich sie im Supermarkt mit stinkenden Klamotten laut jammernd und mit einem Strick um den Hals am Gebäck-vom-Vortag-Tresen empfangen sollen?

»Und was hast du jetzt vor? Was in Aussicht?«

»Ich ... will mich vielleicht selbständig machen mit ... einer ... Dings ...«

Denk nach, Simon! Denk nach und nimm irgendwas Schwachsinniges!

»... mit einer Dachrinnenreinigung! Noch Wein?«

Das war in der Tat schwachsinnig.

»Ähh ... danke ... erst mal nicht!«

Wir schweigen uns an. Ich zucke mit den Schultern und

stochere ein wenig in meiner Pasta. Schließlich durchbricht
sie die Stille:

»Weißt du was?«

Ja, weiß ich. Ich weiß, dass der liebe Gott den Abend sehr
schnell enden lassen sollte, wenn er möchte, dass ich noch
mal zu ihm in die Kirche komme. Trotzdem will ich von
Dörte natürlich wissen, was ich nicht weiß.

»Wir machen dir einen Plan heute Abend!«

»Wir machen bitte was?«

»Einen persönlichen Businessplan! Wie du weiter-
kommst mit deiner Firma, deiner Dachrinnenreinigung!«

»Ich hab keine Firma!«

»Du bist die Firma!«

Ach du Scheiße! Sie meint es ernst. Ich kann mir keinen
größeren Unterschied vorstellen zwischen dem eigentli-
chen Ziel des Abends, nämlich Sex zu haben, und einem
Businessplan für eine garantiert nie existierende Dachrinnenreinigung. Ich spüre, wie ich langsam so richtig sauer
werde. Auf mich, auf sie und auf die Tatsache, dass sie mich
als Geisel in meiner eigenen Wohnung hält.

»Ich will aber keinen Businessplan machen heute
Abend!«

»Wir machen ihn ja auch zusammen!«

»Wenn ich aber doch nicht will!«

»Wenn wir's gemacht haben, freust du dich!«

Das wäre eigentlich mein Argument für eine schnelle
Nummer gleich nach dem Essen. Ich kann machen, was ich
will. Die Frau hat mich in der Hand. Seit der ersten verschissenen SMS hat sie mich in der Hand und ich bin
machtlos. Eines weiß ich allerdings! Wir müssen hier raus.
Und zwar sofort. Zu allem Unglück schlägt sie das Starbucks vor, ich kontere mit der Scheinbar. Sie ist damit so-

fort einverstanden, und wir beschließen, dort noch einen Drink zu nehmen. Die kann echt froh sein, dass ich so flexibel bin!

Da sitzen wir nun an einer runden Retro-Bar mit Glitzersäulen und Salsa-Mucke, sie in ihrem flussbettfarbenen Old-Economy-Businesskostümchen und ich mit meinem braungelben Lieblingshemd. Links von uns plappern aufgeregte Studenten über diesen und jenen Prof. und anstehende Prüfungen. Meine Business-Begleitung hackt inzwischen emsig irgendwelchen Mist in einen grauen Laptop. Wie ein Specht auf Speed. Ich frage mich, wie viele Frauen einen Laptop mit zu einem Date nehmen, und tippe auf 0,1 Prozent. Ich hab inzwischen das vierte Pils. Nach dem dritten hab ich aufgegeben, mich dagegen zu wehren, den Businessplan gleich in der Kneipe zu machen. Keine drei Stunden kenne ich diese Frau, und doch hat sie es schon jetzt geschafft, mir das letzte Fünkchen Selbstachtung zu nehmen und es in ihr dummes, kleines MCM-Täschchen zu stopfen. Ich blicke durch den Barkeeper auf die schottischen Single Malts.

»Wo siehst du die Fixkosten für dein Büro?«, schallt es von rechts.

»Für die Dachrinnenreinigung brauch ich kein Büro!«

»Also null!«

»Genau!«

Es ist ein Wunder. Alles, was ich sage, macht diese Frau binnen Sekunden zu einer Zahl.

Wie viel Weißwein muss ich ihr wohl noch bestellen, bis sie mitsamt ihrer blöden Excel-Tabelle vom Hocker in die Lounge-Ecke kippt?

»Wie viele Dachrinnen schaffst du pro Woche,
mal Daumen?«

»Eintausend!«

»Was brauchst du zum Leben im Monat, inklusiv‹
te und allen Versicherungen?«

»Einen halben Euro!«

Dörte tippt den halben Euro in Spalte F und nippt an ihrem Wein. Der Barkeeper, ein etwas zu gut gelaunter Twen
in 70er-Jahre-Klamotten, schenkt mir Glas putzend ein
tröstendes Lächeln.

»Businessplan!«, erkläre ich mit einer ausschweifenden
Armbewegung.

»Muss schon sein!«, bestätigt er mir desinteressiert und
stellt das blank polierte Glas ins Regal. Und dann kommt
meine Rettung durch die Tür. Die Rettung ist sehr groß
und sie hat keinen Hals. Gestern noch hätte ich mich mit
einem filmreifen Sprung hinter den Tresen gerettet, jetzt
umarme ich ihn.

»Popeye!!!«

Auch Popeye freut sich, mich zu sehen. Er trägt wieder
ein Pitbull-Germany-T-Shirt, diesmal allerdings ist es weiß
mit schwarzer Schrift.

»Hey! Na, bist ja wieder auf den Beinen, Snoopy!«

Ich bin nicht nur wieder auf den Beinen, sondern auch
hellwach, rücke wie ein perfekter Gastgeber den Hocker
neben mir zurecht, dass Popeye sich setzen kann, und bestelle ihm ein Pils. Ich erkläre Dörte, dass mir Popeye heute das Leben gerettet hat und die Beine hochgelegt und dass
ich ihn aus dem Schwulenfitnessclub kenne und dass er viel
stärker ist als ich und mir das gefällt und dass es da so
Codes gibt und dass Snoopy bedeutet, dass ich es von hinten mag.

Fast wirkt sie ein bisschen traurig, als sie Windows XP Professional runterfährt und ihren Laptop zuklappt. Ich schreibe ihr meine E-Mail-Adresse für den Businessplan auf: killerschwuchtel@gayweb.de. Das dürfte reichen, um nie wieder was von ihr zu hören. Wenn ich nicht allzu besoffen nach Hause komme, richte ich die Adresse vielleicht sogar noch ein. Mein Putzfrauendate nimmt den Bierdeckel mit der Mailadresse stumm entgegen, dann geht sie mit ihrem MCM-Sumpfhuhn-Täschchen und ihrem grauen Businessmäntelchen ohne zu gackern aus der Tür. Und wenn sie nicht zufällig Philippe Starck am Büdchen trifft, dann wird sie die letzte Bahn nehmen und noch von dort aus mit ihrer besten Freundin telefonieren. Was sie falsch mache, wird sie fragen, und wenn ihre beste Freundin nicht vollkommen matschig in der Birne ist, dann wird sie so was sagen wie: Alles!

DIE ROTE EULE FRAKTION

»Du hast einer Achtjährigen ein Fotohandy verkauft, inklusive Jahresvertrag?«

Ich mache meiner Chefin nicht die Freude, verschämt zu Boden zu schauen. Stattdessen beobachte ich durch die Lamellen der Bürojalousien, wie sich einige schlecht angezogene Passanten vor dem respektablen Platzregen in Sicherheit bringen, der eben eingesetzt hat. Im US-Café gegenüber schäumt das Starbucksmädchen gerade Milch für einen speckigen Glatzkopf auf. Vielleicht hat Phil ja Recht und ich sollte meine Starbuckshaltung revidieren. Wenn ich meinen weißen Telekomhintern nicht in ihren Laden bewege, dann kann ich meine Traumfrau auch nicht kennen lernen, so einfach ist das. Natürlich könnte ich auch mal eben »Heiratest du mich?« an die Scheibe schreiben, aber Spiegelschrift ist schwer.

Heiraten. Auch nicht das Schlechteste. Es soll ja Frauen geben, die dafür wie gemacht sind. Das Starbucksmädchen, das sehe ich sofort, ist so eine Frau. Eine echte Schönheit, eine Bellezza von Welt, das spürt man sogar aus der Ferne. Alles an ihr ist perfekt: Ihre glänzenden, schulterlangen schwarzen Haare, das zarte, mandelbraune Gesicht mit den vollen Lippen und ihre atemberaubende Figur. Lara Croft bekäme neben ihr garantiert einen

Heulkrampf vor Neid und würde sich vor ein Pizza-taxi werfen. Das Sensationellste aber ist der vampartige Schlafzimmerblick des Starbucks-Mädchens. Ein Blick, der dir den Magen binnen Sekunden so fest einschnürt wie einen bayerischen Rollbraten. Ein Blick, der dich auf den kalten Platten der Fußgängerzone festtackert und dich eine Million Euro für einen einzigen Kuss auf die Wange zahlen lassen würde. So ein Blick ist das. Die Reichweite dieses Vampblickes ist enorm, denn einmal, so meine ich, haben sich unsere Blicke durch die Scheiben getroffen. Ich konnte den ganzen Tag nichts mehr essen vor lauter Magenflirren. Jetzt lächle ich runter zu ihr ins Café, doch offenbar ist meine Reichweite heute geringer, denn die Milchschaum-Bellezza bedient bereits den nächsten Kunden, ohne mich zu bemerken. O ja, sie wäre es tatsächlich wert, sie sofort aus diesem Mistladen raus-zuholen und sie in meinem gelben Peugeot in die Karibik zu bringen. Ich würde ein Haus mieten und noch am Nachmittag Zwillinge zeugen, trotz Jetlags. Wegen unse-rer Kinder sollten in der Nähe des Hauses natürlich so-wohl ein internationaler Kindergarten als auch eine re-nommierte Schule sein.

Ich muss sie ansprechen. Weil jeder Mann die Frau an-sprechen muss, bei der es schon aus hundert Meter Entfer-nung im Magen kribbelt. Das hat die Natur nicht aus Spaß so eingerichtet. Die Natur hat nämlich keinen Humor, das sieht man an den ganzen Erdrutschen und Gewittern.

»Ich rede mit dir, Simon!«

Ach ja, und meine Chefin hat auch keinen Humor. Das ist nämlich eine keifende, paranoide Kuh, die es lediglich darauf abgesehen hat, mich fertig zu machen. Anfang drei-ßig, frigide und manisch depressiv, da ist es kein Wunder, dass es kein Mann länger als ein halbes Jahr mit ihr aushält. Und wahrscheinlich hat sie noch exakt drei Tage, vier Stunden und 45 Minuten bis zum finalen Eisprung. Paff! Das war's dann mit dem Nachwuchs. Pech gehabt. Ich lach mich tot. Meine Chefin ist nicht von Natur aus hässlich. Sie ist eventuell sogar ansatzweise attraktiv. Nur scheint sie jeden Morgen eine knappe Stunde damit zu verbringen, sich hässlich zu machen. Es würde ihr zum Beispiel schon mal besser stehen, wenn sie ein paar Hektoliter weniger Haarlack in ihre strohigen Haare pumpen würde. Dann sähe sie auch nicht so aus wie Sabine Christiansen nach einer einwöchigen Achterbahnfahrt. Das Beste ist die Brille. Groß und rund und aus schwarzem Kunststoff ist die. Sieht aus wie eine Eule damit.

›Huhuhu‹, macht die Eule und ›Klack, klack, klack‹ ihr Stift.

»Simon, bitte!«

Ich antworte auch nicht schneller, wenn sie mit ihrem billigen Telekomstift auf den Tisch klopft. Das Starbucks-Mädchen schäumt immer noch Milch. Unsere Kinder wären der Hammer, davon bin ich überzeugt. Ich meine, der liebe Gott ist ja nicht schwul, und schon deshalb würde ein großer Teil ihrer umwerfenden Schönheit in unseren gemeinsamen Genpool fließen.

»Simon, wir können das auch ganz anders regeln. Die Tatsache, dass ich mit dir rede, bevor dieser peinliche Vertrag in die Zentrale geht, ist schon ein enormes Entgegenkommen von mir!«

Ohhhhh … danke schön! Die Tatsache, dass ich die Eule noch nicht neben ihre »Managerin des Jahres 99«-Urkunde gepinnt habe, ist ein enormes Entgegenkommen von MIR!

»Simon? Hörst du mir überhaupt zu?«

»Jaaaahaaa!«

»Was ist denn los mit dir in letzter Zeit?«

Was mit mir los ist? SIE fragt MICH, was mit MIR los ist? Die hat Nerven.

»Kann ich jetzt gehen?«

»Nein!«

Oha! Herzlichen Glückwunsch zu ihrem erstklassigen Machtspielchen. Simon Peters darf nicht gehen! Simon Peters befindet sich in der Gewalt der Rote Eule Fraktion! »Tag 387« steht auf seinem Pappschild.

»Ich möchte, dass du das mit diesem Vertrag regelst und das Fotohandy zurücknimmst, bevor wir die Eltern hier im Laden stehen haben. Und zwar heute! Was hast du dir überhaupt dabei gedacht? Mal abgesehen davon, dass der Vertrag sowieso nichtig ist, weil Achtjährige nicht geschäftsfähig sind. Man kann keinen Jahresvertrag mit einer Achtjährigen machen. In Timbuktu vielleicht, aber in Deutschland nicht!«

»Die wollte das halt haben, das Handy!«

»Klar wollte die das haben! Mein Gott!«

»Ach, leck mich doch …«

»Was?«

»Nix!«

»Simon, jetzt mach's mir doch nicht schwerer, als es ohnehin schon ist. Ich bin nun mal deine Chefin. Was soll ich denn machen?«

Der Staat ist machtlos. Die Rote Eule Fraktion schlägt zu, wo immer es ihr passt. T-DSL hier, Zweikanal-ISDN da. Die Polizei ist immer die entscheidende Sekunde zu spät. Kawummmms! Bekennerbrief der REF. Und wieder ein Internet-Breitbandzugang mit Wireless LAN und Zwei-

Megabit-Flatrate ausgerechnet bei einem sabbernden Rentnerehepaar aus Bottrop.

»Simon?«

»Ja!«

»Simon, hast du eine Idee, wie du das regeln willst?«

»Ja, ich weide die Eltern aus und verticke die Fotos an perverse Nekrophile im Netz!«

»Also, in letzter Zeit machst du mir Angst!«

Prima. Ich nehme den Handyvertrag entgegen, nicke der kopfschüttelnden Eule zu und schlurfe die Treppe nach unten in den Aufenthaltsraum unseres Shops. Ein winziges Zimmer mit beigen Tapeten, die irgendwann einmal weiß waren, einer zehn Jahre alten Severin-Kaffeemaschine und einem Radio mit abgebrochener Antenne. Die Einrichtung besteht aus einem verdreckten Billyregal, einer ebenso verdreckten Kochnische und einem großen Plastiktisch mit fünf Rattanstühlen, von denen schon zwei kaputt sind, weil Kollege Flik immer fetter wird. Sieht also nicht gerade aus wie der Aufenthaltsraum eines Unternehmens, das mit seiner Technologie die Welt verändern will. Schon allein deswegen muss ich hier raus. Raus und mein eigenes Ding machen. Beweisen, dass ich's draufhabe. Oder hat irgendjemand schon mal etwas von einem T-Punkt-Verkäufer mit einer Villa in der Karibik gehört? Nein? Eben!

Simon Peters hat mal im T-Punkt gearbeitet? Was?? Der Millionär, der mit diesem nymphomanischen Supermodel auf den Virgin Islands wohnt?

Genau der! Mir war ja immer klar, dass der nicht lange Verkäufer bleibt.

Wäre doch gelacht, wenn ich das nicht hinbekäme! Noch stehe ich allerdings in einem beschissenen Telefonladen in einer Stadt ohne Meer. Und das mit fast dreißig. Generation

Golf, keine Inspektion. Ist da wer liegen geblieben? Gibt es denn keinen Karriere-ADAC, der einen auf die nächste Stufe schleppt, wenn einem der Elan ausgeht? Ich muss hier raus, irgendwas machen, das steht fest. Und wach werden wäre auch nicht schlecht. Weil ich zu faul zum Abspülen bin, kippe ich mir den Kaffee in eine ungespülte Tasse von Freitag. Wie sich herausstellt, ist auch der Kaffee von Freitag. Angewidert spucke ich ihn in die Spüle.

Heute, das hab ich irgendwie im Gefühl, ist nicht wirklich mein Tag. Ich überlege, mit welchem Gegenstand ich meine Wut abreagieren könnte, und entscheide mich blitzschnell für einen Korbstuhl, den ich mit lautem Gedöhns gegen die Heizung trete. Haben wir jetzt also noch exakt zwei ganze Stühle. Dafür fühle ich mich sofort so gut, dass ich meine erste Kippe rauchen kann.

»Hey, Simon! Alles klar? Da war so 'n Krach!«

Es ist der dicke Flik, der da in seiner C&A-Buntfaltenhose und einer blöden blauen Kappe in der Tür steht. Der größte Teil seines gestreiften Hemdes steckt wie immer in der Hose, der vordere nicht, was an seiner beeindruckenden Wampe liegt. Während ich einen neuen Kaffeefilter in die Maschine fummle, füllt Flik den Wasserkocher für seinen grünen Weichei-Tee mit Vanillearoma.

»Musste hier drinnen rauchen?«, fragt er mich vorsichtig.

»Ja. Muss ich. Weil ich Raucher bin und wir nicht in den USA sind!«

»Du immer mit deinen Ami-Sprüchen!«

Ich packe zehn Esslöffel Kaffee für fünf Tassen in den Filter, weil halb wach zu sein ist auch doof.

»Haste gewusst? In New York musste Strafe zahlen, wenn du einen Aschenbecher an einem öffentlich zugänglichen Ort aufbewahrst! Ashtray violation oder so heißt das.«

Ich schalte die Maschine ein, und ein roter Punkt erscheint auf dem Schalter. Zeit, mich wieder hinzusetzen. Flik schaut mich ungläubig an.

»Echt?«

»Echt!«

»Trotzdem … kannste bitte deine Kippe ausmachen, mir wird echt schlecht, wenn ich früh so was rieche.«

»Dir wird auch schlecht, wenn das Fenster zwei Sekunden auf ist, das Bier kälter als 20 Grad oder die Nudeln zu scharf sind!«

»Ich muss halt aufpassen mit meinem Magen!«

»Du musst aufpassen mit deiner Wampe!«

Die greise Kaffeemaschine röchelt die ersten Wassertropfen durch die verkalkten Schläuche. Flik hat echt die Ruhe weg. An seiner Stelle hätte ich mir längst eine gescheuert für die Sprüche.

»Was biste denn so schlecht drauf? Kommste von der Eule?«

»Jap. Hab 'n Anschiss bekommen, wegen so 'nem Handyvertrag.« Flik nimmt sich den Stuhl, den ich an die Heizung gedonnert habe, und setzt sich, Lehne nach vorne, ans Stirnende des Tisches. Es kracht und knackt, als er sich reinfallen lässt.

»Glückwunsch, Herr Calmund. Nummer vier!«, lache ich.

»Scheiße. Ich bin echt zu dick!«

»Meine Rede!«

»Idiot!«

Mit rotem Kopf stellt Flik den Stuhl zu den anderen kaputten an die Wand und nimmt sich den letzten intakten

Stuhl. Manchmal tut's mir ja Leid, dass ich so fies zu Flik bin, denn Flik ist immerhin mein Freund. Ich mag ihn echt gern, womöglich, weil er der Einzige ist, der mir auch die größte Scheiße durchgehen lässt. Manchmal hab ich sogar das Gefühl, er mag mich auch. Und ich weiß auch, warum: Weil er nämlich selbst gerne ein bisschen so wäre wie ich – weltmännisch und cool halt. Mit seiner viel zu netten Art, den Klamotten aus dem 78er-Winterschlussverkauf von C&A und seinem froschgesichtigen Grinsen wirkt er nicht gerade wie ein Frauenheld. Dabei müsste er sich nur mal was Ordentliches zum Anziehen kaufen, 'ne neue Frisur zimmern lassen und zehn Kilo abnehmen, und schon sähe er nicht mehr total scheiße, sondern nur noch scheiße aus. Gut, sagen wir fünfzehn Kilo. Am allermeisten geht mir allerdings Fliks notorischer Pessimismus auf den Wecker. Bitte begrüßen sie mit mir: Flik, den Vorstandsvorsitzenden vom Verein der Bedenkenträger. Wenn sich auf der Autobahn ein Stau auflöst und man wieder richtig Gas geben kann, dann sagt Flik nicht etwa ›Geil, den Stau haben wir hinter uns!‹, sondern ›Oh … hoffentlich kommt nicht noch ein Stau!‹ Kein Wunder, dass er keine Frau abbekommt. Und natürlich, weil er ständig irgendwelche Flecken auf den Klamotten hat. Während ich ihn nach seinem »Spot of the Day« absuche, mustert er den Handyvertrag. Bei den persönlichen Angaben huscht ein Grinsen über sein Gesicht.

»15. 7. 96? Du hast einer Siebenjährigen ein Fotohandy verkauft?«

»Achtjährigen!«

»Hut ab. Und jetzt?«

»Die Eule sagt, ich soll noch heute zu den Eltern und das regeln!«

»Uh … peinlich!«

»Dein Wasser kocht!«

»Ahhh …!«

Nicht ohne Mühe hievt sich Flik aus dem Korbstuhl und füllt übervorsichtig seine pinke Telekom-Teetasse.

»Das ist nur heißes Wasser, kein Plutonium!«, stöhne ich.

»Jaja!«, lautet seine lapidare Reaktion. Fliks Ausgeglichenheit geht mir gehörig auf den Senkel. Ich frag mich echt, was mit ihm los ist.

»Wie war denn dein Putzfrauenrendezvous?«

»Kein Mensch sagt mehr Rendezvous, Flik!«

»Na ja … dann halt dein Treffen …!«

»War 'ne echte Pornokatze!«, lüge ich. »Und … na ja … war halt geil! Weiß gar nicht, was du wissen willst.«

»Du hast … am ersten Abend? Das ist pfiffig!«

»Pfiffig? Sagt auch keiner mehr.«

»Das ist cool, meine ich! Und? Is mal was für länger?«

»Also ich finde drei Mal in zwei Stunden schon ganz schön lang!«

Es ist eine verschissene kleine Lügenwelt, aber wenigstens ist es meine verschissene kleine Lügenwelt. Immerhin bin ich von meiner Lüge ebenso beeindruckt wie Flik.

»Und dein Wochenende?«, frage ich.

»Hey. Bei mir hat's auch geklappt! Toll, oder?«

»Wie? Geklappt?«

Ich hab's geahnt. Irgendwas ist verändert seit heute. Diese verdammte Ruhe, mit der er seine Umwelt nervt, zum Beispiel. Und die Tatsache, dass er keinen Fleck auf den Klamotten hat.

»Na … diese Daniela … wir haben … also … es hat endlich geklappt!«

Mit erwartungsvoller Miene und Teebeutel in der Hand blickt mich Flik an. Ich soll mich wohl freuen. Stattdessen bricht mein Weltbild kläglich zusammen wie ein Parkin-son-Mikado.

»Daniela? Wer iss'n jetzt Daniela?«

»Wärst du zum Spanischkurs mitgekommen, würdest du sie kennen.«

»Ich wollte ja wirklich gerne mitkommen«, sage ich, »aber an dem Abend hatte ich einfach keinen Bock!«

Einmal lässt man die Trantüte alleine ausgehen! Ich kann es nicht begreifen, dass ausgerechnet der dicke Flik schneller zum Schuss kommt als ich. Wobei ich ja finde, dass der dicke Flik gar keinen Sex zu haben hat. Schon gar nicht, wenn ich keinen habe. Der dicke Flik hat neben mir in der Kneipe zu sitzen und dick zu sein. Der dicke Flik ist dafür da, dass ich mich besser fühle als ohne dicken Flik.

»Warum trinkst du denn nicht von deinem Tee?«

»Weil der noch zu heiß ist, und dann verbrüh ich mich!«

Es ist zum An-die-Decke-gehen.

»Natürlich. Und? Sieht gut aus, diese Daniela?«

»Na ja … hässlich ist sie nicht!«

Auch das noch. Verdammt noch mal!

»Wird vielleicht was Ernstes«, ergänzt Flik ungefragt und macht dazu ein so bedeutungsvolles Gesicht, als unterzeichne er die Fusion der Deutschen Telekom mit General Motors.

»Wenn du mit deinen 100 Kilo 'ne Frau vögelst, isses immer was Ernstes! Du könntest sie ja zerquetschen!«

»Du bist richtig eklig, weißt du das? Ich weiß gar nicht, warum ich ausgerechnet dich mit zu Schalke nehme!«

Die zwei größten Kirchturmglocken Deutschlands machen Ding und Dong. Und ich schaue nur deswegen so sparsam, weil ich exakt drunter stehe. DAS war es! Das

Fußballspiel! Ich wusste, dass ich irgendwas vergessen hatte. Ich versuche, weiterhin cool zu wirken.

»Mensch, Flik, genau. Das Fußballspiel. Wusste ich doch. Wann ist das denn noch mal?«

Flik zieht wortlos ein blaues Schalke-Trikot aus seiner Tasche und wirft es mir zu. Es ist seine subtile Art zu sagen: heute, du Arsch!

SCHICKLGRUBER

Flik kennt jemanden, der jemanden kennt, der in der Pressestelle von Schalke 04 arbeitet. Mir wär's lieber, er hätte keinen gekannt. Dann hätten wir nämlich normale Stehplatzkarten unten im Stadion. Stattdessen sitze ich in einem ungewaschenen Schalke-Trikot mit irgendwelchen Funktionären am Tisch der Sponsoren-Loge und versuche, doof lächelnd, einer Garnele den Schwanz abzuziehen. Vielen Dank noch mal, Flik, für die gelungene Überraschung! Hätte ja mal ein Wort sagen können, dann hätte ich mich auch in einen Anzug geworfen, statt hier wie der letzte Braunkohle-Pottproll im Fan-Trikot rumzusitzen. Mal abgesehen davon, dass ich weder Schalke-Fan bin noch von Fußball Ahnung habe. Ha! Der Garnelenschwanz ist ab.

»Bingo!«, rufe ich und präsentiere der versteiften Tischrunde stolz meine Garnele. Eine Leistung, die von meinen schnöseligen Mitessern nur unzureichend gewürdigt, ja von Flik sogar getadelt wird.

»Simon! Bitte!«

»Is ja gut!«

Ich lass es gut sein, denn Flik ist der größte Schalke-Fan der Welt, und wahrscheinlich ist so ein Abend in der offiziellen Sponsorenloge echt was Besonderes für ihn. Während unter lautem Tamtam aus der Lautsprecheranlage die

Spieler einlaufen, stelle ich mir Flik vor, wie er seine hundert Kilo auf Daniela wuchtet. Rummmsss! Das kann ihr unmöglich gefallen.

»Iiiiiigitt!«

»Is schlecht, die Garnele?«, erkundigt sich Flik.

»Nee, hab nur gerade an was gedacht!«

Die Zuschauer pfeifen jeden einzelnen Spieler aus, der den Rasen betritt, und mir dämmert, dass es sich dann womöglich doch um die gegnerische Mannschaft handelt und nicht um Schalke.

Richtig sicher bin ich mir aber erst, als die Fans anfangen, irgendwelche Nachnamen zu skandieren, nachdem der Stadionsprecher die Vornamen durchgesagt hat.

Ebbe … SAAAANNND!!!!

Gerald … ASAMOOOOAHHH!!!

Simon PEEEEETTTERS!!!

Eine sehr seltsame Tradition, das mit den Namen, aber egal, ich bin ja auch kein Schalke-Fan. Die älteren Herrschaften, die um mich herum sitzen, sind aber offenbar auch keine, denn sie machen beim Namenrufspiel gar nicht mit, womöglich, weil sie teure Anzüge tragen und Damen dabeihaben mit viel Schmuck und so. Ich schnappe mir meine zweite Garnele, bevor Flik sie mir wegfressen kann und noch fetter wird. An einem Stehtisch unterhalten sich zwei Herren mit Schalke-Krawatte über einen Spanier, den der Verein gerade jetzt kaufen sollte, der aber zu teuer ist. Spanien. Zack! Schon bin ich in meinen Gedanken wieder bei Fliks Daniela vom Spanisch-Konversationskurs. Irgendwie hab ich richtig Schiss, dass sie gut aussieht. So was soll es ja geben! Flik, der im Fantrikot rechts neben mir sitzt, grinst blöd und stumm in die Runde. Ihm scheint das hier richtig zu gefallen.

»Noch ein Pils, der Herr?«

Ein weiß beschürztes, sehr junges Mädchen mit Tablett lächelt uns an.

»Sehr gerne!«

Der einzige Lichtblick des Abends: frei saufen. Ich frage Flik, was das überhaupt für ein Spiel ist heute Abend, einfach so, um irgendwas zu fragen.

»Das hast du doch schon im Auto gefragt.«

»Hab ich?«

»Ja!«

»Sag's mir noch mal!«

»UEFA-Intertotocup-Finale. Das Rückspiel gegen Pasching!«, lautet die leicht genervte Antwort. Jetzt weiß ich, warum ich das wieder vergessen habe. Weil man sich so was unmöglich merken kann.

»Genau, das war's!«

Mir fällt auf, dass der dicke Flik irgendwie nervös wirkt. Womöglich hat sogar er jetzt bemerkt, dass wir hier in unseren ausgewaschenen Trikots aus der vorvorletzten Saison nicht wirklich an den Mahagonitisch passen.

»Alles klar, Flik?«

Das weiß beschürzte Mädchen stellt mein Bier auf den Tisch, und ich nehme dankbar einen großen Schluck. Flik bewegt seinen Kopf kurz bedeutungsvoll in Richtung eines grau melierten Herrn, der direkt links neben mir sitzt. Er unterhält sich mit einer jüngeren Frau, raucht Zigarillo dabei und pustet den Rauch in unsere Richtung, um die Dame nicht zu belästigen. Okay! Zeit für meine gute Tat des Tages und vielleicht ja auch Wiedergutmachung für meine Sprüche am Morgen. Mit einem Lächeln wende ich mich an das Grauschläfchen.

»Entschuldigen Sie bitte, dass ich sie unterbreche …«

Leider lässt sich der Herr nicht einfach so unterbrechen. Flik schüttelt panisch den Kopf und tritt mir gegen das Schienbein.

»Simon, lass!«

Doch ich lasse mich nicht beirren. Nur weil wir alberne, blaue Fußballleibchen tragen, heißt das nicht, dass man mit uns machen kann, was man will.

Mein diesmal lauter vorgetragenes »Hallo? Entschuldigung?« führt auch beim Rest am Tisch zu einem Verstummen der Gespräche. Schließlich habe ich nicht nur die Aufmerksamkeit des Zigarillorauchers, sondern die der ganzen Schnöselbande.

»Würde es Ihnen etwas ausmachen, woanders zu rauchen?«, frage ich mit fester Stimme. »Der Rauch zieht nämlich direkt zu uns rüber, und dann wird meinem Freund schlecht. Wäre nett!«

Stille am Tisch. Ich hätte genauso sagen können: »Entschuldigen Sie, aber Sie sehen aus wie der aidskranke Stricher, der mir gestern im Puff mein Nokia geklaut hat.« Es hätte die gleiche Reaktion hervorgerufen. Auch Fliks Froschaugen treten noch ein wenig mehr hervor als üblich. Schließlich bricht der graue Herr das Schweigen.

»Sie sind …?«

»Simon Peters. Mein Kumpel hier und ich, wir haben nämlich VIP-Karten. Und Sie?«

»Rudi Assauer. Ich hoffe, es schmeckt Ihnen!«

Damit wendet er sich wieder seiner jüngeren Begleitung zu. Auch die anderen Leute am Tisch sprechen wieder, haben aber offenbar das Thema gewechselt, denn ich vermag Satzfetzen der Couleur »unglaublich dreist«, »was bildet der sich ein« und »sollte man rausschmeißen!« zu vernehmen. Der bleiche Flik steht auf und bedeutet mir, ihm zu folgen. Wir sind keine zwei Meter vom Tisch weg, da platzt es aus ihm heraus.

»Sag mal, weißt du überhaupt, wer das ist?«

Der arme Flik ist inzwischen knallrot angelaufen. Und natürlich weiß ich nicht, wer das ist.

»Hat er doch gesagt: Assammer oder so.«

»Assauer, du Volldepp! Rudi Assauer. Du kannst doch dem Manager von Schalke 04 nicht in seiner eigenen Loge das Rauchen verbieten!«

Hups! Komm ich da irgendwie wieder raus? Probieren kann ich's ja mal.

»Duuuu hast doch so blöd geguckt wegen dem Rauch und auf den Assamer gezeigt!«

»Assauer, du Arsch!«

Wir streiten noch gute zehn Minuten weiter und schaffen dabei jeder zwei Veltins. Der dicke Flik braucht noch ein drittes, um sich wieder in die Loge zu trauen. Weichei. Als wir uns schließlich auf die letzten beiden VIP-Plätze vor der Sponsoren-Lounge schleichen, hat das Spiel schon begonnen. Der grau melierte Herr ist auch verschwunden. Ich genehmige mir ein weiteres Veltins auf Vereinskosten. Man braucht kein Kenner der Szene zu sein, um zu bemerken, dass Schalke einen ordentlichen Mist zusammenkickt. Auch Flik schaut reichlich sparsam aus der Vereinswäsche, als unten auf dem Platz so rein gar nichts passiert. Einziger Höhepunkt der ersten Hälfte ist dann auch der Name des österreichischen Torhüters: Der heißt nämlich Schicklgruber und hält kurz vor der Pause noch den Torschuss eines gewissen Altintop.

Die alberne Pausenshow überbrücke ich mit zwei weiteren Veltins. In der zweiten Halbzeit pfeifen sogar die

Schalker Fans. Grund genug, mir nach jedem Fehlpass ein neues Bier zu holen und Flik mit irgendwelchen beknackten Fußballfragen zu löchern, damit er wieder locker wird.

»Wer ist denn jetzt eigentlich so der beliebteste Spieler bei Schalke?«

»Ebbe Sand. Hamit Altintop vielleicht auch.«

»Der, der kurz vor der Pause nicht getroffen hat?«

»Genau der!«

»Tja ... Schicklgruber is halt Chef!«

»Jaja ...«

»Und dieser Altintop ..., also so im Vergleich ... ist der jetzt beliebter als Ballack?«

»Ballack spielt bei den Bayern!«

»Ach ja, klar!«

Ich kann machen, was ich will. Flik bleibt zugeschnürt und äußerst einsilbig. Irgendwann hab ich genug von der Nullnummer auf dem Rasen und gehe wieder nach drinnen in die Loge, wo inzwischen eine Art Nachtischbuffet aufgebaut wurde. Weil ich kein Veltins mehr sehen kann, nehme ich mir eine Tasse Kaffee und ein Stück von einem blauweißen Kuchen in Form eines halben Fußballs. Der Kuchen schmeckt sensationell lecker. Ich beschließe, erst gar nicht mehr auf meinen Platz zurückzugehen, das Gekicke von drinnen weiterzuverfolgen und es mir ein wenig gut gehen zu lassen. Es erfüllt mein Ego mit großer Genugtuung, dass ich mir auf einem italienischen Designersofa gratis den Bauch mit Garnelen und Kuchen voll stopfen kann, während das gewöhnliche Fußvolk in der Fankurve mal eben 30 Euro für ’n Stehplatz abdrücken muss. Ich nehme mir ein weiteres Kuchenstück mit einer lustigen Sechs aus Spritzguss und gieße mir Kaffee nach. Der

Schiedsrichter pfeift ab, und ein enttäuschter Flik setzt sich zu mir auf die Couch.

»Und?«, frage ich schmatzend.

»Egal, Hauptsache sie sind weiter!«

»Wenn's nach mir ginge, wären sie nich weiter!«

Ich bemerke einen bösen Blick von Flik und nehme einen weiteren Bissen von meinem königsblauen Kuchenstück. Inzwischen schwärmen die Anzugträger mit ihren aufgetakelten Damen wieder zu ihren Champagner-Stehtischchen. Irgendwas scheint noch geplant zu sein, denn die gut verdienenden Damen und Herren formen einen Halbkreis um meinen wieder aufgetauchten Zigarillofreund Assamer. Die jüngere Frau, mit der er sich am Tisch unterhalten hat, setzt zu einer kurzen Rede an, in der unter anderem die Worte Geburtstag und Sechzig vorkommen und überreicht dem grau melierten Rudi den Rest vom blauen Fußballkuchen mit der Zahl Null. Dann starren plötzlich alle auf mich und mein Kuchenstück mit einer halben sechs. Sekunden später verlassen Flik und ich vergleichsweise zügig die Loge. Vermutlich, weil wir VIP-Gäste waren, begleiten uns zwei große Herren mit Knopf im Ohr bis zu meinem gelben Peugeot. Sie winken nicht, als wir vom Parkplatz P3 Richtung Autobahn fahren.

Wir reden kein Wort auf der Fahrt nach Hause. Flik ist sauer. Um nicht zu sagen stinksauer. Als wir in Köln am Fernsehturm mit dem pinken Telekom-Logo vorbeifahren, fällt mir ein, dass ich noch was erledigen muss. Ich informiere Flik. Begeistert ist er nicht.

»Du bist doch total bekloppt. Um die Zeit und dann noch besoffen!«

»Ich hab der Eule versprochen, dass ich mich heute drum

kümmere. Und jetzt ist gerade noch heute, weil nachher ist ja schon morgen, und dann gibt es Ärger!«

Offenbar hab ich mich nicht richtig verständlich gemacht, denn Flik zeigt mir einen Vogel, als ich an einer roten Ampel den Vertrag aus meiner Jeans fummle.

»Sag mal, Simon, du willst jetzt nicht wirklich da hinfahren, oder?

»Willst DU fahren?«

Flik ist ganz aufgebracht. Ich hab keine Ahnung, wo jetzt wieder das Problem ist.

»Simon! Was macht das denn für 'n Eindruck, wenn du um die Zeit klingelst? Und was willste dann sagen? ›Guten Abend, mein Name ist Peters und ich habe ihrer siebenjährigen Tochter aus purer Bosheit ein Fotohandy mit einem Jahresvertrag verkauft‹?«

»Die Tochter war acht! Und es ist ein Zweijahresvertrag.«

»Du drehst echt durch!«

»Und von Klingeln hab ich nix gesagt!«

Ich muss mich echt mal um coolere Freunde kümmern. Flik geht ja gar nicht mehr. Macht sich in die Hosen, weil wir uns von einem kleinen Mädchen einen Vertrag zurückholen, der sowieso nicht rechtsgültig ist.

»Ich mach da nicht mit, Simon!«

»Dann bleib im Auto, mach dir einen Tee und freu dich, dass Schalke weiter ist! Aber warte 'ne Weile, bevor du ihn trinkst, sonst verbrennst du dich und stirbst!«

»Blödmann!«

Vor einem großen weißen Einfamilienhaus im Stadtteil Lindenthal lasse ich den Wagen ausrollen. Ich dreh das Radio aus, zünde mir eine Prince Denmark an und wähle die Festnetznummer, die mir die kleine Ulrike in den Vertrag

diktiert hat. Nach dem sechsten Klingeln geht ein Anrufbeantworter dran. Ich warte auf den Piep und rülpse »Telekom, wir machen das!« aufs Band. Witzig. Keine Reaktion von Flik.

»Die Chancen stehen gut, dass keiner da ist!«, beruhige
ich ihn.

»Und … das heißt?«

»Dass ich in zehn Minuten zurück bin!«

Flik blickt kopfschüttelnd aus dem Wagen und schnauft
ganz komisch, als habe er gerade tierischen Stress. Dabei
sitzt er ja nur rum und guckt blöd. Wahrscheinlich ist das
für dicke Menschen aber schon höllisch anstrengend. Ich
steige aus und gehe zum Hauseingang. Mommsenstraße 88,
so wie's im Vertrag steht. Bingo. Auf der Klingel steht
Günther. Ich springe über das gusseiserne Gartentor und
schleiche an einem Kinderfahrrad vorbei um das Haus
herum, bis ich zur Terrasse gelange. Über eine kleine Mauer komme ich relativ problemlos auf den Balkon. Ich freue
mich, wie leicht man es mir macht, denn die Balkontür lässt
sich einfach so aufschieben. Wenn ich so 'ne edle Hütte hätte, wäre an jedem Mauseloch ein Sicherheitsschloss. Ich
ziehe den Vorhang ein wenig zur Seite und sehe exakt
nichts. Ich gehe einen Schritt ins Zimmer und stehe immer
noch komplett im Dunkeln. Simon Peters unterwegs in ge-
heimer Mission der Rote Eule Fraktion. Es sind genau diese Details, die entscheiden, ob es ein Weltunternehmen wie
die Telekom schafft oder nicht. Wenn alle Mitarbeiter so
viel Engagement zeigen würden wie ich, dann wäre der Ak-
tienkurs auch nicht im Arsch. Trotzdem: Die Überstunden
reiche ich gleich morgen ein, das steht schon mal fest.

Ich mache die Augen auf, so weit es geht, und wage mich
einen weiteren Schritt ins Zimmer. Jetzt kann ich die Kon-

turen eines Kinderbettes erkennen. Es ist leer. Offenbar sind alle aus dem Haus. Ich streiche über die Bettwäsche. Sie ist kalt. Wahrscheinlich haben die Eltern ihre Tochter schon in ein Schweizer Internat gesteckt, weil sie so einen Mist mit dem Handy gebaut hat. Mir kommt's gelegen, dass die Hütte leer ist. Es gibt Angenehmeres als ein kleines Mädchen mit Teddy in der Hand, das laut »Mama« schreit, weil ein besoffener Typ mit Schalke-Trikot vor ihrem Bettchen steht. Am allerangenehmsten wäre es natürlich, wenn direkt neben dem Bettchen das Fotohandy und die Durchschrift des Vertrages liegen würden. Ich taste mich an der Wand entlang und finde den Lichtschalter. Klick. Da ich kein Einbrecher bin, sondern hier nur eine Kleinigkeit regeln muss, darf ich auch Licht machen, finde ich. Ich schaue mich um. Über einem roten Lackschreibtisch mit Alubeinen hängt eine Korkpinnwand mit zwei Ansichtskarten aus Florida und einem Ricky-Martin-Aufkleber aus der *Bravo*. Armes Mädchen! Wann sie wohl erfahren wird, dass der Gute schwul ist? Ich entscheide mich für meine zweite gute Tat am Tag und schreibe »Ricky Martin ist ein Hinterlader!« neben die Karte. Dann wähle ich die Handynummer, die ich ihrem Fotohandy zugeteilt habe. Und tatsächlich: Nach ein paar Sekunden klingelt es irgendwo im Haus. Das heißt, es klingelt nicht, sondern es quäkt ein polyphoner Ricky-Martin-Song. Während ich das Geräusch orte, singe ich lispelnd mit, erst leise, dann lauter.

Un dos tres ... noch eine Weile, dann hab ich die Handy.

Ich knipse das Licht aus und trete in den Flur. Die Melodie wird ebenfalls lauter.

Un dos tres ... und gebe der Eule zurück.

Über mehrere Oberlichter strahlt der Mond auf einen

edlen Dielenboden. Ich taste nach einem Schalter, finde ihn und drücke drauf. Ein Meer von Halogenlampen beleuchtet den Flur. An der Wand hängt moderne Kunst. Scheinen nicht gerade von der bösen Rezession geplagt, die Günthers. Ich kann noch zwei weitere Türen erkennen, wobei Ricky Martin eindeutig aus dem Zimmer neben mir quäkt. Aus Spaß reiße ich die Tür auf wie ein FBI-Agent und benutze mein Handy als 45er-Magnum.

»Freeze, you motherfuckers, this is the police!«, rufe ich. Ich knipse das Licht an und sehe, dass ich offenbar in Daddys Arbeitszimmer gelandet bin. Lederbürostuhl, teure Schränke, Ablagen aus feinstem Holz. Nicht schlecht! Auf einem wuchtigen Edelholzschreibtisch liegt das Objekt meiner Begierde: ein rotes Nokia 5140. Strrrike!

Und es wird mir noch ein unerwartetes Geschenk gemacht, denn der Durchschlag des Vertrags liegt direkt darunter. Hat der Papa wohl schon konfisziert. Diese Familie ist eben noch intakt. Höchst zufrieden stecke ich Handy und Vertrag in die Hosentasche und lege einen Euro auf den Tisch. So viel hat das Ding nämlich gekostet.

Als ich nach draußen komme, ist mein Auto leer. Dafür finde ich auf dem Sitz einen Zettel von Flik.

Du bist bekloppt. Bin bei Daniela. Flik.

Tall Latte Macchiato Armageddon

Von allen Cafés dieser Stadt muss sich Phil für ein Treffen natürlich ausgerechnet das Starbucks aussuchen. Ich weiß nicht, ob ich die Nerven hierfür aufbringe, denn, und das habe ich schon von weitem gesehen, das Starbucksmädchen steht hinter dem Tresen. Steht einfach so da in ihrer ganzen Pracht und schäumt banale H-Milch, statt sich in unserer karibischen 12-Zimmer-Villa um unsere süßen Kinder zu kümmern. Ich hole noch einmal Luft und verlasse den T-Punkt, um die zwanzig Meter Entfernung zum Starbucks und Phil zu überbrücken. Mr. Heute-Abend-geht-was hat sich heute zur Feier des Tages mal in einen kotzfarbenen Cordanzug gesteckt und, als würde er darin nicht schon beschissen genug aussehen, sich noch einen affigen Ahoi-Brause-Pulli drunter gezogen. Mürrisch gebe ich ihm die Hand und ringe mir ein Lächeln ab.

»Tach! Tolle Idee mit dem Starbucks!«

»Ich dachte, ich arbeite mal an deiner kulturellen Blockade!«, stichelt Phil und zeigt grinsend auf eine US-Flagge neben dem Starbucks-Logo.

»Ich bin dir sehr dankbar!«

»Wusste ich! Gehen wir rein!«

Spricht's und schnippt weltmännisch seine Zigarette in die Mitte der Fußgängerzone. Dann hält er mir galant die

Türe auf und lässt mich freundlicherweise wissen, dass er einen Grande Latte und ein Cajun Chicken Sandwich haben möchte, was auch immer das ist. Noch bevor ich Phil nach Geld fragen kann, verschwindet er in einem bordeauxroten Ledersessel und telefoniert. Irgendwie kriegt er es halt immer hin, sich vor dem Bezahlen zu drücken.

Die Schlange am Bestell-Tresen besteht lediglich aus einer zotteligen 30-Jährigen mit weiten, bunten Ökoklamotten. Mit geweiteten Augen geht sie die Tafel mit den verschiedenen Kaffeesorten durch, statt einfach zu bestellen. Ein klarer Fall von Schnarchnasentum, das die Schnarchnasenpolizei sofort ahnden sollte. Ich schaue mich ein wenig um. Das Café selbst ist zum Bersten gefüllt mit schnatternden Jungmüttern, die eine ganze Batterie an bunten Kinderwagen schaukeln. Ha! Das hat Starbucks nun von seiner rigiden Nichtraucherpolitik! Es ist die Mutter aller Cafés geworden. Das kostet! Meines Wissens gehören Säuglinge nämlich nicht zu den größten Kaffeekonsumenten des Landes. Und welche Mutter lässt ihr Neugeborenes schon eine Viertelstunde alleine zwischen zwei italienischen Designersofas flennen, nur um sich einen zweiten Milchkaffee zu bestellen? Ich bin mir sicher, dass der Laden bald Pleite geht. Hinter dem Tresen steht noch immer das umwerfende Starbucksmädchen und tippt Dinge in ihre Kasse. Sie hat keinen Kinderwagen und: Sie sieht noch besser aus als von draußen! Fast wage ich es nicht, sie anzusehen. Mir wird allerdings nichts anderes übrig bleiben, wenn ich gleich was bestellen soll. Da! Sie schaut in meine Richtung! Oder? Nein! Ihr Blick geht geradewegs an mir vorbei auf die Straße. Ich schaue auch hinaus, doch dort ist nix. Sie schaut ins Leere. An was sie wohl denkt? Bestimmt nicht an Kaffee. Oder doch? Vielleicht denkt sie ja an ihren

Traumprinzen! Darf man in so einem straff geführten Unternehmen während der Arbeitszeit überhaupt an private Dinge denken? Oder muss man da vorher fragen? Bei einer amerikanischen Firma kann man ja geradezu davon ausgehen, dass man einer gründlichen Gehirnwäsche im Drill Sergeant Style unterzogen wird, bevor man einen Latte Macchiato auch nur anrühren darf:

›Sir, was ist, wenn ein Kunde mal was länger braucht und ich durch die Frontscheibe nach draußen schaue?‹

›Sie meinen, Sie blicken ins Leere?‹

›Genau, Sir, ins Leere, Sir. An was denke ich da, Sir?‹

›Lächeln Sie, verdammt noch mal, und stellen Sie sich einen leckeren Tall Latte Macchiato vor!‹

›Danke, Sir, sehr gute Idee, Sir. Und danke noch mal, dass Sie mich so gut bezahlen, Sir.‹

›Gute Mitarbeiter sind uns eben drei Euro die Stunde wert. Sie haben übrigens sehr feste Brüste, hat Ihnen das schon mal jemand gesagt?‹

›Nein, Sir, aber vielen Dank, Sir!‹

Über ebendiese perfekten Brüste spannt sich die engste Bluse der Welt. Natürlich starre ich nicht wirklich auf diesen Punkt, sondern auf das grüne Namensschildchen, das sie in diese enorm erotische Gegend gesteckt hat. Marcia P. Garcia. Ein schöner Name! Ich frage mich, für was das P. steht. Die Öko-Trulla vor mir hat inzwischen erfolgreich bestellt und schleicht zum Ausgabecounter, wobei sie auf ihren Kassenbon starrt, als handele es sich um ihre eigene Todesanzeige.

Marcia P. Garcia. Ich schaue vom Schild hoch und blicke direkt in ihre grünen Augen. Ich will wieder weggucken, doch ich kann nicht. Wie wahnsinnig gern würde ich in diesem göttlichen Blick baden, aber ich hab ja gar kein Handtuch dabei. Sie lächelt. Mein Gott, dieser Mund! Ein sieben Tonnen schwerer Granitblock mit der Aufschrift LIEBE donnert mir direkt in den Magen. Der Schmerz geht über in einen Strom wohliger Wärme, die mich sanft betäubt und zugleich nervös macht. Könnte diese Sekunde der wichtigste Augenblick in meinem Leben sein? Ein Augenblick, nach dem mich Eltern, Freunde und Kollegen auf unserer Hochzeitsfeier immer wieder fragen werden? Ein Augenblick, den Marcia und ich uns nach Jahren noch einmal giggelnd im Bett vergegenwärtigen, um uns dann zunächst ganz verliebt zu umarmen und anschließend wild übereinander herzufallen? Was frage ich denn? Ich weiß es doch. Es ist so ein Augenblick!

»Sind Sie zum ersten Mal bei Starbucks? Kann ich was erklären?«

Ich mag den Klang ihrer Stimme. Ich stelle mir vor, wie diese Stimme immer wieder meinen Namen flüstert, ganz nah an meinem Ohr, sodass ich den warmen Atem spüren kann. Ich stelle mir vor, wie diese wunderbare Stimme andere Dinge sagt als ›Sind sie zum ersten Mal bei Starbucks?‹. Dinge wie: »Meinst du, dieses Haus ist groß genug für uns und die Kinder?« oder: »Das Gewitter macht mir Angst, Simon, umarmst du mich ganz fest?«

Wie gerne würde ich in dieser Sekunde einfach diese ganzen unnützen und anstrengenden Phasen des Ausgehens, Abtastens und Kennenlernens umschiffen. Wie gerne würde ich diese unerhört herrliche Person einfach nur an ihrer zarten Hand mit zu mir in die Wohnung nehmen, sie auf meine Couch setzen und so lange angucken, bis wir beide Wange an Wange einschlafen. Quatschen könnten wir auch am nächsten Tag. Immerhin werde ich ein Leben lang mit ihr zusammen sein.

»Hallo?«

Meine zukünftige Ehefrau blickt mich noch immer lächelnd an, auch, wenn ich durch meine Sprachlosigkeit soeben einige zarte Flöckchen Sorge über ihr Püppchengesicht gestreut habe. Ich kann nur ahnen, wie ich in dieser Sekunde auf sie wirke, aber ich denke, ein Reh im Fernlicht eines Gurkenlasters kommt der Sache am nächsten.

»Hallo! Ich bin bei Starbucks!«, stammle ich und könnte mir sofort eine scheuern dafür. Natürlich bin ich bei Starbucks. Ich stehe am Bestelltresen und sollte nun einfach nur sagen, was ich bestellen möchte. Wenn der erste Eindruck der wichtigste ist und ebendieser erste Eindruck in den ersten zehn Sekunden entsteht, dann kann ich mich auch gleich in eintausend Starbucks-Servietten einrollen und in den Rhein werfen lassen. Sag was, Simon. Irgendwas mit Kaffee!

»Haben Sie Kaffee?«, höre ich mich dumpf fragen, als stünde ich irgendwo im Nebenzimmer. Natürlich haben die Kaffee. Ich bin in einem Café. Ich bin ein Vollidiot in einem Café.

»Auf der Tafel oben stehen alle Kaffeesorten, die wir haben. Soll ich vielleicht erst mal den Herrn hinter Ihnen bedienen, bis Sie sich entschieden haben?«

Sie? Bin ich vierzig, oder was? Ich drehe mich kurz um und blicke in zwei glasige Schweinchenaugen. Ein kleiner, pausbäckiger Geschäftsmann mit Glatze und rahmenloser Stoiberbrille. Ich mag ihn nicht.

»Nein, erst mich bedienen!«, fordere ich barsch.

»Dann müssen Sie mir sagen, was Sie wollen!«, entgegnet meine Traumfrau immer noch lächelnd. Da hat sie Recht. Frage an die Regie: Könnt ihr bitte die ganze Szene noch einmal zwei Minuten zurückspulen und von vorne anfangen? Wäre das bitte jetzt möglich? Oder muss ich mich erst mit Mandellikör übergießen, anzünden und als riesiger Feuerball schreiend durch die Glasfront in die Fußgängerzone brechen? Ist es das, was ihr sehen wollt?

Offenbar ist es das, denn es spult mich keiner zurück. Simon, reiß dich zusammen, verdammt noch mal. Du bist keine sechzehn! Und dies hier ist nicht die erste schöne Frau, die du in deinem Leben ansprichst!

»Okay … sorry … äh … ich nehme also …«

Es klappt!

»Ich nehme also einen Kaffee …«

»Was für einen Kaffee?«

»Einen ganz normalen Kaffee!«

»Einen *Coffee of the day*?«

»Genau den!«

»Small, tall, grande?«, fragt sie mich, wobei sie grande wie *grändi* ausspricht. Wie soll ich mich denn auf Fremdsprachen konzentrieren, wenn mein Puls bei 240 herumrast? Ich fühle mich wie ein Ossi beim ersten McDonald's-Besuch, drei Minuten nachdem die Mauer gefallen ist.

»Klein, mittel oder groß?«, hilft mir Marcia.

»Klein, nein, groß!«

»Was jetzt?«

»Sagen wir mittel?«

»Okay!«

Zu meiner Verwunderung ist das Lächeln auf ihrem Gesicht geblieben, ja, sie scheint nicht mal genervt von mir. Eine Tatsache, die mir Mut macht, meine Bestellung zügig zu beenden.

»Und einen Tall Latte und so ein Cajun Chicken Sandwich, bitte.«

Bis auf »Cajun« hab ich wohl alles richtig gemacht, denn

sie verbessert mein spanisch betontes *Cachunn* zu einem breiten, amerikanischen *Keytschn*. Kurz bevor ich zum Ausgabe-Counter gehen will, sehe ich eine Plastikbox mit einzeln verschweißten Starbucks-Lebkuchen.

»Was kosten denn die Lebkuchen?«, frage ich.

»Zwei Euro das Stück. Wollen Sie einen?«

»Nee …, hat mich nur gerade interessiert«, sage ich, zahle und mache Platz für den angestoiberten Pausback-Geschäftsmann. Wusste ich's doch!

Als ich mit meinem Kassenzettel zum Ausgabe-Counter schlurfe, wird mir zudem klar, warum die Öko-Trulla so geschockt war. Es war der Preis! Acht Euro für zwei Kaffee und ein Sandwich! Da holen die sich die Kohle wieder rein, die sie durch die krakeelenden Säuglinge verlieren. Als ich meine beiden Kaffeetassen und Phils Chicken Sandwich in Empfang nehme, schenkt mir Marcia Ehefrau in spe Garcia noch ein zweites Lächeln. Ich würde es gerne erwidern, aber ich verpenne den richtigen Augenblick. Und erst mal fünf Sekunden lang gucken wie ein Eimer, um dann plötzlich zurückzulächeln, ist noch bekloppter. Also sage ich einfach »Hey!« und nicke. Mein Lohn ist ein finales Lächeln von ihr. Sie hat mir zugelächelt! Schon wieder! Mir persönlich! Immerhin hätte sie mich auch schon wieder vergessen können. Das Allerwichtigste an diesem Lächeln ist aber: Es war ein privates Lächeln. Kein amerikanisches *keep smiling at your customer*, sondern ein sauberer, brasilianisch-nordrhein-westfälischer Flirtblick, der da sagen will: Hey du, der du da eben am Tresen warst, ich hasse dich nicht! Genau! Das ist es. Sie hasst mich nicht! Ein sehr, sehr guter erster Schritt!

Als ich mich an sieben Kinderwagen vorbei mit meinem Tablett zu Phils Tisch vorkämpfe, telefoniert er immer noch. Klar. So ist das in der Fernsehbranche. Als Fernseh-fuzzi muss man mindestens einmal stündlich in der Redak-tion anrufen, damit die dort nicht vergessen, was für ein Arschloch man ist.

Marcia P. Garcia. Was oder wer hält mich eigentlich da-von ab, noch mal vorzugehen und ihr zu sagen, was ich füh-le? Von ganzem Herzen? Phil hält mich davon ab, denn er hat zu Ende telefoniert und lässt sein silbernes Edelhandy in die Innentasche seines Hugo-Anzugs gleiten.

»Sorry, musste nur noch gerade was in der Redaktion checken.«

»Kein Problem«, sage ich und bestreue meinen ganz nor-malen Kaffee mit gar nicht normalem, pudrigem Süßstoff aus einem pinken Tütchen.

»Die haben hier Lebkuchen für zwei Euro!«, informie-re ich Phil.

»Ja und …?«

»Vergiss es!«

Ich kippe den gesamten Süßstoff in meine Tasse und rühre ihn mit einem dünnen Holzstäbchen um.

»Die Schnecke am Tresen, ist das die, von der du erzählt hast? Die du so gut findest?«, will Phil wissen.

»Nee«, lüge ich, weil ich keine Lust habe, mich gleich noch mal zum Affen zu machen.

»Frag ja nur!«, sagt Phil entschuldigend und lehnt sich zurück. Während ich einen ersten Schluck Kaffee nehme, zieht Phil einen Zettel aus der Innentasche seines Anzugs.

»Weswegen ich dich sprechen wollte … also … is mir ein bisschen unangenehm, aber wir waren ja alle ein bisschen besoffen und so …«

Ich bin fast jeden Abend besoffen, also ist das schon mal nicht der beste Hinweis. Ich versuche zu entdecken, was er da in den Händen hält. Es ist eine Eurocard-Abrechnung. Was zum Teufel soll ich mit Phils Kreditkartenabrechnung?

Man hilft mir recht fix auf die Sprünge.

»Stichwort Chuck Norris?«

Mist! Die Aktion mit dem Teleshop vor dem Urlaub!

»Der Schauspieler. Ja, und?«

»Simon, ich hab bei Eurocard angerufen und bei QVC. Da war wohl jemand so freundlich und hat für mich so gegen vier Uhr früh ein paar Sachen eingekauft.«

Ich hab echt keinen blassen Schimmer, wie ich mich da wieder rausgeredet kriege.

»Ist doch super, musstest du nicht selbst einkaufen!«

»Komm, verarsch mich nicht!«

Eins zu null für ihn. Es gibt überzeugendere Argumente. Das Schlimme ist: Trotz der beträchtlichen Alkoholmenge an jenem Abend erinnere ich mich ganz genau an die Aufgabe dieser Bestellung. Phil lag quer über dem Schneckenmädchen, als diese ganzen toll gemachten Fernsehspots kamen. Dennoch: Das soll er mir erst mal beweisen!

»Sorry, Phil, aber ich hab damit echt nix zu tun. Vielleicht hast du die Karte ja mal rumliegen lassen, oder du hast im Internet was bestellt, und dann hat sich jemand …«

»Jetzt halt doch mal für 'ne Sekunde die Klappe, Simon! An dem Abend waren wir mit den Lufthansa-Mädels bei dir. Und alle hatten wir ordentlich die Lampe an. Egal, superlustiger Spaß, wir haben alle gelacht, und ich krieg 978 Euro von dir!« Mit diesen ungewohnt bestimmten Worten lässt sich Phil in die Lehne zurückfallen.

»Und was soll ich da noch mal bestellt haben?«, frage ich kleinlaut.

»Einen fernsteuerbaren Helikopter, ein Chuck Norris Total Gym und ein Messerset.«

»Und warum bist du dir so sicher, dass ich das bestellt habe?«

»Weil mir ein Herr Hupatz bei QVC die Lieferadresse genannt hat und ich diese Adresse kenne.«

»Was ist das für eine Adresse?«

»DU wohnst da!«

»Oh!«

Meine letzte Chance: Ich muss es auf die Pulp-Katja oder die Partyschnecke schieben.

»Die beiden Stewardessen, ich meine, die verdienen auch nicht die Welt!«

»Gib dir keine Mühe Simon, die Sache ist klar. Eine Stewardess bestellt sich kein Chuck Norris Total Gym!«

»Eine ganz besonders schwache Stewardess schon! Die müssen ja auch viele, schwere Säfte schieben und so … Hast du schon mal bemerkt, wie schwer so ein Tomatensaft ist?«

Ich entnehme Phils Gesichtsausdruck, dass er keinen Bock auf weitere Späßchen hat, sondern einfach nur die Kohle zurückwill. Damit hätte er es auch wieder einmal geschafft, dass ich mich fühle wie ein dummer, kleiner Schuljunge, der dabei erwischt wird, wie er seiner Mutter zwanzig Cent aus dem Portemonnaie klaut, um sich Bonbons zu kaufen.

»Ich überweis dir die Kohle!«

Phil kritzelt seine Kontonummer auf ein gelbes Post-it und damit beenden wir dieses unangenehme Thema. Danach muss ich nur noch zwei Show-Ideen von Phil super finden, und ich darf zurück in den Laden gehen. Dort angekommen, versuche ich, den Kundenkontakt auf ein Minimum zu beschränken. Nach einer Stunde husche ich unbemerkt hoch in unseren Aufenthaltsraum, rauche fünf Zigaretten und trinke einen halben Liter Kaffee.

Es gibt ein paar Dinge, die ein Mann auf jeden Fall wissen muss. Dinge, die sehr, sehr wichtig sind. Dass man die Nagelschere nicht im gleichen Becher aufbewahrt wie die Zahnbürste, weil das Frauen supereklig finden und sich sofort ein Taxi rufen. Dass einen Frauen nie an die eigene Mutter erinnern sollten, dann rufen die sich nämlich gleich zwei Taxen, und dass man nie allzu viel über seine Ex-Freundinnen ausplaudern darf. Die wichtigste Information für jeden Mann zwischen 14 und 89 ist allerdings: Finger weg von Paula! Ich kenne Paula seit der fünften Klasse Gymnasium, und soweit ich mich erinnern kann, haben bei ihr bisher alle Männer den Kürzeren gezogen. So wurde sie über die Jahre zur Beziehungsexpertin schlechthin. Nicht, dass sie selbst eine funktionierende Beziehung hätte. Nein, aber sie hätte sie, wenn sie wollte! Denn Paula hat noch immer bekommen, was sie will. Ich gehöre übrigens nicht dazu, und das ist auch gut so. Ich kann sogar von Glück reden, dass ich nie was mit Paula angefangen habe. Zwar finde ich sie sexy und so, kenne aber einfach zu viele Geschichten. Meine gute Paula, und da gibt es leider kein Vertun, verarscht die Männer, wie sie's gerade braucht. Besonders schwer hat's ihr der liebe Gott nicht gemacht, denn auf den ersten Blick wirkt sie wie ein naives und beschützenswertes Engelchen. Meine Güte, wenn die Typen nur wüssten! Wenn Paula einen Kerl länger als vier Wochen kannte und er gut genug aussah, was natürlich bei den meisten der Fall war, dann hat sie ihn unserer damaligen Clique vorgestellt. Wir waren dann natürlich nett zu ihm, weil er ja der »Neue« von Paula war, aber eigentlich hatten wir es schon beim ersten Händeschütteln aufgegeben, ihn richtig kennen zu lernen, denn in ein paar Wochen wäre ja sowieso wieder ein anderer angesagt. Meistens waren diese armen Typen dann auch noch so richtig stolz, dass sie mit einer so tollen Frau wie Paula gingen. Unsere Emotionen tendierten eher in Richtung Mitleid: Warte mal ab, du arme Sau.

Paula kennt nicht nur jedes »Wie angle ich mir einen Mann« und »Männer essen Mars, Frauen Venus«-Buch, sie hat auch für jedes Männerfrauenproblem eine eiserne Regel. Regeln, die weit hinausgehen über die bekannten Klassiker wie »Ruf niemals am nächsten Tag an« oder »Liebe nicht zu sehr«. Das ist auch der Grund, warum ich jetzt rauchend und mit einer Tasse Kaffee im letzten heilen Korbstuhl des Aufenthaltsraumes sitze und zitternd Paulas Nummer wähle. Es tutet fünf Mal, dann geht die Mailbox dran. Ich hinterlasse eine Nachricht, drücke meine Kippe aus und starre an die Wand. Ich muss relativ verzweifelt geklungen haben, denn innerhalb von zwei Minuten kommt der Rückruf.

»Sorry, war gerade an der Kasse!«, trällert sie ins Telefon, gut gelaunt wie immer.

»Alles im Lack bei dir, Simon?«

»Nix ist im Lack! Ich hab mich verliebt, und alles ist durcheinander!«, seufze ich.

»Duuu? Verliebt? Glaub ich nicht!«

»Warum sollte ich mich nicht verlieben? Jetzt ohne Scheiß, Paula, ich muss dich ganz schnell sehen, diesmal ist es ernst! Du musst mir helfen!«

Pause am anderen Ende.

»Das ist ja jetzt blöd, ich hab mir nämlich gerade 'ne Zwei-Stunden-Karte fürs Neptunbad gekauft, und danach bin ich schon wieder verabredet.«

»Immer bist du verabredet!«, schimpfe ich. »Was ist denn mit morgen?«

»Morgen flieg ich nach München.«

»Ich muss dich aber sehen! Wenn ich dich nicht sehe, dann fang ich noch heute Abend mit diesem Crack an!«

»Du spinnst. Ein halbes Jahr rufst du mich nicht an, und dann soll ich meine Sauna absagen?«

Mist! Hab ich mich echt ein halbes Jahr nicht gemeldet?

»Also, wenn du mich sehen willst, dann musste wohl in die Sauna kommen!«

Das muss ich wohl. Es gibt Momente im Leben, da muss man handeln. Und wenn ich es bei Marcia nicht versuchen würde, ich würde es mir nie und nimmer verzeihen. Ich stecke mein Handy ein und schaue auf die Uhr. Es ist kurz vor vier. Wenn ich den Hinterausgang nehme, könnte ich mich unbemerkt aus dem Laden schleichen. Ich stehe auf und ziehe meine Jacke an. Dann gehe ich die Treppe hoch, um durch das Flurfenster noch einen letzten Blick auf Marcia zu werfen. Sie ist nicht mehr da.

Die Poolnudeln von Yokohama

Ich hasse Sauna, und das hat im Wesentlichen zwei Gründe. Erstens kann ich es nicht verstehen, warum man sich mit wildfremden Leuten nackt in einen Raum setzt, um zu schwitzen, um sich danach, ebenfalls mit wildfremden Leuten, mit eiskaltem Wasser zu überschütten und zu sagen: *Ahhh ...* und *Ohhh ... das tut aber gut!* Ich fühle mich bei 20 Grad am wohlsten, und da befinde ich mich wahrscheinlich in bester Gesellschaft. Zweitens weiß ich, dass es eine Vielzahl von Männern gibt, die nackt besser aussehen als ich. Ich sag's mal so, wie es ist: Ich bin zu dünn. Dünne Arme, dünne Beine und, als wäre das noch nicht genug, eine Brust wie Kate Moss nach drei Monaten Hungerstreik. Ein solcher Körper strebt nicht unbedingt nach schonungsloser Zurschaustellung. Ein solcher Körper mag weite T-Shirts, dicke Jacken oder zumindest schummriges Licht. Ich wickle mich in ein riesiges, weißes Handtuch, schließe meinen Spind ab und bin sehr froh, dass ich mir keine Nummer merken muss. Die Freude währt allerdings nur so lange, bis ich in den Spiegel neben mich blicke. Es ist ein Bild des Jammers. Ich sollte entweder mehr essen oder mehr trainieren. Am besten beides. Für Marcia brauche ich nicht nur eine bombensichere Flirtstrategie von Paula, sondern vor allem eine Topfigur. Eine Frau wie Marcia kann

Ansprüche stellen. Eine Frau wie Marcia wird nicht lange fackeln, wenn sie bemerkt, dass das, was da im Bett atemlos auf ihr herumpickt, ein storchengleiches, blassgesichtiges Etwas ist. Eine Frau wie Marcia braucht einen echten Mann. Mit Muskeln, Humor und Esprit. Um die Muskeln kümmere ich mich morgen, der Strategieplan wird heute gemacht. Ich komme mir nackt und unsicher vor, als ich mich mit meinem Handtuch auf die Suche nach Paula mache. Das hat zwei Gründe. Ich BIN nackt und unsicher. Der Saunaclub selbst ist der größte, den ich je gesehen habe, und ziemlich edel eingerichtet. Die Wände sind aus Naturstein, ab und an stehen so eiserne Kerzenständer im Weg, und dann riecht es noch nach irgendwelchem Blütenquatsch und Zitrone. Ich folge dem Schild »Saunabereich« und tapse vorsichtig eine große Treppe hinunter. Zu meiner Verwunderung muss ich feststellen, dass ich nicht der Einzige im Saunaclub bin, denn eine Vielzahl von entweder leicht beschürzten oder ganz nackten Männern und Frauen läuft umher. Schon die ersten Exemplare dieser Gattung machen mir Mut, denn fast ausnahmslos sind alle weit hässlicher als ich.

Paula hat mich per SMS informiert, dass ich sie im großen Ruheraum finden werde, ein Raum, der natürlich nirgendwo angeschrieben ist. Stattdessen folge ich einem Schild mit der Aufschrift *Kaiserbad mit entspannender Unterwassermusik*. In einem kleinen Becken liegen drei regungslose, nackte Wasserleichen auf roten Schaumstoffschwimmschlangen. Scheint ja enorm zu entspannen, die Unterwassermusik. Neugierig geworden, lege ich mein Handtuch ab, schnappe mir ebenfalls zwei der Poolnudeln und schreite leise die Treppen hinab in das Becken. Das Wasser ist angenehm warm. Ich schiebe die Plastikschlangen unter meinen

Hintern und Kopf und lasse mich ebenso treiben wie die drei Wasserleichen. Und tatsächlich: Als ich den Kopf sanft ins Wasser gleiten lasse, vernehme ich fernöstliche Meditationsmusik vermutlich von Ryuichi Sakomoto. Seltsam industriell klingt die Musik und doch entspannend in ihrem Minimalismus. Ich stelle mir vor, wie ein verliebter Roboter in einer verlassenen Lagerhalle irgendwo südlich von Yokohama auf ein Xylophon schlägt. Dingdingding … macht die Musik und Klaklaklaklakkka … Bing!

Mir entfährt ein lautes »Leck mich am Arsch, ist das entspannend!«, was mit einem »Unmöglich!« und diversen bösen Blicken der anderen Wasserleichen quittiert wird. Ich nicke entschuldigend und lasse meinen Kopf wieder in das warme Thermalwasser gleiten. Der verliebte Roboter macht wieder bling und blong und ding und dong auf seinem kleinen Xylophon und hofft wohl, dass dies seine Angebetete in der Nachbarhalle vernimmt. Langsam und fast unmerklich entschwebe ich den Tönen des verliebten Roboters und nehme Kurs auf die Karibik. Ich stelle mir vor, wie ich mit Marcia zusammen Hand in Hand am Strand der Virgin Islands treibe. Es gibt fast keinen Wellengang. Marcia trägt ein Hochzeitskleid, und über meine muskulöse Brust hinweg sehe ich unsere Kinder am Strand winken. Die Musik macht jetzt Ding und Bling und Zing und Zong, der Roboter legt sich mächtig ins Zeug für meinen Unterwasser-Soundtrack, und ich höre Marcias zarte Stimme, die mir sagt, dass sie mich mehr liebt als alles auf der Welt und dass sie nie gedacht hätte, mal einen so tollen Mann zu finden. Ich hauche ihr ins Ohr, dass ich sie auch liebe, als ich gegen einen gewaltigen Tintenfisch stoße. Der Tintenfisch ist ebenso hässlich wie fett und zieht mir meine Poolnudel unter dem Hintern weg. Dann spritzt er mich mit sächsischem Akzent voll:

»Sie hammisch angedözt!« Ich hab niemanden angedözt. Weil ich mich nämlich zum ersten Mal seit einem Jahr entspannt habe. Da kann ich aber echt mal sauer werden.

»Sie haben MICH angedözt, weil Sie nicht aufpassen, wo Sie hintreiben mit ihrem ganzen Fett!« Der Zonenfisch regt sich sehr auf, droht mit seiner Poolnudel und sagt, dass er sich so was von einem Handtuch wie mir nicht gefallen lassen müsse. Ich versteh das gar nicht, weil ich mein Handtuch ja gar nicht mehr umhabe, und zeige ihm den Mittelfinger, als er sich mit hochrotem Kopf und seinen Schwimmschlangen aus dem Becken schleppt. Weil ich immer noch stocksauer bin, rufe ich ihm ein »Petz es doch der Stasi!« hinterher. Seine Schlagfertigkeit erlaubt allerdings nicht mehr als ein erbostes »Siiiieeeee!«.

Was für ein Depp. Mit der Entspannung ist es jetzt jedenfalls schon mal vorbei. Ich verlasse das Sakomoto-Lagerhallen-Gedächtnisbad, wickle mein Handtuch um mich herum und mache mich auf die Suche nach Paula. Ich biege um eine Ecke und gelange in einen großen Bereich mit vielen Saunen und einem länglichen Pool in der Mitte. Ich lasse meinen Blick schweifen, doch von Paula ist nichts zu sehen. Woran sollte ich sie auch erkennen, ich hab sie noch nie nackt gesehen. Ein Latino-Stecher mit krausem Brusthaar und trainiertem Oberkörper steigt in den Saunapool. Zwischen den Beinen baumelt ein Witz von gerade mal fünf Zentimetern. Ich bin mir aber sicher, dass er selbst noch nicht darüber gelacht hat.

Ich schreite die verschiedenen Saunaräume ab und gucke mal hier, mal dort hinein, doch von Paula ist immer noch nichts zu sehen. Mir fällt ein, dass Paula mich ja im Ruheraum treffen wollte, und ich frage einen Angestellten in einem blauen Polohemd, wo der denn sei. Zusammen passieren wir ein Schild mit der Aufschrift »Bitte Ruhe. Es ist alles gesagt« und betreten einen warmen, nach Räucherstäbchen duftenden Raum, in dem es tatsächlich sehr ruhig ist. Auf edlen Holzliegen schlummern in Bademäntel eingepackte Saunagäste, andere lesen. Am Kopfende des Raumes entdecke ich Paula in einem rosafarbenen Bademantel. Freudig erregt gehe ich zu ihr und lasse mich auf die freie Liege neben ihr fallen.

»Paula, altes Haus!«, freue ich mich.

»Pssssssssssttt!«, zischen mich mindestens zehn andere Saunagäste an.

Eine sensationelle Idee, mich hier mit Paula zu treffen. Ich brauche dringend weiblichen Rat und treffe mich am einzigen Ort der Welt, an dem man nicht reden kann.

Was ist denn, wenn sich hier im Ruheraum zwei alte Kriegsveteranen zum ersten Mal seit mehr als fünfzig Jahren begegnen? Von denen beide geglaubt haben, dass der andere in russischer Kriegsgefangenschaft gestorben ist?

Heinz, ich hab gedacht, du bist tot!

Psssssttt!

Neiiin, ich bin doch geflohen siebenundvierzig!

Pssssttt!!!

Man sollte diese bescheuerten Ruheräume wegbomben. Ganz leise natürlich.

»Hi Simon!«, flüstert Paula, zwinkert mir zu und legt die *Allegra* zur Seite.

»Liegst du schon lange hier?«, flüstere ich zurück.

»So 'ne halbe Stunde. Kommst du mit in die Sauna?«

Ich komme überallhin mit, wo wir reden können. Ich nicke ihr zu, und keine drei Minuten später sitzen wir in einer finnischen 90-Grad-Sauna und reiben uns mit grobem Salz ein, als wären wir handgeschwungene Laugenbrezeln. Zu meiner großen Freude sind wir allein in diesem Raum, durch dessen Fenster man auf den großen Innenbereich mit dem Pool blicken kann. Ich komme nicht umhin zu gucken, wie Paula nackt so aussieht, und bin positiv überrascht. Vielleicht hätte ich ja doch mal was mit ihr anfangen sollen. Die Hitze ist fast unerträglich. Unglaublich, was die zwei Teelichter am Fenstersims für Temperaturen erzeugen. Ich rechne es Paula hoch an, dass sie gleich zur Sache kommt.

»Also, du bist verknallt, schieß los!«

»Ich bin nicht verknallt, ich hab die Frau gefunden, die ich heiraten werde!«

»Nicht schlecht!«

Während ich mir die ersten Schweißtropfen von meinem Laugenbrezel-Oberschenkel streiche, beginne ich zu erzählen. Paula will wissen, was das für ein Mädchen sei, diese Marcia, und wie gut ich sie schon kennen würde, wenn ich ja so verknallt sei. Ich sage, dass es sich um Liebe auf den ersten Blick handelt und dass ich sie noch gar nicht kenne. Und natürlich sage ich ihr, wie unsere erste Begegnung im Starbucks verlaufen ist und dass ich mich da wahrscheinlich schon zum Horst gemacht habe.

»Wer weiß, vielleicht fand sie das ja sogar ganz süß!«, ermutigt mich Paula.

Könnte sein.

»Du musst sie auf jeden Fall erst mal kennen lernen!«, fährt sie fort.

»Auf keinen Fall! Ich bin noch nicht so weit!«, antworte ich, wie aus der Pistole geschossen.

»Wie? Noch nicht so weit?«

»Ich ... na ja ... ich hab Angst, es zu versauen! Und ... ich bin halt nicht bereit!«

»Das ist doch Quatsch. Triff dich halt erst mal mit ihr, bleib locker, du musst sie ja nicht gleich heiraten!«

Wenn Paula wüsste, dass das genau das Problem ist. Man sollte sich nicht aufregen bei 90 Grad. Aber ich muss. Man ist immer aufgeregt, wenn man nach einem Jahrzehnt im Vollsuff urplötzlich über die wichtigsten Dinge im Leben nachdenkt.

»Was hast du denn bisher gemacht mit deinen Dates?«, will Paula wissen.

»Nix hab ich gemacht. Hat sich alles so ergeben. Ich wollte ja sowieso nur vögeln und keine Beziehung.«

»Und? Haste gevögelt?«

»Natürlich! Und wie!«

»Simon!«

»Ab und zu schon … nicht so oft eigentlich! Sagen wir, so einmal in diesem Jahr«, gebe ich kleinlaut zu. Es ist nicht viel Respekt in dem »Okay« von Paula.

»Paula! Alles was ich will, ist so ein ultimativer Paula-Tipp. So einer wie früher, weißt du, als wir zusammen einen Plan gemacht haben, wie ich die Britta, die Zahnarzthelferin, eifersüchtig mache, was dann sogar geklappt hat, weißte noch?«

»Britta? Mein Gott, das war ja noch vor unserem Abi!«

»Ist doch egal! Sag mir was! Gib mir einen Tipp.«

»Okay, Simon. Ein Tipp wäre: Beruhig dich erst mal, du bist nämlich total durch den Wind, vergiss das mit dem Heiraten und lern sie erst mal kennen, deine Marcia!«

»Und der echte Paula-Tipp?«

»Das wäre der gleiche, Herr Peters! Ich geh mich jetzt mal kalt abduschen. Kommste mit?«

»Gleich!«, sage ich und starre auf die abgelaufene Sanduhr. Paula schlägt sich ihr Handtuch um die Hüften, öffnet

130

die Holztür und geht ins Freie. Das ist ja eine tolle Hilfe. Und was sollte das, dass ich durch den Wind wäre? Dass ich abwarten solle und mich beruhigen? Ich beruhige mich, wenn ich es für nötig halte!

Ich greife nach meinem Handtuch, um Paula zu suchen und anzupflaumen, ich bin auch schon fast an der Tür, da sitze ich schon wieder. Ich krabbele ganz nach oben und verstecke mich in einer Ecke hinter dem Ofen, wo es am heißesten ist. 92 Grad zeigt das Thermometer. Soll es doch! Ich geh da nicht raus! Ich zittere und ziehe die Knie ganz nah an meine Brust. Ich kann nicht fassen, was ich da eben durch das Fenster gesehen habe. Kann nicht glauben, wer da splitterfasernackt direkt vor meiner Saunatür steht und sich unterhält.

Es ist Marcia.

Marcia P. Garcia.

Was macht sie hier? Wie kann sie mir das antun? Jetzt, wo ich noch gar nicht bereit bin? Hatte ich das nicht erwähnt? War es nicht klar, dass ich noch ein wenig Zeit brauche, um mich vorzubereiten? Nicht jetzt! Geh weg, schöne Frau. Geh Milch aufschäumen! Nur für eine Weile. Geh, damit ich zu dir kommen kann! Marcia. Nicht jetzt! Ich hab noch nicht ihr Format, noch nicht den Körper, noch nicht das Selbstbewusstsein. Morgen vielleicht oder in einer Woche, aber bitte, bitte, bitte nicht jetzt! Nicht in meiner schwächsten Stunde, nicht auf unvertrautem Terrain und schon gar nicht nackt. Nicht, nachdem mir meine beste Freundin bescheinigt hat, ich sei durch den Wind. Nicht, nachdem ich zwei Mal in den Spiegel schauen musste, um mich überhaupt zu erkennen.

Mir ist schlecht. Schlecht und heiß. Geht das zusammen? Bestimmt. Ich suche nach irgendeiner Möglichkeit, den

Raum zu verlassen, ohne dass ich ihr direkt in die Arme laufe. Es gibt keine. Wäre auch die erste Sauna mit zwei Türen. Ich schaue vorsichtig ein zweites Mal durchs Fenster. Sie steht noch da. Es ist schier unfassbar, wie schön sie ist. Absolut perfekt, eine wahre Sexgöttin, die ich so gerne mein Eigen nennen und fortan verehren möchte. Ich würde ihr sogar Dinge opfern! Viele Dinge, small, tall und grande. Jetzt ist mir wieder heiß, aber ich schwitze nicht mehr. Irgendwas pocht an meinen Schläfen. Wie lange bin ich denn hier drin? Eine halbe Stunde? Länger? Ich weiß es nicht. Vielleicht würde Marcia ja ein spektakulärer Märtyrertod davon überzeugen, mich zu heiraten. Man sieht ja oft in den Nachrichten, wie gut so was ankommt. Neben dem Ofen steht ein Eimer mit einer Kelle und Flüssigkeit. Ich muss an die Musik im Entspannungsbad denken, Klaklaklakl ... Bing ... und komischerweise an Popeye, die halslose Killerschwuchtel aus meinem Fitnessclub. Hand in Hand treiben wir im Karibischen Meer. Sein Hochzeitskleid ist sehr sehr schön! Ich gieße den Eimer mit der Flüssigkeit auf den Ofen, dass es nur so spritzt und dampft. Soll Lala doch mal sehen, wie die das mit ihren Papierrollen wieder trocken bekommt! Ich sehe nichts mehr, und es ist mir egal. Was gibt es schon zu sehen? Dingeling macht die Musik in meinem Kopf, und ich springe in einen Starbucks-Becher mit eiskaltem Wasser. Ich mache Uhhhh und Ohhhh und sage, das ist aber schön gelöst worden, da hat sich jemand etwas bei gedacht, dass das erst heiß ist und dann kalt. Die Schalke-Fans skandieren »Das härtet ab, mein Freund, das härtet ab, mein Freund, das härtet ab, mein Freund, das härtet ab!« Ich umarme den Roboter für das schöne Liebesblingbling und sage ihm, das sei eine tolle Idee, aber nun müsse er mich entschuldigen, denn ich müsse Yokohama jetzt verlassen, wegen anderweitiger privater Verpflichtungen, denn man will mich pünktlich verheiraten nach deutscher Sitte, und zwar mit der schönsten Frau der Welt, mit Marcia …

Marcia.

Marcia P. Garcia.

Marcia Peters Garcia.

Marcia Peters hat es nicht mehr geschafft Garcia.

Marcia Peters hat es nicht mehr geschafft, wäre dir aber ein guter Ehemann gewesen Garcia.

Ein sächsischer Tintenfisch reißt die Saunatür auf und ruft »Siieeeee!«. Dann werde ich von besorgten, blauen Polohemden aus der Sauna getragen und in einen Raum ohne Holz gebracht.

Eine halbe Stunde später sitze ich mit Paula und meinem Snoopy-Handtuch im Restaurant der Sauna und leere meine vierte Apfelsaftschorle. Die Saunaleitung zeigt sich inzwischen weniger besorgt um meinen Gesundheitszustand als vielmehr um mein Erscheinungsbild. So werde ich zweimal von einer gepiercten Kellnerin gefragt, ob ich mir nicht doch einen Bademantel für fünf Euro leihen wolle. Als sie beim dritten Mal patzig wird, mache ich ihr das Angebot, einen Bademantel anzuziehen, wenn sie sich zuvor das ganze Blech aus der Fresse fräsen lässt. Schließlich sei das ja auch kein Anblick für die Saunagäste. Kurze Zeit später bringt mir ein Herr ohne Blech, dafür aber mit finsterer Miene meine fünfte Apfelsaftschorle. Paula und ich sitzen im hintersten Eck des Saunarestaurants, denn ich habe immer noch Angst, Marcia in die Arme zu laufen. Ich wüsste nur allzu gerne, ob sie mich gesehen hat, als mich die Blauhemden aus der Sauna getragen haben. Zitternd gelingt es mir, eine Zigarette aus Paulas Schachtel zu schütteln. Ich dachte immer, so ein Saunabesuch würde entspannen. Auch Paula schaut tendenziell unentspannt, als sie mir Feuer gibt.

»Was um alles in der Welt ist nur mit dir los, Simon?«, will sie wissen.

»Was hättest du denn gemacht, wenn Brad Pitt nackt vor der Sauna gestanden hätte?«

»Mich mit ihm verabredet!«

»Super! Ich bin verliebt und das Einzige, was dir einfällt, ist, mich zu verscheißern!«

»Du bist nicht verliebt, du bist bekloppt!«

»Danke!«

»Ich glaube, du brauchst mal 'ne richtig lange Pause!«

Das glaube ich jetzt zum Beispiel nicht!

»Mein ganzes, bisheriges Leben ist eine beschissene Pause, Paula. Der T-Punkt-Laden, meine Frauengeschichten, einfach alles ist eine Pause! Ich brauche eine Frau, die auf Start drückt, damit mein Leben weitergeht, und keine Pause!« Paula schaut immer noch besorgt und lehnt sich langsam zurück.

»Du musst echt auf dich aufpassen!«

Danke schön. Jetzt fallen mir auch noch die besten Freunde in den Rücken. Warum sollte ich auf mich aufpassen? Ich hab einen Job, ich hab eine Wohnung, und wenn ich über die Straße gehe, dann schaue ich erst nach links und dann nach rechts. Außer in England natürlich.

»Ich meine das ernst!«, sagt Paula, als könne sie Gedanken lesen.

»Ich bin einfach nur verknallt!«, halte ich dagegen, doch Paula versteht mich einfach nicht. Für eine Weile sagen wir beide nichts. Eine Frau in einem hellblauen Bademantel

134

schaut kurz ins Restaurant. Für eine Sekunde fürchte ich, dass es Marcia ist, und zucke zusammen.

»Fahr doch mal in Urlaub!«, rät mir Paula.

»Ich komme gerade aus dem Urlaub!«

»Oh …!«

»Wie lange bist du denn in München?«

»Nur morgen!«

»Gut, dann ruf ich dich mal an!«

»Tu das!«

Paula wirkt ein wenig erleichtert und zahlt meine fünf Apfelschorlen und sogar den Saunaeintritt. Ich würde mich gerne wehren, aber ich kann nicht, weil ich gar nicht so viel Geld dabeihabe. Schließlich kann ich Paula sogar überreden, mich nicht nach Hause, sondern in den Irish Pub zu fahren. Ich leihe mir fünfzig Euro und verspreche ihr noch mal, mich bald zu melden. Dann geb ich ihr ein Bussi und steige aus dem Wagen. Sie braust zu ihrer nächsten Verabredung, und ich stoße die Tür meines Irish Pubs auf.

Ich setze mich an einen freien Platz an der Bar, trinke fünf Pints Heineken und schaue besoffenen, irischen Maurern zu, wie sie sich beim Karaoke blamieren. Es ist garantiert das dreitausendste Mal im Leben, dass ich *Country Road, take me home* hören muss. So richtig wohl fühle ich mich allerdings auch nach dem sechsten Pint nicht als Lonesome Cowboy at the Bar. Ich könnte Flik anrufen, doch irgendwie hab ich keine Lust. Der ist sowieso noch sauer, weil ich den Kuchen vom Herrn Assamer gegessen habe. Stattdessen erzähle ich gut einem halben Dutzend Leuten von meiner zukünftigen Ehefrau Marcia. Leuten, die ich noch nie gesehen habe und nie wieder sehen werde. Wahrscheinlich erzähle ich es, weil mich keiner von denen fragt, was mit mir los ist. Als ich nach zwei weiteren Pints bei Sinatras *My way* von der Bühne gepfiffen werde, schnappe ich meine Jacke und meinen Saunabeutel, lege dem irischen Knubbel hinter dem Tresen meinen 50-Euro-Schein hin und gehe nach Hause. Ich finde, dass ich gut gesungen habe.

DER SHRIMPSDÖNER

Ich bin mir ganz sicher, dass es sich um eine Verschwörung handelt. Oder welchen Grund sollte es sonst geben, dass Müllabfuhr und Post immer dann bei mir klingeln, wenn ich nach ein paar Pints im Irish Pub am Morgen mit entsetzlichen Kopfschmerzen im Bett liege und ganz dringend meine Ruhe brauche? Und das, wo ich mich seit Jahren an die wichtigste Regel zur Abwehr der Müllabfuhr-Klingel-Terroristen halte, die da wäre, kein einziges Mal die Tür zu öffnen. Wenn man nämlich nur ein einziges Mal auf das Klingeln eingeht, dann ist man dran, bis ans Ende seiner Tage. Müllabfuhr und Post merken sich so was, schließlich geht es bei denen um jede Sekunde!

Als ich das Kabel für die Sprechanlage herausziehe, überlege ich mir, wie es wäre, wenn ich heute mal wieder im Bett bliebe. Die Entscheidung ist schnell getroffen. Ich werde zu Hause bleiben, einfach so, weil ich's kann. Meinen Spontanentschluss untermauere ich, indem ich mich wieder ins Schlafzimmer schleppe, mir zwei Kissen hinter den Rücken schiebe und den Fernseher einschalte. Mein schnurloses Telefon lege ich für den obligatorischen Krankenanruf auf den Nachttisch. Spätestens bis zehn Uhr sollte ich im Laden Bescheid gesagt haben. Sich krankmelden war schon immer eine lästige Sache. Zu Schulzeiten musste man den Eltern irgendwelchen Quark vorspielen, jetzt sich selbst. Die Lösung des Problems wäre natürlich, dass man seinen Job gerne macht, aber so was gibt es natürlich nicht. Zumindest hat mir noch nie jemand davon erzählt. Ich zappe mich zu n-tv. Dort purzeln inzwischen die Börsenkurse.

Allianz 106,70 −2,8 %, Bayer 19,30 −4,7 %, Commerzbank 15,90 −1,0 % zeigt das Laufband, und ein aufgeregtes Kartoffelgesicht erzählt den Zuschauern was von Gewinnmitnahmen. Ich frage mich, wie man Gewinne mitnehmen kann, wenn die Kurse fallen. Aber deswegen bin ich ja im Bett, und das Kartoffelgesicht ist bei n-tv und nicht andersrum. Die Uhr im rechten, oberen Bildrand zeigt 9 Uhr 57. Es wird also langsam Zeit, dass ich mir eine hübsche kleine Krankheit ausdenke. Ich blicke zur Decke und denke angestrengt nach. Gestern stand Verkaufsprofi Simon ja noch recht munter im Frack, also wäre Grippe jetzt nicht die glaubwürdigste Entschuldigung. Die vietnamesische Blitzgrippe? Auch Unsinn. SARS oder AIDS wäre wahrscheinlich auch ein bisschen übertrieben, und AIDA ist bestenfalls ein Clubschiff und keine Krankheit. Pest fände ich lustig, aber womöglich kommen dann zwei Weißkittel vom Hamburger Tropeninstitut, die mich zwei Jahre in Quarantäne stecken, und dann kann ich gar keine Pints mehr trinken, sondern bekomme irgendwelchen Dinkelbrei aus Schnabeltassen oder Antibiotika, so wie die armen Shrimps. Eine Shrimps-Vergiftung? Das ist es! Ein winziger, hinterhältig verseuchter Shrimp hat mich hingerafft, als ich mir gegen Mitternacht noch was zu Essen geholt habe. Ich stelle den Fernseher leiser und räuspere mich. Dann sage ich zweimal laut »Test, Test« und »Haaaaallo Köln! Wie geht's euch?« und greife zum Hörer. Es tutet dreimal und ich bin heilfroh, dass weder Flik rangeht noch die Eule, sondern mein bebrillter Kollege Volker. Ich versuche, möglichst leidend zu klingen, als ich von meinem verseuchten Shrimp erzähle.

»Wo kriegst du denn um Mitternacht Shrimps her?«

Zu blöd. Daran hab ich gar nicht gedacht.

»Na vom Türken!«, sage ich und höre, dass Volker am anderen Ende der Leitung stumm bleibt.

»Es war ein Shrimpsdöner!«, ergänze ich sicherheitshalber.

»Aha!«

Damit sich Volker ein möglichst umfassendes Bild von meiner Erkrankung machen kann, informiere ich ihn noch von der aktuellen Konsistenz meiner Stoffwechselendprodukte und lasse auch nicht unerwähnt, dass meiner Meinung nach ein Land, das derartig miese Lebensmittel produziert, nichts in der EU verloren hat. Volker wünscht mir gute Besserung, bevor ich die Menschenrechtssituation und das Kurdenproblem ansprechen kann, und das war's dann auch schon. Geschafft! Ich lege das Telefon unter das Kissen neben mir und konzentriere mich wieder auf n-tv.

Schering 41,70 −1,2 %, Siemens 56,89 −3,8 %, Simon Peters 0,29 −180,0 %.

Simon Peters?

Der Kurs des von Finanznöten und persönlichen Problemen geplagten T-Punkt-Verkäufers Simon Peters hat dramatisch an Wert verloren. Die Mehrheit der Analysten rät inzwischen dringend, sich von Peters zu trennen. So warten die Anleger seit Jahren vergebens auf längst überfällige Restrukturierungsmaßnahmen im sozialen und beruflichen Bereich. Peters selbst machte gestern auf einer Bilanzpressekonferenz in einem Irish Pub das schwierige Frauenum-

*feld, den Paschinger Torhüter Schicklgruber und seinen, so
Simon wörtlich, »beschissenen Job« für den Kursverfall
verantwortlich.*

Enttäuscht über meinen niedrigen Börsenwert schalte ich
den Fernseher aus und nehme ein weiteres Aspirin, das ich
mir vorsichtshalber neben das Bett gelegt habe. Dann warte ich, dass die Kopfschmerzen nachlassen, und versuche,
an schöne Sachen zu denken, damit ich wieder einschlafe.
Leider fallen mir keine schönen Sachen ein, sondern nur totaler Mist. Ich fühle mich von Minute zu Minute beschissener. Unglaublich, denke ich mir, als ich mich auf die rechte Seite zum Fenster drehe, unglaublich, wie schnell und
problemlos man sich selbst für kurze Zeit aus der Gesellschaft schießen kann. Es bedarf nur eines einzigen Anrufs,
und schon sitzt man in seinem selbst verschuldeten Eremitentum und ballert sich stumpfe Talkshows in sein Resthirn. Und wenn schon. Dann gibt es Simon Peters halt mal
einen Tag nicht. Aber was ist, wenn es Simon Peters morgen auch nicht gibt? Und übermorgen? Ich fürchte plötzlich, dass sich mein merkwürdiges Nichtsein nicht nur auf
den heutigen Tag bezieht, sondern auf mein ganzes Leben.
Simon Peters und das Nichts! Definition über Negation,
würden die Psychologen vielleicht sagen. Vielleicht auch
nicht, ich kenne keine Psychologen. Ich könnte tausend
Dinge nennen, die ich nicht mag, aber was mag ich eigentlich? Ich drehe mich wieder vom Fenster weg und stecke
meinen Kopf unter mein Kopfkissen. Simon Peters mag
Starbucks nicht. Simon Peters kommt nicht zur Arbeit.
Simon Peters wird diesen Drink nicht mit einem Strohhalm
trinken, weil Strohhalme etwas für Schwuchteln sind. Simon Peters geht nicht in so eine Diskothek, denn die Leu-

te da drin sind nicht sein Stil! Wäre ICH denn mein Stil, würde ich mich jetzt kennen lernen wollen? Ich fürchte, nicht. Da haben wir's ja schon wieder! *Nicht*. Ich überlege kurz, ob ich ein wenig in *Sorge dich nicht, lebe* blättern soll, bleibe mangels Energie dann aber doch liegen und drehe mich erst wieder zum Fenster und dann auf den Bauch. Auf dem Bauch liegen ist sehr schön und vor allem sicher. Wenn Einbrecher kommen, dann können die einen da nämlich schon mal nicht reinhauen, und aus vielen Krimis weiß ich, dass Einbrecher einen immer in den Bauch hauen wollen, nur nicht die aus Russland, die hauen in die Nieren. Sicherheitshalber drehe ich mich wieder auf den Rücken und lege mein Kissen auf den Bauch. Ich überlege, welchen Grund es wohl gäbe aufzustehen. Mir fällt keiner ein.

Ich wähle Paulas Nummer, denn vielleicht hat sie ja einen Grund für mich. Leider kriege ich nur ihre Mailbox dran. Ich spreche ein einziges Wort darauf:

»Hilfe!«

Dann schlafe ich ein.

Gegen Mittag lässt mich ein lautes Poltern aus dem Flur zusammenzucken. Was zum Teufel ist das? Ich drehe mich auf den Bauch und lausche gespannt. Fast eine Minute halte ich gespannt die Luft an und rühre mich nicht. Dann erlösen mich kroatische Volksmusik und das Geräusch meines Staubsaugers aus meiner Angststarre. O Gott! Heute ist ja Lalatag! Ausgerechnet heute! Wenn ich das gewusst hätte, wäre ich natürlich zur Arbeit gegangen! Genervt steige ich in meine Trainingshose und mein Al-Bundy-University-T-Shirt und schlurfe ins Wohnzimmer. Im Gegensatz zu mir freut sich Lala, mich zu sehen, und stellt den Staubsauger aus.

»Simon, hab ich gedacht, du bist auf Arbeit!«

»Bin krank! Hab was Schlechtes gegessen«, sage ich und lasse mich erschöpft in meinen *Jennylund*-Sessel fallen.

»Simon, tut mir Leid wegen die Lautsprecher!«

Was hat sie denn jetzt mit dem Lautsprecher? Was soll damit sein?

»Bin ich aus Versehen reingesaugt, letzte Woche, aber kommt noch Musik raus!«

Entsetzt über diese Neuigkeit stürze ich zu meiner 300-Euro-Bose-Box und tatsächlich: Eine eingerissene Bassmembran flattert lustig zu Lalas Volksmusik.

»Hab ich Scheiße gebaut, Simon?«

Weil ich kein schlechter Mensch bin und weil ich Geld wie Heu habe, sage ich ihr, dass sie keinen Scheiß gebaut hat und es mein Fehler wäre, weil ich keine Boxenabdeckung draufhatte. Lala ist sehr erleichtert, - und ich steige unter die Dusche. Als ich mein Haar mit einem Zehn-Euro-Haarausfall-Shampoo einschäume, fällt mir ein, dass ich gar nicht vergessen habe, die Boxenabdeckung auf die Lautsprecher zu klemmen. Lala hatte sie vor einem Jahr weggeschmissen, weil sie dachte, das wäre ein Teil der Verpackung. Ich schleiche mich, nur mit einem großen Handtuch bekleidet, ins Schlafzimmer, um mir etwas anzuziehen. Ich habe den Schlafzimmerschrank keinen Zentimeter aufgeschoben, da fängt mich Lala ab und zeigt mir eine gelbe Postkarte.

»Simon, hast du Paket bekommen!«

Ich reiße Lala die Karte aus der Hand. Darauf ist zu lesen, dass ich heute all die wunderbaren Sachen abholen kann, die ich besoffen im Verkaufsfernsehen bestellt habe. Meine Stimmung steigt. Vielleicht kann ich dann ja sogar noch heute meinen fernsteuerbaren Helikopter fliegen lassen. Außerdem ist dieser Zettel ein guter Grund, die Wohnung zu verlassen und Lala alleine mit ihren Küchenrollen und ihrer Musik herumwirbeln zu lassen. Ich werfe meine Jacke über und gehe zu Fuß in Richtung Hauptpost. Natürlich mache ich einen großen Bogen um unseren T-Punkt-Laden, auch wenn ich nur allzu gerne einen Blick auf das Starbucks-Mädchen geworfen hätte. Die frische Novemberluft tut mir gut. Und wie immer tut sie besonders gut, weil ich mich am Vorabend so richtig abgeschossen habe. Spaziert man nüchtern durch einen Herbsttag, dann atmet man eine normale, banale und selbstverständliche Luft. Wie bemitleidenswert all die kontrollsüchtigen Antialkoholiker sind, die sich Zeit ihres Lebens nie über so frische Luft freuen können wie ich. Ja, sie wissen ja gar nicht, was das ist: frische Luft.

Die Schlange am Paketschalter der Post ist überraschend klein. Die Pakete, die ich gegen Vorlage meiner Karte bekomme, sind dagegen überraschend groß.

»Wie soll ich das denn tragen?«, protestiere ich.

»Ja, Sieeee haben das bestellt, nicht ich!«, raunzt mich ein zerfurchter Beamter an.

Noch bevor ich mich aufregen kann, sehe ich, dass auf beiden Seiten des badewannengroßen Kartons dick und fett *Chuck Norris Total Gym* aufgedruckt ist. Ich schiebe die drei Pakete von Sergeant Knitterface weg, und weil ich schlauer bin als so manch anderer, weiß ich mir recht schnell zu helfen und binde mir die zwei kleineren Kartons mit Paketschnur auf den großen Total-Gym-Karton. Dann wanke ich wie Obelix aus der Hauptpost. Ich komme nicht sehr weit. Nach exakt zwanzig Metern renne ich in meine Chefin, die Eule.

Es gibt im Leben schöne und weniger schöne Augenblicke. Mit einem Bier an der Copacabana zu liegen und irgendwelchen Salsa-Hintern beim Volleyball zuzuschauen ist zum Beispiel ein schöner Augenblick. Seiner Chefin in einem Bahnhofscafé zu erklären, warum man ein halbes Fitnessstudio durch die Stadt trägt, nachdem man sich wegen eines Shrimpsdöners krankgemeldet hat, ein eher weniger schöner. Die Eule raucht eine nach der anderen, fast so nervös, als hätte ich SIE beim Blaumachen erwischt und nicht andersrum. Ständig versucht sie, Augenkontakt herzustellen, und sagt dabei Sachen wie: »Weißt du, Simon, ich bin gar nicht mal sauer auf dich, aber irgendwie müssen wir das doch hinkriegen!« Ich nippe an einer Orangina, schaue durchs Fenster und nuschle Sachen wie »Kommt nicht wieder vor« und »… ist halt gerade eine blöde Zeit, irgendwie«. Sie schüttelt nur mit dem Kopf, wie sie in letzter Zeit eigentlich immer mit dem Kopf schüttelt, wenn ich in ihre Nähe komme, und sagt, dass ich mich ihr ruhig anvertrauen könnte, wenn ich Probleme hätte.

Ich sage ihr, dass ich sehr durcheinander sei, wegen all der Telefongespräche ins Krankenhaus nach San Sebastián, wo meine kleine Schwester nach einem schweren Autounfall auf der Intensiv liegt. Dabei wollte sie nur zwei Wochen in diesen Spanischkurs, aber dieser Zeitschriftenjunge auf seiner Vespa hätte ja nicht aufgepasst und wäre ihr direkt vor dem Prado reingefahren.

»Der Prado? In San Sebastián?«, fragt die Eule.

»Das Modegeschäft, nicht das Museum!«, versuche ich zu retten. Ich sollte dringend an meinem Allgemeinwissen arbeiten. Dann versuche ich, ein wenig zu weinen. Ich schaffe drei Tränen. Ich weiß, dass das weibisch und doof ist, aber eventuell ja doch gerechtfertigt, wenn es einem den

Job rettet. Die Eule umarmt mich und sagt mir, ich hätte all ihre Unterstützung und was ich noch hier machen würde, ich solle sofort runter nach Spanien, das ginge schon okay mit dem Urlaub. Dann zahlt sie, wir gehen zu ihrem Auto, und sie fährt mich nach Hause. Mit ganz lieben Genesungswünschen für meine Schwester entlässt sie mich in meine Wohnung.

Ich fühle mich noch schlechter als am Morgen. Wahrscheinlich, weil meine kleine Schwester in Bamberg studiert, Italienisch statt Spanisch lernt und einen BMW fährt, keine Vespa. Ich will Licht machen, doch nichts passiert. Auf dem Küchentisch liegt ein eilig gekritzelter Zettel:

Hab ich Scheiße gebaut mit Lampe. Liebe Grüße Lala.
Ich schaue mich um und entdecke Teile meiner *Leuchtan*-Lampe in meinem Kehrblech *Kehran*.

Den Rest des Nachmittags sitze ich im Wesentlichen vor meinem aufgerissenen Paket mit dem fernsteuerbaren Funkhelikopter. Zum ersten Mal erschließt sich mir der Begriff *Bausatz* in seiner ganzen Tragweite. Das Scheißding besteht aus mindestens eintausend Teilen! Ich gebe für heute auf und schreibe eine SMS an Flik, in der ich ihn darüber aufkläre, dass es mir wieder besser geht und dass ich seit 17:15 offiziell eine schwer verletzte Schwester in einem baskischen Krankenhaus habe. Sicher ist sicher, eulentechnisch. Flik schreibt zurück, dass ich zwar bekloppt wäre, er aber dennoch ein Bier mit mir trinken würde, es gäbe nämlich was zu feiern. Ich freue mich, dass er das Kriegsbeil begraben hat, und sage zu.

TAG AM MEER

Wir sind noch nicht mal beim dritten Pint und hatten eben noch ganz toll über Phil abgelästert, da bricht es aus einem peinlich stolzen Flik heraus. Wie toll doch jetzt alles wäre mit seiner Daniela und wie süß sie wäre, und er hätte ja gar nicht gewusst, wie sehr er das gebraucht hätte, so eine Frau an seiner Seite. Und überhaupt wäre das jetzt offiziell, denn er hätte sie gefragt, ob sie jetzt zusammen wären, und da hätte sie gar nicht gezögert, sondern gesagt: »Sieht so aus!«

»Sie hat gesagt: ›Sieht so aus?‹«, frage ich stutzig nach.

Ich muss mir Mühe geben, mein Erstaunen zu verbergen. »Genau!«

Ich mustere Flik, und tatsächlich: Die ersten Veränderungen sind zu bemerken. Es ist nicht nur ein weiterer fleckenloser Abend, nein, nicht mal der obligatorische Hemdzipfel lugt mehr aus seiner todhässlichen C&A-Hose. Dennoch: Alles in allem sieht er immer noch scheiße aus.

»Jetzt freu dich doch mal für mich!«, fordert Flik und hebt sein Glas, um mit mir anzustoßen.

Als Zeichen des stillen Protestes trinke ich mein Pint auf Ex und rülpse. »Ich freu mich!«

Eine glatte Lüge. Es interessiert mich nicht, dass Flik und seine bescheuerte Daniela jetzt offiziell zusammen sind. Ich will auch nicht wissen, ob sie guten Sex haben oder nicht. Und es geht mir definitiv auch am Arsch vorbei, wie toll man mit ihr lachen und reden kann. Ich sage dies Flik exakt so, weil man einem Freund immer sagen muss, wie man sich gerade fühlt.

Flik schaut ein wenig sparsam und fragt mich, warum ich mich so aufrege, er wolle sein Glück doch nur mit einem Freund teilen. Ich lache ihn aus, weil ich das dann doch sehr bizarr finde, dass mein Freund sein Glück mit mir teilen will.

»Wo ist denn dann mein Teil von deinem Glück?«, schimpfe ich und nehme mechanisch mein viertes Pint entgegen. »Darf ich mit deiner Daniela auf der Couch liegen und fernsehen? Darf ich mit deiner Daniela in den Urlaub fahren oder rumknutschen im Kino? Nur einen Teil des Jahres? Oder zwei Wochen jeden Monat? Zwei, drei Tage die Woche? Ha! Da haben wir's! Natürlich nicht. Einen Scheiß willst du teilen!« Ich habe es geschafft. Von Ausgeglichenheit ist in Fliks Gesicht nun wahrlich nichts mehr zu sehen.

»Du weißt doch, wie ich das meine! Das war metaphorisch gemeint!«

»Mir egal, wie das gemeint ist. Glück teilt man nicht, weil man Glück nicht teilen kann. Man kann es mitteilen, das war's. Penner!«

Mit diesen Worten lasse ich ihn an seinem Glückstisch sitzen. Ich lasse ihn sitzen, weil ich es nicht ertrage, ungefragt vom Glück anderer Leute belästigt zu werden. Wenn er will, dann kann er ja sein Glücksbier austrinken und zu seiner Glücksfrau fahren. Dann kann er sie besinnungslos vögeln, und mit ein klein wenig Glück haben sie in neun Monaten einen Glückskeks. In der Zeit dazwischen können die beiden dann ja gaaaaanz toll quatschen. Wortlos ziehe ich die Eingangstüre des Pubs hinter mir zu. Flik versucht nicht, mich zurückzuholen.

Es ist kurz nach zehn Uhr abends, und ein kalter Wind bläst über die nasse Straße. Ich nehme noch einen Schluck von meinem Pint, das ich rausgeschmuggelt habe. Durch das leicht angelaufene Kneipenfenster sehe ich, wie Flik gedankenverloren in die Menge starrt. Ich gehe am Fenster vorbei, um mir eine Kippe anzuzünden. Ein mit vier oder fünf aufgestylten Prolls voll gepackter Golf hält mit offenen Fenstern quietschend vor einer roten Ampel. Aus dem Inneren dröhnt tumbe Bekloppten-Housemucke. Eine blonde Göre auf dem Rücksitz grölt »Fiiiiicken!« und streckt mir die Zunge raus. Mein Mittelfinger antwortet für mich. Dann rufen alle »Dumme Sau!« und »Arschloch!«, und der Wagen braust mit quietschenden Reifen davon. Ich trete gegen einen Abfalleimer und gehe weiter.

Ich will zu Marcia.

Jetzt!

Ich stelle mein leeres Pintglas auf einem Stromkasten ab und gehe weiter in Richtung Starbucks. Ich laufe wie ein angetrunkener Robocop, ferngesteuert und fest entschlossen, irgendwas gegen das Böse in dieser Welt zu unternehmen. Nur was? Millionen Gedanken blitzen durch meinen Kopf. Ich frage mich, was ich eigentlich machen will, wenn ich vor Marcia im Laden stehe. Irgendwie muss ich ja ihre Aufmerksamkeit erregen. Ich könnte Anlauf nehmen und mit voller Wucht gegen die Frontscheibe rennen. Die Frage ist nur, ob ich danach noch mit ihr sprechen könnte. Also nein. Ich könnte hineingehen und eintausend Grande Latte Macchiato bestellen. Dann müsste sie bis morgen früh bleiben, und ich könnte ihr die ganze Nacht beim Milchaufschäumen zusehen. Mit dem ganzen Kaffee wäre das natürlich auch kein großes Problem, wach zu bleiben. Eine Straßenbahn rauscht nur einen knappen Meter an mir vorbei. Das wär's gewesen. Glück gehabt. Marcias Starbucks ist noch exakt eine Straßenecke entfernt.

Und jetzt? Denk nach, Simon. Die Sache ist womöglich einfacher, als du denkst! Was will ich denn? Ganz einfach: Ich will Marcia. Also muss ich sie ansprechen. Und zwar jetzt. Nicht morgen. Und nicht übermorgen. So einfach ist das. Ich beschließe, bis zehn zu zählen, um dann festen Schrittes und mit dem charismatischen Lächeln eines Gewinners den Laden zu betreten. Dann werde ich sie fragen, was sie nach Feierabend macht. Das machen täglich Tausende von Männern. Und nicht wenige von ihnen kommen Sekunden später mit ihrer zukünftigen Frau aus Cafés, Supermärkten und Bowlingcentern. Gut, danach gibt es dann oft noch ein paar Probleme wie Schießereien, Erpressung und Untreue, aber am Ende ist immer alles gut. Ich hab schließlich genug von diesen Filmen gesehen.

Noch zehn Sekunden, dann gehe ich rein und sprech sie an!

Ich atme tief durch und zähle bis zehn. Dann wiederhole ich das Ganze auf Spanisch und Englisch. Es ist sehr praktisch, Fremdsprachen immer wieder in den Alltag einfließen zu lassen. So kann man, ohne Zeit zu verlieren, gelernte Strukturen wiederholen und einschleifen. Beim italienischen Zählen hilft mir die Nähe zu Latein, ich komme dennoch nur bis fünf. Ich zünde mir eine Zigarette an und merke, dass ich zittere. Und ich muss mir eingestehen, dass ich das nicht schaffen werde mit dem Ansprechen. Vorbeigehen wäre natürlich auch eine Option. Sehr gut. Ich werde einfach nur vorbeigehen, und mit ein bisschen Glück werde ich ein süßes Lächeln stibitzen. Ein Lächeln, das ich mir in meinen Mantel stecke und neben mein Bett stelle, damit ich friedlich schlafen kann.

Und wenn ich nicht nur das Lächeln mitnähme, sondern ein bisschen mehr? Vielleicht sogar alles? Dazu müsste ich natürlich doch rein, rein in das Café, in die Höhle der Löwin, müsste mich zusammenreißen und eintausend Latte bestellen. Ich könnte auch eine Million Latte bestellen, dann wären wir bis an unser Lebensende zusammen, Marcia und ich, im Starbucks zwar, aber immerhin. Ich säße da und würde sie ansehen, und sie würde Milch aufschäumen, bis ins hohe Alter. Wir würden alt werden zusammen, und vielleicht könnten wir auch Kinder haben. Ich hab im Café eine Tür zu einem Nebenraum gesehen, in dem könnten wir uns lieben, und dann irgendwann wären wir zu dritt, und wenn mein Sohn – es wird bestimmt ein Sohn –, wenn also mein Sohn alt genug geworden ist, dann könnte er seiner Mutter beim Milchaufschäumen helfen. Als ich gerade ausrechne, dass mein kleiner Latte-Traum über drei Millionen Euro kostet, klingelt mein Handy. Es ist Paula. Sie hat sich Sorgen gemacht wegen meines Hilferufs auf ihrer Mailbox. Und sie bemerkt sofort, dass ich mehr als nur ein Pint getrunken habe. Und weil ich mehr als ein Pint getrunken habe, erzähle ich ihr, dass ich keine zwanzig Meter vor dem Café stehe, in dem Marcia arbeitet, und dass ich eine Million Latte bestellen und noch morgen heiraten werde. Paula sagt nichts, und das ist kein gutes Zeichen bei ihr. Deswegen ergänze ich:

»Ich will sie nur sehen, mit ihr sprechen! Das ist mein gutes Recht!«

»Dein gutes Recht?«, empört sich Paula.

»Du hast selbst gesagt, ich soll sie kennen lernen, bevor wir heiraten!«

Am anderen Ende der Leitung höre ich, wie Paula sich eine Zigarette anzündet. Offenbar habe ich was fürchterlich Unsinniges erzählt. Dann, endlich, sagt sie was.

»Stell dir mal Folgendes vor: Eine besoffene Trulla kommt kurz vor Ladenschluss in den T-Punkt und gesteht dir lallend ihre Liebe. Wie würdest du das denn finden?«

Ich bin mir nicht sicher, ob ich dieses Gespräch jetzt will.

»Wie besoffen ist diese Trulla denn, und sieht sie gut aus?«

»Jetzt nimm doch einmal was ernst!«

»Jahaaaa … würde ich scheiße finden, wenn die in den Laden käme, die Trulla, besoffen. Isses das, was du hören willst?«

Es ist das, was Paula hören möchte.

»Geh nach Hause und ruf mich von da aus noch mal an, dann kriegst du deinen Paulaplan.«

Das ist das, was ICH hören möchte.

»Einen echten Paula-Plan? So wie früher mit Britta, der Zahnarzthelferin?«, frage ich ganz aufgeregt.

»Genau wie den mit Britta!«

»Du bist die beste Paula der ganzen Welt!«

»Du versprichst mir, dass du heimgehst?«

»Ich verspreche es!«

»Dann bis gleich!«

»Bis gleich!«

Ich stecke mein Handy weg und lächle zum ersten Mal am Tag.

Es ist recht leicht, Marcia zu folgen. Erst war ich erschrocken, weil im Inneren des Cafés nur noch die Notbeleuchtung brannte, aber dann sind sie und eine Kollegin doch noch aus dem Laden gekommen, haben abgeschlossen und sind plaudernd Richtung Bahnhaltestelle gegangen. Was ich hier mache, weiß ich nicht wirklich. Ich weiß aber, dass ich in Marcias Nähe sein will. An der Bahnhaltestelle verabschiedet sich Marcia von ihrer Kollegin und springt in die Neun. Ich setze mich in sicherer Entfernung in den gleichen Wagen. Die Bahn rattert los. Nach einer Weile passieren wir den Rhein und verlassen das hell erleuchtete Köln in Richtung dunkles Nichts.

In meinem Hirn gewittert es schon wieder. Keinen Gedanken kriege ich zu Ende. Und wenn ich mal einen klaren Gedanken fasse, dann ist es eine Frage ohne Antwort. Was ist, wenn sie mich entdeckt und sich verfolgt fühlt? Was ist, wenn ich ihr Angst mache? Nach zwei weiteren Stationen sind wir die Einzigen im Waggon. Ich betrachte ihre Spiegelung in der Scheibe. Sie hört Musik über einen Kopfhörer und schaut gedankenverloren nach draußen wie ich. Und sie ist schön wie immer, auch wenn sie heute müde wirkt. Es piepst zweimal, dann lese ich folgende Paula-SMS: *Ruf mich an, wenn du zu Hause bist. Mach keinen Scheiß!*

Die Bahn erreicht Königsforst, die Endstation der Sechs, gute fünfzehn Kilometer vor Köln. Quietschend schiebt sie sich an die Haltestelle, und schließlich öffnen sich die Türen. Als ich aussteige und Marcia folge, ist mir, als betrete ich eine bizarre Filmkulisse. Die Fenster der Häuser sind unbeleuchtet, keine Menschenseele ist unterwegs. Und das um kurz nach elf! Um unerkannt zu bleiben, warte ich eine Weile an der Bahn, bevor ich Marcia folge. Ein wenig komisch ist mir schon. Ich kann auch nicht sagen, dass ich besonders stolz wäre, einer wildfremden Frau nachts bis zu ihrer Wohnung zu folgen. Das Komische an der Situation ist, dass ich mehr Angst habe als sie. Ich ziehe meine Schuhe aus, weil in dieser unglaublichen Stille jeder Schritt zu hören ist. Der Asphalt ist kalt und nass. Nach nur wenigen Metern verschwindet Marcia in einem Hauseingang direkt an der Straße. Ich lasse sie hineingehen, setze mich auf eine kleine Steinmauer auf der gegenüberliegenden Straßenseite und lausche ihren Schritten im Treppenhaus. Da wohnt sie also, die schönste Frau der Welt. In einem mit weißen Fliesen verkleideten Nachkriegsmietshaus, meilenweit vor den Toren Kölns. Ich wünschte, ich könnte sie noch in dieser Nacht da rausholen und ihr etwas Besseres bieten. Ein besseres Leben in einer besseren Stadt in einer besseren Wohnung. Oder noch besser: in einem schönen Haus in der Karibik. Aus einem Fenster im zweiten Stock dringt plötzlich Licht ,und dann sehe ich sie. Sehe sie, wie sie erschöpft ihre Jacke auszieht und das Fenster öffnet. Dann knipst sie das Licht wieder aus und zündet einige Kerzen an. Dann sehe ich keine Bewegungen oder Schatten mehr. Womöglich hat sie sich hingelegt. Dann dringt Musik aus ihrem Fenster, erst sehr leise, dann lauter. Ich erkenne das Lied sofort, und es trifft mich wie ein Blitz mitten ins Herz. Es war irgendwann mal mein Lieblingslied. Marcia hört MEIN Lieblingslied.

du spürst die Lebensenergie die durch dich durchfließt
das Leben wie noch nie in Harmonie und genießt
es gibt nichts zu verbessern nichts was noch besser wär
außer dir im Jetzt und Hier und dem Tag am Meer

Ist das ein Zeichen eines wohlgestimmten Liebesgottes, der mir mitteilen will: Simon, du bist auf dem richtigen Weg? Alles wird gut? Ich lege mich auf die kalte Mauer und lasse meinen Geist hochwandern, in Marcias Wohnung. Wenn ich schon nicht an ihre Tür klopfen kann, so will ich ihr doch so nahe wie möglich sein. Ihr nahe sein und das Gleiche tun wie sie: auf dem Rücken liegen und unser Lied hören. Ein Mal, zwei Mal und ein drittes Mal. Vielleicht spürt sie in diesem Moment ja das gleiche heimelig wohlige Kribbeln wie ich. Ganz sicher spürt sie es, sie kann es nur nicht orten. Marcia und ich hören das Lied ein viertes Mal. Dann schlafen wir ein, Wange an Wange und fest aneinander gekuschelt. Getrennt lediglich durch einen seidenen Vorhang, eine zweispurige Straße und eine kleine Steinmauer. Verbunden durch den Tag am Meer.

DER PAULA-PLAN

»Sag mal, drehst du jetzt völlig durch?«, poltert Flik und schubst mich in einen kaputten Korbsessel. Auf einer Skala von eins bis zehn, bei der eins für *ein wenig sauer* und zehn für *stocksauer* steht, würde ich Flik eine glatte Hundert geben. So jedenfalls hab ich ihn noch nie erlebt. Und das Schlimmste: Ich kann nur tippen, warum er so angepisst ist.

»Zum zehnten Mal: Es tut mir Leid wegen des Assamer-Kuchens!«

»Darum geht's nicht! Und er heißt Assauer!«

»Worum geht's denn?«, frage ich kleinlaut. Nach meiner Nacht auf der Mauer in Königsforst fühle ich mich noch immer ziemlich zerknittert. Irgendwann, es muss gegen drei Uhr morgens gewesen sein, hat mich ein Handyanruf von Paula geweckt. Gott sei Dank, sonst läge ich vermutlich jetzt noch da. Paula hat mich dann abgeholt und nach Hause gefahren, nicht ohne erneut darauf hinzuweisen, dass sie sich Sorgen mache und dass ich endlich mal runterkommen solle. Dann haben wir noch ein Bier bei mir in der Wohnung getrunken, und so gegen vier Uhr hatten Paula und ich den perfekten Plan für die Eroberung Marcias geschmiedet. Und wenn der dicke Flik nicht so rumbrüllen würde, dann hätte ich auch schon erste Schritte unternehmen können, um ihn in die Tat umzusetzen.

»Es geht darum, dass du total durchdrehst. Es geht darum, dass keiner mehr weiß, was mit dir los ist! Der Einbruch gestern, dann das, was Paula erzählt hat.«

»Was hat sie denn erzählt?«

»Dass sie dich auf einer Mauer zehn Kilometer vor Köln aufsammeln musste! Dass du halb erfroren warst und gar nicht mehr wegwolltest!« Ich könnte an die Decke gehen. Was für eine unglaubliche Klatschtante!

»Ich hab Musik gehört und bin eingeschlafen!«

»Auf einer Mauer. Bei minus zwei Grad. Du tickst doch nicht mehr ganz richtig!«

»Das sagt man nicht mehr …, das mit dem Ticken!«, protestiere ich und sehe zum ersten Mal, wie Flik einen Korbstuhl durch den Raum semmelt.

»War's das jetzt?«, will ich wissen.

»Nein! Dann die Sache mit dem Hubschrauber auf Phils Kreditkarte, und was bitte ist das mit deiner Schwester in einem spanischen Krankenhaus? Deine Schwester wohnt in Bamberg und studiert Jura!«

»BWL!«, korrigiere ich ihn.

»Is doch scheißegal!«, poltert er.

Ich lasse meine letzte Prince Denmark aus der Schachtel rutschen. In seiner Gesamtheit, also so als Aufzählung, das muss ich zugeben, wirkt mein Verhalten schon ein wenig befremdlich.

»Was ist denn los, verdammt noch mal?«

»Ich bin verliebt!«, sage ich.

»Verliebt? Du bist sauer, dass ICH eine Freundin hab und DU NICHT, das ist es doch!«

»Jetzt hör aber auf!«

Die Tür geht auf, und eine besorgte Eule schaut in die Runde. Ihre Haare sehen noch schlimmer aus als sonst. Offenbar hat sie sich einen neuen 15 000-Watt-Fön gekauft.

»Ah, Simon. Wie geht's denn deiner Schwester?«

»Besser!«, raunzen wir beide. Die Eule macht ein »Ist wohl der falsche Zeitpunkt«-Gesicht und schließt die Tür so vorsichtig, als wäre sie aus Blätterteig.

»Heute Abend um acht!«, sagt Flik und haut dabei unterstützend auf den Tisch.

»Was ist heute Abend um acht?«, will ich wissen.

»Heute Abend sehen wir uns, und wir würden es sehr zu schätzen wissen, wenn du dieses Mal nicht abhaust!«

»Ich höre ein ›Wir‹?«

»Genau. Wir. Paula und Phil und ich!«

»Und dann trinken wir ein paar Bierchen, und dann fragt ihr mich zum zehnten Mal, was mit mir los ist, und dann sage ich ›nichts‹, und ihr habt eure Pflicht als Freunde getan und fühlt euch supertoll und geht nach Hause, liege ich richtig?«

»Du bist so ein Depp!«

»Von mir aus. Ich komme nicht!«

»Du brauchst gar nicht zu kommen, weil wir uns bei dir treffen!«

»Oh! Das ist ja mal 'ne tolle Idee!«

»Hey! Ich lass dafür meinen Spanischkurs sausen, okay?«

Ich sage auch »okay«, weil mir nichts mehr einfällt. Dann rauche ich zu Ende und schlurfe in den Verkaufsraum. An diesem Nachmittag schließe ich drei Verträge ab, nehme 150 Euro aus der Kasse und kaufe zwei Karten für das Konzert der Fantastischen Vier.

Der Rest ist leichter, als ich dachte, denn der Rest ist mein Paula-Plan. Paula-Pläne sind nicht nur leicht, sondern auch meist erfolgreich, denn sie beinhalten die weibliche Sichtweise der Dinge. Mit einem unbekannten Typen in ein Restaurant zu gehen sei für eine Frau höchst riskant, lerne ich von Paula. Da säße man dann, also als Frau, würde voll gesülzt und könne nicht weg. Mit einem unbekannten Typen nach Feierabend zu einem Konzert zu gehen, sei dagegen schon eher möglich. So was könne man durchaus mal machen, vor allem, wenn es sich um die Lieblingsband handele. Und da dies im Großen und Ganzen recht rund klingt, bin ich auch nicht sonderlich aufgeregt, als ich mich, um Marcia zu sehen, kurz nach Feierabend in die Warteschlange bei Starbucks einreihe. Als ich dann aber schließlich vor ihr stehe, schießt mein Puls dennoch ein wenig in die Höhe.

Marcia sieht leider wieder umwerfend aus. Außerdem fällt mir auf, dass ihr Namensschildchen ein wenig weiter links angebracht ist als bei meinem letzten Besuch. So freundlich und unverbindlich es geht, bestelle ich einen Small Latte und gebe ihr Zeit, die Bestellung einzutippen. Dann muss ich mein mit Paula ausgetüfteltes Sätzchen sagen. Ein Sätzchen, dessen Ausarbeitung man nicht gerade als Kinderspiel beschreiben kann. Stundenlang sind wir alle Möglichkeiten durchgegangen, um schließlich mit der ultimativen Eroberungstaktik dazustehen. Ohne Paula, das steht fest, hätte ich schon nach der ersten Frage meinen Small Latte packen und mich auf die Ledercouch verkrümeln können:

Hat irgendjemand in eurem Team Bock auf das Fanta-Vier-Konzert morgen? Ich hab hier noch 'ne Karte!

Das wäre mein erster Vorschlag gewesen. Sechs, setzen

und schämen! Zu großkotzig, zu schluffig, zu unpersönlich. Und Bock sagt kein Mensch mehr. Außer Flik vielleicht. Immerhin will ich ja nicht nur eine Karte loswerden, sondern vor allem mit der Frau an der Kasse zum Konzert.

Sag mal, kennst du jemanden, der auf Fanta Vier steht? Ich hab noch 'ne Karte übrig.

Vier minus. Besser, aber immer noch nicht gut. Und vor allem: Diese schäbig dargebotene Beiläufigkeit nimmt mir sowieso kein Schwein ab. Ich geh ja auch nicht zu meinem Banker und frage ihn, ob er zufällig jemanden kennt, der meinen Dispo erhöht.

Also: personalisieren! Und noch besser wäre es natürlich, wenn ich die Karte geschenkt bekommen hätte, weil sie das nicht unter Zugzwang bringt, sich für eine so teure Karte zu revanchieren.

Ich mache so was ja sonst nie, aber dürfte ich dich fragen, ob du morgen mitkommst auf das Fanta-Vier-Konzert? Ich hab noch eine Freikarte übrig.

Niemals! Männer, die sagen, dass sie so was nie tun, tun so was täglich, zumindest glauben Frauen das. Ergo: ehrlich sein, so lange es geht! Das Allerbeste ist natürlich gar nichts zu sagen. Und zwar: JETZT!

»Das macht 2,30, bitte!«, lächelt Marcia.

Zusammen mit einem Zehn-Euro-Schein ziehe ich, natürlich aus Versehen, knick-knack, eine Fanta-Vier-Karte aus meinem Portemonnaie.

»Hab's gleich!«

Und tatsächlich: Sie schaut auf mein Portemonnaie, entdeckt die Karte. Bingo!

»Geil! Fanta Vier! Gehst du hin?«

»Klar. Freu mich schon seit Wochen drauf. Und du?«

»Ich wollte erst, aber fünfunddreißig Euro sind mir echt zu teuer!«

»Mhhh …«, brummle ich.

Paula hat gesagt, dass diese Verzögersekunden enorm wichtig sind, weil sie die Aktion spontan und ungeplant wirken lassen. Also tue ich so, als überlegte ich eine Sekunde, und reiche dann Marcia eine der beiden Karten.

»Weißt du was? Nimm doch einfach die. Ich hab sie sowieso umsonst bekommen, und meine Kumpels stehen nicht auf Fanta Vier!«

Marcia nimmt sie. Paula hat gesagt, dass es sehr viel schwieriger wäre, ein Geschenk zurückzugeben, das man schon in den Händen hält, als einfach nur nein zu sagen. Doch das wird Marcia sowieso nicht tun, denn ihr ganzes Gesicht strahlt, als sie mir die Hand reicht.

»Ich kann die haben, die Karte, meinen Sie?«, fragt sie noch mal ungläubig. Arghhh …, das tut weh. Sie hat mich gesiezt!

»Du!«, sage ich.

»Klar … ich bin Marcia!«, sagt sie.

»Simon«, sage ich und deute auf meine Brust. »Sorry, hab mein Namensschild vergessen. Viel Spaß, vielleicht sehen wir uns ja auch!«

Mit diesen Worten nehme ich meinen Kaffee, setze mich in einen schweren roten Ledersessel und blättere eine Sonderausgabe der Zeitschrift *Eltern* durch, die eine junge Mutter liegen lassen hat. Schon erschreckend, was man bei der Ernährung während der Schwangerschaft alles falsch machen kann. Die Marcia-Ignorier-Phase ist mit Abstand der schwierigste Punkt des Unterfangens. Jetzt kann ich nur hoffen und beten. Als ich einen Artikel über prügelnde Jugendgangs anlese, bringt mir Marcia ein Stück

leckeren Karottenkuchen und fragt, ob wir uns sehen,
beim Konzert. Ich sage ihr, dass ich am Haupteingang
stehen werde. Ich könnte den ganzen Laden umarmen
vor Glück!

¿Soyjuliancómotellamas?

Als ich den Keller des Tapas-Restaurants betrete, in dem der Spanischkurs stattfindet, sind schon drei Kursteilnehmer da. Daniela fällt mir sofort auf. Sie ist exakt so, wie Flik sie mir beschrieben hatte: schwarze, kurze Haare, ein bisschen kräftiger, aber nicht dick. Dafür hat sie ein außergewöhnlich schönes Gesicht, ein süßes Näschen und, wie ich schnell bemerke: eine nette und offene Art. Als ich mich aus Sicherheitsgründen mit Nils vorstelle, lächelt sie mir zu und sagt ihren Namen: Daniela. Neben Daniela sitzen zwei männliche Sakkoträger Typ Muttersöhnchen. Unter den Sakkos schauen bei beiden graue Rollkragenpullover hervor. Beide sind enorm hässlich. Die Pullover und die Typen. Und so bin ich nicht übermäßig traurig, dass keiner von beiden mein Kommen bemerkt hat, denn beide sind über ihre Spanisch-Hausaufgaben gebeugt und deuten auf irgendwelche Konjugationstabellen. Sie tun dies mit einer besorgten Ernsthaftigkeit, als handele es sich nicht um einen lockeren Kneipen-Sprachkurs, sondern um den EU-Beitrittsvertrag mit der Türkei. Ich lächle Daniela an und setze mich, ihr gegenüber, neben einen der beiden schrecklichen EU-Beamten.

»Was habt ihr denn bisher schon gelernt?«, will ich wissen und schaue freundlich auch zur Seite, um die beiden

Betonpullover mit in meine Frage einzubeziehen. Doch die beiden sind so in ihre Tabellen vertieft, dass sie mich gar nicht hören. Dafür ist Daniela offensichtlich recht dankbar, dass etwas Leben in den Kurs kommt.

»Nur, wie man hallo sagt und woher man kommt!«, antwortet sie mir.

»Hey! Das kann ich!«, freue ich mich.

»Dann mach mal!«

»Hallo. Ich komme aus Köln!«

Daniela muss laut loslachen. Der linke Betonpullover bemerkt zum ersten Mal meine Anwesenheit, schaut skeptisch über den Rand seiner albernen Kassenbrille und reicht mir seine feuchtkalte Fischhand.

»Hallo!«, hüstelt er mit einem verschnupften Lächeln. »Ich bin Malte!«

»Herzlichen Glückwunsch!«, sage ich und unterdrücke einen Würgereiz wegen des qualligen Händedrucks. Malte! Wenigstens hatten die Eltern genug Gespür, um ihrem ganz gewiss schon damals hässlichen Kind einen passenden Namen zu geben.

Was ist es denn geworden? Ein Junge oder ein Mädchen?
Es ist eine Hackfresse!

Eine Hackfresse? Das ist ja großartig. Dann nennen wir ihn Malte!

»Wieso herzlichen Glückwunsch?«, will die Hackfresse wissen und schaut dabei sehr ernst.

»Entschuldige, du sahst so aus, als hättest du Geburtstag!«, sage ich und schenke meinem Nebenmann einen nachdenklichen Gesichtsausdruck. Endlich bemerkt auch der zweite Betonpullover, dass noch andere Menschen im Raum sind.

»Nils«, stelle ich mich vor und reiche der anderen Hackfresse die Hand. Offenbar handelt es sich um Zwillinge, denn auch dieser Händedruck hat die Energie einer Qualle in einem Eimer Baldriantee.

»Broder!«, sagt der zweite Betonpullover. »Ah!«, sage ich und muss mich schwer zusammenreißen, um nicht laut loszuschreien vor Vergnügen über einen so bescheuerten Namen. Malte und Broder! Wäre ich Programmchef bei RTL, ich würde den beiden Trockenbirnen sofort eine eigene Comedy-Show geben. Daniela beömmelt sich derweil hinter ihrem Spanischbuch. Es ist mir ein komplettes Rätsel, was so eine Frau am faden Flik gefressen hat. Vielleicht hat er ja irgendwelche Qualitäten, die mir bisher entgangen sind. Wer weiß, vielleicht hat er's einfach drauf im Bett und ist zudem noch stolzer Besitzer einer ständig einsatzbereiten Monstergurke? Dann aber fällt mir ein, dass man trotz Monstergurke so weit erst mal kommen muss. Und Flik ist nicht der Typ, der ganz nonchalant auf eine attraktive Dame an der Hotelbar zugeht, ihr einen trockenen Martini ausgibt und ihr ins Ohr flüstert, dass er sie gleich noch gerne mit seiner pulsierenden Fleischpeitsche quer durchs Kamasutra zum dritten vaginalen Orgasmus schießen möchte.

Seltsam, denke ich mir, dass ich Flik in all den Jahren noch nie nackt gesehen habe. Also hat er entweder einen unglaublich Winzigen oder einen wahnsinnig Riesigen. Ich könnte ja mal ins Sakamoto-Roboterbad gehen mit ihm, dann wüsste ich's. Ich räuspere mich kurz und schreibe das Datum an den Rand meines Collegeblocks. Dann schalte ich mein Handy auf das Vibrationsprofil »Schnauze!«, um die gewiss recht empörten Anrufe von Flik, Paula oder Phil nicht allzu öffentlich werden zu lassen. In exakt einer halben Stunde wird das besorgte Dreierpack vor meiner Wohnung stehen und sich erst ganz aufgeregt fragen, wo ich sei, und danach natürlich wieder, was denn in letzter Zeit insgesamt mit mir los sei. Alles in allem also ein guter Schachzug, nicht vor Ort zu sein. Ein runder, braun gebrannter Mann mit buntem Hemd und schwarzem Zopf betritt den Raum. Es ist diese Art Zopf, die durch seine Haarfülle das wieder wettmachen soll, was an der Stirn eher in Richtung Halbglatze geht. Da sein Koffer größer ist als der von den Betonpullovern und sein Teint recht dunkel, tippe ich, dass es sich bei ihm um unseren Lehrer handelt. Ganz sicher bin ich mir aber erst, als er mich anlächelt und sagt:

»¿¡Soyjuliáncómotellamas!?«

Das nenne ich mal einen komplizierten Namen! Ich sage, dass ich Nils heiße, in dem ich einfach nur »Nils« sage.

»¿Yquieresaprenderelespanolverdad?«, fragt mich die bezopfte Halbglatze und packt einen Haufen Papiere aus ihrer Tasche.

»Ob du Spanisch lernen willst!«, stupst mich Daniela an. Ich sage »Si!«, weil ich ja schlecht sagen kann, dass ich nur hier bin, um Fliks Ische in Augenschein zu nehmen. Schon gar nicht auf Spanisch. Um weiteren unangenehmen Fragen aus dem Weg zu gehen, schaue ich aber nicht mehr hoch und schreibe in einer Art nervöser Übersprungshandlung *Der Autobus ist rot* in meinen Block. Ohne zu wissen, warum, unterstreiche ich das Wort Autobus zwei Mal. Ich hoffe sehr, dass dieser Trick mir hilft, um weiteren Soyjulián-Fragen aus dem Weg zu gehen.

Fehlanzeige.

»¿Quehasescrito?«

So viel zur guten alten Vogel-Strauß-Methode, die schon früher in der Schule nicht funktioniert hat. Ich schaue ängstlich auf und blicke direkt in zwei neugierige Spanischlehreraugen. Mist! Der Typ glaubt doch tatsächlich, dass ich seine Lispelsprache lernen will. Ich sage ihm auf Deutsch, dass ich *Der Autobus ist rot* geschrieben habe. Er sagt »muy bien« und schreibt den Satz auf eine kleine Tafel. Ich bin heilfroh, dass ich in meiner Panik einen so einfachen Satz wie *Der Autobus ist rot* in meinen Block geschrieben habe und nicht etwa *Der Triebwagen der dritten ICE-Generation wirkt nicht ganz so futuristisch wie sein japanisches Pendant.*

Die Betonpullover räuspern sich pikiert, als ich verzweifelt versuche, den Autobussatz zu übersetzen. Mein Gott, Jungs, das sind Fremdsprachen-Übungen in einer Kneipe und nicht die Nürnberger Prozesse! Eines ist schon jetzt sicher: Ich werde die beiden Hackfressen und ihre bescheuerten Kunstlederköfferchen gleich nach dem Kurs in meinem roten Autobus im Rhein versenken. »El autobús …«, stottere ich, wofür mich Soyjulián sofort lobt und einige weitere Vokabeln an die Tafel schreibt, nämlich *es* und *son*, und dann noch ein paar Wörter, bei denen es sich höchstwahrscheinlich um Farben handelt. Ich entscheide mich für *rojo* und bekomme in der Lispelsprache gesagt, wie toll ich das mache für die erste Stunde. Dieser Soyjulián ist schon ein klasse Typ. Gibt mir ein gutes Gefühl. Immerhin kann ich, dank ihm, nach nur zehn Minuten Unterricht in fließendem Spanisch *Der Autobus ist rot* sagen, einen Satz, der mir sicher sehr hilft, wenn ich mal nachts ohne Geld und Klamotten mit einer Platzwunde auf der Stirn vor einer Disko in Madrid liege und dringend Hilfe brauche.

¡Señor! ¡El autobús es rojo! ¡¡¡Rojo!!!

Aber meine linguistischen Erfolge gehen noch viel weiter. Gegen Ende der Stunde kann ich den restlichen Kursteilnehmern mitteilen, dass das Sofa modern ist, der Regenschirm alt und das Taxi teuer. Ich beginne sogar zu kombinieren und erkläre einem fassungslosen Betonpullover, dass mir der Regenschirm viel zu teuer wäre und ich nun ein Taxi nähme und was er denn bitte schön jetzt gedenke, dagegen zu tun. Der Kurs macht mir richtig Spaß, und Daniela und ich pissen uns vor Lachen fast in die Hose. Die beiden Hackfressen hingegen scheinen von meinem neokommunikativen Lehransatz nicht wirklich begeistert und werden immer stiller. Später lerne ich sogar noch zu sagen, woher ich komme:

»Soy de Alemania«, sage ich.

»¿Y Daniela?«, fragt mich Soyjulián.

»Daniela también es de Alemania!«, antworte ich akzentfrei und werde für das ›también‹ gelobt. Wie konnte mir bisher entgehen, wie großartig so ein Sprachkurs für das Ego ist! Man zahlt ein paar Euro, redet irgendwelchen Unsinn und wird für den dümmsten Mist gelobt. Ich könnte den gigantischsten Rülpser der Kölner Stadtgeschichte lassen, das Resultat wäre ein *muy muy bien, Nils!* Natürlich nur, wenn es sich um einen spanischen Rülpser handeln würde. So taucht man also ein in eine fremde Sprache! Ich bin richtig begeistert und entgehe zum Schluss sogar einer dreisten Fangfrage des Iberobeglatzten.

»Son Malte y Broder de los Estados Unidos?«, will er wissen.

»No«, sage ich, »Malte y Broder son Hackfressen!«

Daniela und ich sind die Einzigen, die lachen, aber das macht nichts, weil der Kurs in diesem Augenblick sowieso zu Ende ist. Als ich mich für die kommende Woche in eine Liste einschreibe, fülle ich fast meinen richtigen Namen in das Formular, denke aber in letzter Sekunde daran, dass ich heute Abend Nils heiße. Die Betonpullover packen ihre bunten Stifte und Mappen in ihre Kunstlederköfferchen und gehen grußlos. Als ich meine Sachen zusammenpacke, bemerke ich, wie Daniela mich beobachtet.

»Wir trinken nach dem Kurs immer noch was, hast du Lust?«, fragt sie und wirkt dabei irgendwie aufgeregt.

»Aber nur drei, vier Flaschen Rioja, ich muss morgen früh raus!«, sage ich, und keine fünf Minuten später sitzen Soyjulián, Daniela und ich mit lecker Rotwein an der Bar. Ich frage mich, warum wir uns nicht schon während des Unterrichts zugeschüttet haben, aber wahrscheinlich hätten die steifen Betonpullover dagegen protestiert. Ich spüre, wie mein Handy vibriert, habe aber keine Lust ranzugehen. Als es schließlich verstummt, ziehe ich es vorsichtig aus meiner Jeanstasche. Das Display zeigt mir insgesamt sieben Anrufe in Abwesenheit. Drei von Paula, vier von Flik. Das nenne ich hartnäckig. Ich schaue auf meine Uhr. Es ist halb neun. Das heißt, dass Flik, rein theoretisch, jede Sekunde hier im Jonny Turista aufschlagen könnte. Ein unter allen Umständen zu vermeidender Sozial-GAU: Er sähe mich hier sitzen mit seiner Daniela und würde total ausflippen, und dann müsste ich ihm erst mal klar machen, dass ich gar nichts von seiner Daniela will, sondern einfach nur neugierig war, mich lediglich informieren wollte, was so eine Flik-Freundin wohl hermacht. Ich überlege kurz, ob ich überhaupt noch auf die Tapas warten soll, aber letztendlich ist mein Hunger doch größer als meine Angst vor Flik. Soyjulián, der gar nicht Soyjulián heißt, sondern nur Julián, erzählt mir inzwischen ungefragt, dass er von La Gomera, also von den Kanarischen Inseln, kommt und dass die Idioten in Brüssel vergessen hätten, seine Insel bei den Euroscheinen aufzudrucken. Ich sage ihm, dass ich gerade auf den Kanaren war und gar nicht gewusst hätte, dass die auf den Scheinen zu sehen sind, als er aufgeregt einen 50-Euro-Schein aus seinem Portemonnaie zieht, auf die winzigen Punkte neben Afrika deutet. Dann erzählt er uns, dass er in einer Bürgerinitiative engagiert sei und zusammen mit einem Anwalt aus La Gomera die Europäische Zentralbank zwingen will, alle Euroscheine neu zu drucken. Na, dann mal viel Glück. Ich dachte immer, Deutschland hätte ein Nationalproblem. Noch bevor ich einwenden kann, dass ich für eine Neuauflage der Gemeinschaftswährung keine großen Chancen sehe, leert Julián seinen Rioja und verabschiedet sich bis zur nächsten Woche. Weltklasse. Jetzt sitze ich also alleine mit Frau Flik am Tresen.

»Die Geschichte erzählt er jedes Mal!«, lacht Daniela und ergänzt: »Hey …, das war mit Abstand die lustigste Stunde, die ich hier hatte! Malte und Broder!«

»Das sind aber auch Knallköpfe!«, sage ich und biete ihr eine Zigarette an. Sie nimmt an und gibt mir Feuer.

»Danke«, sage ich und beschließe, meiner Neugierde kurz die Tür zu öffnen. »Wer ist denn sonst so im Kurs?«, frage ich und bin ganz gespannt, was sie zum Thema Flik zu sagen hat. »Na ja … die beiden Knallköpfe, wie Du sie nennst, und dieser Flik.«

»Flik?«, frage ich und nehme einen Schluck Wein. »Komischer Name. Wie ist der so drauf?«

Daniela nippt ebenfalls an ihrem Rioja und ascht dabei nervös ihre vor fünf Sekunden angezündete Zigarette ab, an der natürlich noch gar keine Asche dran ist.

»Nett!«

»Er ist nett?«, frage ich ungläubig.

»Nett, jetzt nicht so lustig wie du … eher … halt einfach nur nett!«

Dann tippt sie ihren Finger an meine Nase und lächelt. Nicht so lustig wie ich? Einfach nur nett? Ich finde Flik auch einfach nur nett, aber mit ihm gehe ich ja auch nur in die Kneipe und nicht in die Kiste. Einfach nur nett. Hoppla! Was erzählt mir diese Frau?

»Danke«, sage ich. »aber du lachst ja auch gerne, da ist es leicht, lustig zu sein.«

Daniela nickt und entschuldigt sich dann, um für ein paar Minuten auf der Toilette zu verschwinden. Mir kommt der Gedanke, dass Flik die ganze Daniela-Geschichte einfach nur erfunden haben könnte. Aber warum? Damit er gegen meine sexuellen Eskapaden nicht so abschmiert? Also die, die ich mir in meinem kranken Hirn so zusammenspinne. Nach kurzer Überlegung komme ich aber zu dem Schluss, dass sich ein so grundehrlicher Kerl wie Flik so was nicht einfach ausdenkt. Abgesehen davon: Wenn Flik gelogen hätte, warum ist die Kleine dann so nervös? Die wichtigste Frage des Abends geht aber in eine ganz andere Richtung: Was zum Teufel will ICH eigentlich hier? Neben der Freundin meines Freundes? Und das, wo ich mein Marcia-Date schon in der Tasche habe? Egal! In einer halben Stunde bin ich hier raus. Und wahrscheinlich bilde ich mir auch nur ein, dass Daniela mich gut findet, beziehungsweise lustiger als Flik. Das wird es sein. Reine Einbildung. So weit ist es jetzt schon mit Simon Peters. Er glaubt seine eigenen Lügen. Schlimmer noch: Er denkt über sich in der dritten Person!

»Alles in Ordnung?«, fragt mich Daniela und legt ihr kleines, rotes Pumatäschchen auf den freien Hocker neben sich. Es wird nicht allzu schwer gewesen sein zu bemerken, dass ich in Gedanken war.

»Ahhh«, sage ich, »ich hab nur gerade an den Job denken müssen!«

100 Euro für jeden, der mir sagt, was ich hier rede. »Wieso, was hast du denn für einen Job?«, fragt sie mich. In dieser Sekunde fällt mir siedend heiß ein, dass ich ja heute Abend nicht Simon, sondern Nils bin. Und wenn ich jetzt T-Punkt sage, fliegt die Kiste schneller auf, als ich meine Kippe ausdrücke. Viel Zeit habe ich auch nicht, denn für gewöhnlich denkt man nicht minutenlang nach, wenn einen jemand nach seinem Job fragt.

Und dann sage ich: »Immobilienmakler!«

Ich könnte meinen Kopf auf die Glastheke donnern. Was ist das denn? Ich hasse Immobilienmakler! Zu spät. Jetzt bin ich selber einer. Und fast hätte ich auch »echt?« gesagt, so wie Daniela, als ich das Wort »Immobilienmakler« ausspreche. Die Dachrinnenreinigung wäre um Welten besser gewesen!

»Dann bist du aber der erste Makler, den ich sexy finde«, sagt Daniela und berührt kurz meine Hand.

Doooooonnnnnnnng!

Hier ist das Erste Deutsche Fernsehen mit den Tagesthemen. Guten Abend. In einem Kölner Restaurant kam es am Abend zu einem Eifersuchtsdrama mit tragischem Ende. Wie Augenzeugen berichten, erschlug ein Amok laufender Telekom-Angestellter einen Immobilienmakler mit einem Serrano-Schinken, als er diesen in flagranti mit seiner Freundin erwischte. Mehrere Gäste wurden durch umherfliegende Mandelsplitter verletzt. Live vor Ort ist uns nun meine Kollegin Lala zugeschaltet. Lala, weiß man inzwischen mehr über den Tathergang?

»Ja, Herr Wickert, große Scheiße passiert hier im Jonny Turista, Spanisch-Restaurant, aber diesmal nicht meine

Schuld, ich schwör. Freund von Simon mit Name Flik offenbar hat gesehen durch Scheibe, wie sitzt mit seine Freundin und durchgedreht und Laden macht kaputt. Ich schätze, braucht Tage und viele Papierrolle, bis Kneipe wieder sauber! Zurück zu Studio!«

»Danke!«, sage ich und bin froh, dass uns eine winzige Studentin mit einem riesigen Tattoo endlich unseren gemischten Tapasteller auf den Tresen stellt. Daniela lächelt mich schon wieder an. Doch nicht nur das: Sie schaut mir die entscheidenden zwei Sekunden länger in die Augen als Frauen, die nicht flirten. Wenn mich das bisschen Menschenkenntnis nicht täuscht, was ich im Laufe meines erbärmlichen und grauen Lebens schon aufsammeln durfte, dann ist die kurzhaarige Kleine neben mir nicht nur relativ süß, sondern auch schlicht und einfach ein ganz schönes Miststück. Was mir normalerweise egal wäre für eine schnelle Nummer, ich hatte schon mal ein Miststück für eine Nacht, aber wenigstens war das mein Miststück und nicht das Miststück eines Freundes. Hätte ich sie vor vier Wochen kennen gelernt, wäre die Sache auch klar gewesen. Aber jetzt? Einen Tag vor dem Konzert mit Marcia? Zwei Tage nachdem Flik mir superglücklich erzählt hat, er hätte endlich mal wieder eine Freundin? Ich muss hier ganz schnell fertig essen und nach Hause.

Um weitere Flirtattacken und Immobilienfragen abzuwenden, erkundige ich mich bei Daniela, was sie denn so macht, wenn sie nicht gerade Spanisch lernt. Dabei verstecke ich zwei Datteln mit Speck unter einem Salatblatt. Ich mache das, weil ich früher mit meiner Schwester immer alles teilen musste und ohne Tricks sicher verhungert wäre. Leider bemerkt Daniela den Datteldiebstahl und klaut sie sich kichernd zurück. Dann erzählt sie, dass sie den ganzen Tag in einer Rehabilitationsklinik irgendwelche Leute massiert. Das sei eigentlich ein ganz schöner Job, weil man recht viel mit Menschen zu tun hat. Seltsam. Aus genau diesem Grund hasse ich meinen Job. Wirklich zuhören kann ich ihr nicht, dafür bin ich jetzt viel zu nervös. Meine Augen wandern durch die Kneipe. Die Flik-kommt-gleich-hier-rein-Gefahr ist nicht wirklich gebannt. Meine Verkrampftheit lockert sich auch nicht, als mir zum ersten Mal klar wird, dass Flik mir Daniela ja eines Tages auch mal vorstellen wird. Und er wird sicher nicht sagen, dass ich Nils, der Immobilienmakler, bin, sondern Simon, der T-Punkt-Verkäufer. Und dann wird Daniela sicher nicht sagen, dass sie mich lustiger findet als Flik. Warum, um alles in der Welt, muss ich mich ausgerechnet heute Abend in diesen beknackten Kurs setzen? *El autobús es rojo. Muy bien. Y el* Puma-Täschchen *tambien*. Vielen Dank. Eines ist klar. Nach dem iberischen Häppchenallerlei mache ich die Fliege, und zwar zackig. Eine lustige Melodie kommt aus Danielas Handtasche.

»Das sind bestimmt die beiden Betonpullover!«, grinse ich.

»Entschuldigung, mal kurz!«, sagt sie, schaut verkniffen aufs Display und geht nach draußen.

Ich nutze die Gelegenheit, um die restlichen Datteln zu klauen und den wunderbaren Rioja auszutrinken. Durch die Scheibe sehe ich Daniela mit dem Handy auf und ab gehen. Glücklich sieht sie dabei nicht aus. Als sie nach weiteren fünf Minuten immer noch telefoniert, überlege ich mir, ob ich nicht einfach abhauen soll. Stattdessen trinke ich Danielas Wein auch noch aus und klaue mir eine von ihren Kippen. Wenn Sie schon ihren eigenen Freund verleugnet, dann soll sie wenigstens dafür bluten. Obwohl: Was ist schon groß passiert? Ich bestelle noch zwei Gläser Rioja und zünde mir die gemopste Kippe an. Ich sollte die ganze Sache ein bisschen lockerer sehen. Keiner von uns beiden ist verheiratet oder im Kloster. Bisher ist Null Komma nix passiert, und es wird auch nichts passieren. Und ich weiß sogar, warum: Weil ich Marcia will und nicht Daniela. Und weil Daniela Fliks Freundin ist, also zumindest schon ein bisschen. Nach einer knappen Viertelstunde kommt Daniela zurück und entschuldigt sich tausend Mal.

»Danke, dass du so lange gewartet hast!«

»Hey – das ist doch klar!«, sage ich. Gar nichts ist klar. Ich stelle mein Weinglas ab und halte die Luft an.

Sie nimmt einen großen Schluck Rioja und atmet tief durch.

»Was Schlimmes passiert?«, frage ich.

»Nee, ist nur …, ach …, vergiss es.«

Wo sie Recht hat, hat sie Recht. Immerhin kennen wir uns erst ein paar Stunden, da fragt man nicht, wer am Telefon war. Mein Handy informiert mich vibrierend darüber, dass ich eine Kurzmitteilung bekommen habe. Hätte ich sie sofort gelesen, ich wäre direkt nach Hause gegangen.

Irgendwie ziehen wir dann doch weiter, warum, weiß ich gar nicht so genau. Vermutlich wegen des Riojas oder weil die Flik-Gefahr nach einem Ortswechsel eher abnimmt. Kichernd stolpern wir in eine winzige persische Achtziger-Kneipe, in der man um Cocktails spielen kann. Ich hab mich lange gefragt, wie die sich im Iran so was wie die Achtziger überhaupt leisten konnten, aber nach dem dritten Cocktail war es mir meist egal. Jedem Land seine Achtziger! Von mir aus auch dem Iran.

»Kopf oder Zahl?«, fragt mich Amir. Amir ist der Besitzer der Kneipe und Erfinder des berühmt-berüchtigten Kopf-oder-Zahl-Cocktail-Spiels. Das Spiel geht ganz einfach: Man bestellt einen Cocktail, sagt entweder Kopf oder Zahl, und dann wirft Amir höchstpersönlich eine Münze. Gewinnt man, schlürft man seinen Cocktail für lau, verliert man, zahlt man den normalen Preis. Amir kann mich nicht besonders leiden, weil ich meistens gewinne. Er sagt zwar immer, das sei ja nur Spaß, und irgendwann gleicht sich das schon aus, aber insgeheim hat er schon ein bisschen Angst, dass ich einfach nicht mehr zu ihm komme, bevor sich das ausgleicht. Das Bizarre an der Cocktailspielerei ist, dass Amir das nicht etwa tut, um mehr Leute in seine Kneipe zu locken, sondern weil er selbst ein hoffnungsloser Zocker ist.

»Zahl!«, sage ich. Daniela giggelt und guckt abwechselnd auf mich und Amir.

»Sicher?«, fragt Amir, aber ich lasse mich nicht verunsichern, weil Amir das immer fragt.

»Ganz sicher!«, sage ich. Amir wirft, stöhnt, und ich gewinne einen leckeren Strawberry Margherita. Daniela rutscht ganz aufgeregt auf ihrem Hocker hin und her, weil sie jetzt spielen darf.

»Ich sage … Kopf!«

»Sicher?«, fragt Amir.

»Nein!«, sagt Daniela. »Ich nehme doch lieber Zahl!«

»Wie die Dame wünscht!«, sagt Amir, wirft das Eurostück, fängt es und legt es auf seinen Handrücken. Eine silberne Eins glotzt uns an. »Gewonnen!!!«, ruft Daniela und freut sich dabei so riesig, wie man sich nur freuen kann, wenn man das erste Mal einen Cocktail bei Amir gewinnt.

»Es ist immer das Gleiche mit dir!«, faucht Amir, stellt Daniela den Cocktail hin und verschanzt sich zähneknirschend hinter seiner Achtziger-Theke.

»Danke noch mal!«, rufe ich, »wir hätten sowieso kein Geld dabeigehabt!« Amir präsentiert mir seinen Mittelfinger, ohne beim Gläserspülen aufzuschauen.

»Auf wen?«, frage ich Daniela, als ich kurz darauf meinen Margherita zum Prosten anhebe. Eine sehr dumme Idee. Denn die Gegenfrage lässt mein Herz schneller schlagen.

»Auf uns?«, fragt sie lächelnd.

»Okay … sagen wir auf uns und den tollen Spanischkurs!«

»Einverstanden! Auf uns und den Spanischkurs.«

Und dann ziehe ich die Notbremse. Ich erzähle ihr von Marcia. Wie ich mich angestellt habe, als ich sie zum ersten Mal gesehen habe, und wie ich sie nackt in der Sauna gesehen habe und kollabiert bin. Ich erzähle ihr, dass ich mich so richtig verknallt habe und dass sie mir nicht mehr aus dem Sinn geht und dass ich morgen im wahrsten Sinne des Wortes alles auf eine Karte setzen und mit ihr zum Fanta- Vier-Konzert gehen werde und dass ich schon ganz aufgeregt bin. An Danielas Reaktion sehe ich, dass das nicht exakt die Geschichte ist, die sie hören will. Sie wirkt abwesend und stochert mit ihrem Strohhalm in den Eiswürfeln. Das Erste, was sie nach meinem Geständnis-Monolog sagt, ist: »Du hast dich in eine Frau verknallt, die du gar nicht kennst?«

Das wiederum will ich nicht hören.

»Gar nicht kennen, na ja … Ich kenn sie ja ein bisschen!«, rede ich mich raus.

Dann nippe ich an meinem Glas, obwohl längst nur noch Eiswasser drin ist. Den Tisch bedecken jede Menge zerrupfte Bierdeckel. Danielas Werk.

»Und du?«, drehe ich den Spieß rum, um ein wenig die Luft rauszunehmen und vielleicht sogar noch auf die Kumpelschiene zu kommen. »Wie sieht's bei dir aus? Liebestechnisch?«

»Wie's bei mir aussieht?«, fragt sie.

»Ja!«, sage ich, »bei dir.«

»Mir geht's genauso!«, sagt sie.

»Wie genauso?«

»Na … ich hab mich in einen Kerl verliebt, den ich gar nicht kenne!«

»Das ist doch super! Erzähl mal! Läuft gut?«

»Beschissen!«

»Wieso?«

»Der Kerl bist du!«

Ich kann noch sehen, wie ihr die Tränen in die Augen schießen, dann dreht sie sich weg, packt ihre Jacke und ihr Pumatäschchen und rennt aus der Kneipe.

Eine Stunde lang sitze ich einfach nur so da. Ich bestelle keinen Cocktail, ich rauche keine Zigarette, ich sitze einfach nur da. Amir kommt zwei, drei Mal und fragt, ob alles okay sei, denn wenn alles okay sei, dann könnten wir ja noch um einen Drink spielen. Es ist aber nicht alles okay. Ich will nicht spielen, nicht reden und, wenn ich ehrlich bin, nicht mal atmen.

Ich will einfach nur hier sitzen und den braunen Fliesenboden anstarren. Was gäbe ich darum, würden sich die Fliesen unter lautem Grollen öffnen und mich aufsaugen, in eine sichere, warme und vor allem frauenlose Welt! Irgendwann gehe ich dann doch, schlüpfe energielos in meine Jacke und trete hinaus in die kalte Novembernacht. Ich ziehe mein Handy aus der Tasche und sehe, dass ich die letzte

Kurzmitteilung, die ich bekommen habe, noch gar nicht gelesen habe.

Wo warst du? Hab Streit mit Daniela. Meld dich mal. Bitte. Flik.

Ein leerer, hell erleuchteter Stadtbus donnert an mir vorbei. *El autobús es rojo.*

KREBSROTE FLACHPFEIFE

Es ist das allererste Mal, dass ich an einem Samstag im Fitnessstudio bin. Genauer genommen rotiere ich in einer schwachsinnigen Langlaufsimulation, die mir Studioleiter Sascha auf den Trainingsplan geschrieben hat – vermutlich aus purem Hass, weil ich ums Verrecken nicht schwul werden will. Es ist kurz vor elf, und normalerweise müsste ich mir neben Flik im Laden die Beine in den Bauch stehen. Das geht natürlich heute nicht. Am großen Marciatag. Wenigstens überdeckt die Nervosität, die diese emotionale Großveranstaltung in meinem Bauch auslöst, das schlechte Gewissen, das ich wegen der Daniela-Geschichte habe.

Mein Puls pocht inzwischen bei 158. Das weiß ich deshalb so genau, weil ein Plastikband an meiner Brust die Herzfrequenz direkt auf das Display der albernen Langlaufsimulation funkt. Seit meiner Ohnmacht im Step-Kurs lässt man mich nämlich nicht mehr ohne Pulsmesser trainieren.

Zu Hause bringt Lala gerade meine Wohnung auf Hochglanz. Ich habe nichts dem Zufall überlassen: frische Bettwäsche, sauberes Bad, die Nagelschere in einem anderen Becher als die Zahnbürste. Und natürlich habe ich zehn brandneue Hightech-Kondome direkt neben dem Bett deponiert.

Das Studio ist menschenleer. Auf dem Langlauf-Display blinkt ein rotes Herz, darunter wird gerade meine Herzfrequenz aktualisiert: 178. Einhundertachtundsiebzig! An der Scheibe des Fitnessclubs, von der man unglücklicherweise auf eine Einkaufsstraße blickt, drücken sich zwei pubertierende Pickelgesichter die Nase platt. Wollen wahrscheinlich gucken, wie ein Schwuler auf einer Langlaufsimulation aussieht. Ich überlege noch, wie ich den beiden in Gebärdensprache klar machen könnte, dass ich nicht schwul bin, da sind sie auch schon wieder weg. Auf dem Display blinkt mir nun ein aus vielen gelben Punkten zusammengesetztes *Cool Down* entgegen. Gott sei Dank! Laut Saschas Trainingsplan heißt das, dass ich jetzt schwere Gewichte pumpen darf.

Ich trotte zu einem wuchtigen Stahlgerät mit dem Namen *Abdominal Crunch,* zwänge mich ächzend hinein und stecke den Stift für das Gewicht ein. Nun gut, Gewicht ist vielleicht ein wenig übertrieben: Bei mir handelt es sich lediglich um zwei Stahlplatten mit den Aufschriften 2,5 und 5,0. Seit meinem Step-Intermezzo mutet man mir auch in dieser Hinsicht weniger zu. Mein Blick gleitet zu einer großen Uhr am Ende des Trainingsraums. Punkt elf Uhr ist es, so früh war ich noch nie hier. Elf Uhr, das heißt, dass ich mich in genau sieben Stunden mit Marcia treffen werde. In mickrigen sieben Stunden!

Ich drücke meinen Oberkörper gegen die gepolsterte Rolle und beuge mich nach vorne. Die fünf Kilo heben sich leichter als befürchtet. Wie mache ich das nur alles mit Marcia? Ich zähle mit. *EINS.* Ich werde auf sie zugehen, lächeln, und sie wird so etwas sagen wie: ›Simon, schön dich zu sehen!‹ *ZWEI.* Ich werde ihr sagen, dass es noch viel schöner ist, sie zu sehen, und *DREI,* obwohl, vielleicht lass ich das besser. *VIER*! Vielleicht bekomme ich ja sogar einen Kuss auf die Wange? *FÜNF!* Ich werde noch aufgeregter sein als jetzt, denn wahrscheinlich wird sie *SECHS* phantastisch aussehen, und ich werde kein Wort rausbekommen und nur debil glotzend dastehen und dumm auf meinen Bart-Simpson-Pullover sabbern. *SIEBEN!* Quatsch! Irgendwas wird mir schon einfallen. Also, Marcia und ich kommen in die Halle, ich gebe eine Runde Bier aus, das ist wichtig, *ACHT!*, und dann sind wir irgendwann mitten unter den Leuten, und das Konzert fängt an, und *NEUN, SCHEISSE, JETZT WIRD'S SCHON SCHWERER,* und irgendwann müssen die Fantas unser beider Lieblingslied spielen, den verdammten *Tag am Meer*, und bis dahin *ZEEEEHHHNNNNN* haben wir bestimmt schon das zweite oder dritte Bier, und wenn die dann den *Tag am Meer* spielen, *ELF VERDAMMT NOCH MAL*, dann hab ich leichtes Spiel mit Marcia, denn dann wird sie sentimental und liebesbedürftig, und ein paar Bier hat sie auch schon, und nach dem ersten Refrain werde ich von hinten meine Arme um ihren Bauch legen und ihr einen Kuss auf den Nacken geben. *ZWÖÖÖÖÖÖLLLFFFFFF ...* Sie wird es geschehen lassen, sich herumdrehen ... ich werde in ihre feuchten Augen blicken und *DREIIIIIZZZZEEE-EHHHHHNN ... DAS TUT JA RICHTIG WEH JETZT,* und dann, das ist jetzt schon klar, werden sich unsere Lippen berühren ...

ICH KANN NICHT MEHR!

Die zwei kleinen Gewichtescheiben haben inzwischen die Masse der Kölner Domplatte angenommen.

»Du musst an Sex denken, dann schaffst du's!«, quäkt eine bekannte Stimme von links.

Ich reiße meinen Kopf herum. Im Gerät neben meinem

klemmt Popeye, die halslose Killerschwuchtel, in einem rotweißen Innsbruck-Retro-Shirt und grinst.

»An Sex denken? Mach ich!«

»Und Luft holen nicht vergessen!«, ergänzt er fiepend. Ich konzentriere mich wieder auf meine Rolle und rücke meinen Oberkörper in Position. Sex! Marcia. Marcia nackt. Bei mir, nein, besser über mir. Im Bett! Sie fährt sich mit der Zunge über ihre Lippen, *VIIEEEEERZZEEHHHNNN*, o ja, sie ist auch geil, weil ... weil ... – egal, sie ist halt geil, sie nimmt mein Ding, halt ... wir sind hier ja nicht beim Kinderkanal ... sie nimmt meinen Schwanz ... *FÜÜNNFFFZEHHHNNN* ... Mann, das klingt ja wie in einem miesen Porno, egal ... sie nimmt ihn ganz fest und reibt ihn an ihren Schenkeln, *SECHZEEEHHNNNN*, und sie sagt Sachen wie: Simon, ich will, dass du's mir so richtig besorgst ... *SSSIIIEBZEEEHNNN*, warum muss ich jetzt an WMF denken? Egal ... und dann gleite ich hinein, ganz langsam, und ich spüre, wie ich in ihr bin, immer tiefer, wie ich *ACHTTTTZEEEEEEEEEHHHHNNNNN* sofort komme.

»Uaaaaarrrrgghhhhh!«

Ich lasse die Rolle hochschnellen und klappe fix und fertig in mich zusammen.

»Nicht schlecht!«, konstatiert Popeye, der mich offensichtlich die ganze Zeit beobachtet hat.

»Zigarette?«

»Später!«, japse ich und lasse den Raum noch ein bisschen um mich herumdrehen. Ich bin recht erleichtert, als ich spüre, dass ich nicht wirklich gekommen bin, sondern nur einen respektablen Ständer in der Trainingshose habe. In einem von homosexuell orientierten Mitbürgern dominierten Fitnessstudio muss man das wohl als grenzenlosen Leichtsinn bezeichnen. Popeye hat diesen Leichtsinn leider auch bemerkt und packt sich recht belustigt seine 1,8 Millionen Kilo Gewicht auf die Stange.

»Na, Simon? An wen haste gedacht? Wer war der Glückliche?«

»DIE Glückliche!«, verbessere ich ihn. »Dass ihr das nie kapiert!«

Ich wüsste nicht, was es eine halslose Schwuchtel angeht, mit wem ich beim Sport Sex habe, um ein paar Extrawiederholungen zu schaffen. Weil er eine nette halslose Schwuchtel ist, sag ich's ihm trotzdem.

»Hammerfrau ... treffe ich heute Abend!«

»Und vorher willst du noch ein paar Extra-Muskeln aufbauen?«

»Äh ... ja!«

Peinlich, aber wahr. Denn heute Morgen beim Zähneputzen hat er wieder zugeschlagen, mein Ich-bin-viel-zu-dünn-Komplex. Und obwohl ich genau wusste, dass es nix bis gar nix bringt, wenn ich ein paar Stunden vor dem Marcia-Date noch zum Sport gehe, so wollte ich doch irgendwas dagegen tun.

»Bringt gar nix, oder?«, frage ich ihn.

»Na ja ... bisschen schon ... die Muskeln werden was härter und ... was du noch machen könntest ... is halt ...«

Während er spricht, beginnt er schon, die Gewichte zu pumpen. Unglaublich. Der Kerl schiebt die beiden Butterflyrollen zusammen, als wären sie aus Papier, dabei hat er sich links und rechts mal eben zwei Einfamilienhäuser an Gewicht draufgesteckt.

»Was du machen könntest, ist, ganz wenig zu trinken.«

»Wenig trinken? Warum das?«

»Na, weil dann die Muskeln besser rauskommen. Schauste nie die Bodybuilding-Shows auf Eurosport?«

183

»Nein, ich schau lieber Fehlerbilder auf Neun Live!«

»Jedenfalls, also vor 'nem Wettkampf, da trinken die Bodybuilder halt nix, das definiert die Muskeln, das bringt echt was!«

Ich bedanke mich für den wertvollen Tipp und schmeiße meine Wasserflasche weg.

»Und immer schön an Sex denken!«, ruft Popeye mir noch hinterher. Gott sei Dank sind wir die Einzigen im Studio. Ich schaue auf meinen Trainingsplan und setze mich in den *Upper Back Push*. 30 Kilo soll ich heben. Ich stelle 50 ein, visualisiere einen weiteren Beischlaf mit Marcia und schaffe drei Sätze à 15 Wiederholungen. Dann gehe ich zur *Leg Press*, wechsle meine Sexstellung mit Marcia und schaffe vier Sätze. Bei der *Torso Rotation* sitzt Marcia auf mir, beim *Pectoral Push* vögeln wir klassisch in der Missionarsstellung. Als ich nach einer Stunde wie auf rohen Eiern in die Umkleide schlurfe, hab ich im Kopf über zweihundert Mal mit Marcia geschlafen.

Völlig entkräftet werfe ich meine Sporttasche ins Auto und tippe Paulas Nummer in mein Handy. Ich spüre, wie die innere Anspannung trotz meiner sportlichen und sexuellen Höchstleistungen steigt. Noch fünf Stunden und zwanzig Minuten bis zum Fanta-Vier-Konzert. Ich bin fast so nervös, als müsse ich selbst auf der Bühne stehen. Und dann dieser schreckliche Durst! Aber … wer Muskeln haben will, muss eben leiden. Und wenn Marcia mir gegen Mitternacht die Klamotten vom Leib reißt, dann entdeckt sie vielleicht die eine oder andere einzeln definierte Muskelfaser vom heutigen Training, knallt mich lüstern auf die Matratze und …

»Siiiiimmmmooon!«

Paulas Stimme knarzt aus meinem Handylautsprecher. Mist! Hab völlig vergessen, dass ich sie angerufen habe.

»Hi Paula!«

»Na endlich, du treulose Tomate!«, bellt sie mich an.

»Hey, Paula, alles klar?«

»Nix ist klar! Wo warst du denn gestern, du Blödmann? Wir haben 'ne geschlagene Stunde vor deiner Wohnung gewartet! Ich bin voll sauer. Und Phil auch. Und Flik sowieso!«

Scheiße. Ich hätte mir wenigstens eine Entschuldigung ausdenken können, bevor ich anrufe. Glücklicherweise ist Paula aber erst mal so stinkig, dass ich sowieso nicht zu Wort komme.

»Ich hab dich vier Mal angerufen, du Penner! Hättest ja wenigstens mal rangehen können«, schimpft sie weiter, während ich vom Parkplatz rolle und mich in den Verkehr einordne. Soll sie ruhig erst mal Dampf ablassen. Denn was ich wirklich schlecht kann, ist gleichzeitig links abbiegen und mich aus einer blöden Situation rausreden.

»Wir machen das nicht, um dich zu ärgern, Simon, wir machen uns Sorgen, kapierst du das?« Ja, kapiere ich. Den Satz höre ich am Tag zehn Mal. Von der Eule, von Paula, von Flik. Ich sehe einen älteren Mann in einer grünen Jacke, der vor einem Steakrestaurant die Zeitschrift *Wachturm* nach oben hält. Ironischerweise wirkt er dabei so, als wäre er schon eingeschlafen. »Wenn wir dir egal sind, dann musst du's einfach sagen, Simon. Dann steht eben keiner mehr vor deiner Tür. Hörst du mir zu?« Das fragen mich auch immer alle. An der großen Umweltinformationstafel am Rudolfplatz versuche ich, einen Blick auf die aktuellen Ozonwerte zu erhaschen. Im letzten Augenblick schiebt sich aber ein Möbellaster zwischen mich und die Tafel, und ich kann nicht mehr erkennen, ob Köln schon vergiftet ist oder nicht.

»Ja, ich höre zu!«

Weil ich gerade nicht links abbiegen muss, entscheide ich mich, Paula wenigstens einen Teil der Wahrheit zu sagen.

»Ich … es tut mir Leid. Ich hätte euch Bescheid geben sollen, aber ich hatte echt keinen Bock auf die ganze Simon-was-ist-denn-mit-dir-los-Scheiße!«

Sogar durch's Telefon kann ich hören, wie sich Paula mit ihrem Zippo eine Kippe anzündet.

»Okay …«

Ich weiß nicht, wie ich dieses Okay deuten soll. Womöglich war es ein Schweizer Okay, also ohne Wertung und Meinung. Keine Meinung. Wer hat's erfunden? Die Schweizer!

»Wo biste denn gerade?«, fragt sie mich.

»Zwischen Merzenich und Dr. Müllers Sex-Shop!«

»Da bin ich in der Nähe!«

»Du bist im Sex-Shop?«

»Neee, in der Ehrenstraße. Lust auf ein Käffchen im Quattro Cani?«

Zeit für MEIN Schweizer Okay. So ein bisschen Flirt-Coaching kann mir nicht schaden vor meinem Date, denke ich mir und werfe mein Handy auf den Beifahrersitz. Im Schneckentempo schleiche ich durch die Straße, in der ich wohne. Weit und breit ist kein Parkplatz zu sehen. Klar, was habe ich erwartet, es ist Samstag. Wenn ich Pech habe, dann dreh ich hier bis zum Konzert meine Runden und erliege noch vor dem ersten Fanta-Vier-Song einem Nervenzusammenbruch. Es ist eine Sauerei, was die Stadt Köln hier mit ihren Bürgern veranstaltet! Wenn ich der Stadt schon den Gefallen tue, im unmittelbaren Zentrum zu wohnen, dann müsste sie wenigstens für einen Parkplatz sorgen. Aber nein, die shoppinggeilen Rübenstecher aus der Umgebung wollen ihren lehmverschmierten Passat am Samstag ja auch mal vor eine Edelboutique stellen statt neben einen Acker! Am besten fang ich erst gar nicht an, mich darüber aufzuregen. Wie durch ein Wunder finde ich ein paar hundert Meter hinter dem Café einen halben Parkplatz in zweiter Reihe. Ich rangiere etwas vor und zurück, stelle mich aber letztlich so, dass nur ein BMW mit holländischem Kennzeichen nicht mehr rausfahren kann. Um größeren Ärger zu vermeiden, parke ich grundsätzlich nur Holländer ein. Schließlich ist kein Mensch schwerer zu verstehen als ein wütender Holländer. Und bis die Bullen kapieren, was der will, bin ich längst über alle Tulpenfelder.

Ich erkenne Paula schon durch die Scheibe. Das ist eigentlich nichts Besonderes, denn das Quattro Cani besteht ausschließlich aus Scheiben. Ein schlimmer Laden, der seine Kundschaft vor allem aus gelackten Junganwälten und bulimiekranken Möchtegern-Soap-Stars rekrutiert. Dazwischen sitzt Paula in einem eierschalfarbenen Pullover und blättert in einem albernen Zickenmagazin.

»Hey!«, sage ich, grinse und lasse mich auf den weißen Designerstuhl fallen. Paula soll schon auf den ersten Blick wissen, dass mit mir absolut alles okay ist.

»Hey!«, sagt Paula, aber es klingt nicht ganz so positiv wie mein Hey. Eher wie ein Schweizer Hey.

»Sorry noch mal wegen gestern!«, sage ich und versuche, dabei möglichst schuldbewusst zu schauen.

»Wir haben uns echt Sorgen gemacht!«

Ja. Jetzt weiß ich es auch! Es ist das fünfte Mal, dass sie das sagt.

»Kann ich eine von deinen Kippen haben?«

»Nein!«

»Danke.«

Paula gibt mir Feuer und legt das Zippo zurück auf ihre Schachtel. Ein geschniegelter Kellner Marke Istanbul kommt an unseren Tisch und sagt einfach nur »Bitte?«.

Paula bestellt einen Latte Macchiato. Ich bestelle nichts.

»Willst du nichts trinken?«, fragt mich Paula verwundert.

»Nein, ich will nichts trinken! Is was dabei?«

»Nee, du hast halt bisher immer was getrunken!«

»Genau. Und heute trinke ich eben nix! Über welches Thema wollen wir jetzt genau streiten? Dass ich nix trinken will oder über gestern Abend?«

»Was bist du denn so aggressiv?«

»Ich bin nicht aggressiv!«

Paula schüttelt den Kopf und schiebt das Zippo wieder von ihrer Zigarettenpackung.

»Haste mal mit Flik gesprochen, die letzten 24 Stunden?«

»Wollte ihn gerade anrufen, wieso?«

»Hatte ihn eben am Telefon. Klang gar nicht gut. Hat wohl die ganze Nacht mit Daniela telefoniert.«

Scheiße. Sieht fast so aus, als hätte ich damit zu tun.

»Und? Weiß man was Genaues?«

»Hat wohl Zoff mit dieser Daniela. Die haben schon am Telefon gestritten, als wir noch vor deiner Wohnung gewartet haben. Mehr weiß ich auch nicht. Flik hat nix gesagt. Vielleicht geht ihr beiden ja mal ein Bier trinken.«

Tolle Idee. So wird's gemacht. Aber besser erst in 'ner Woche.

»Ich ruf ihn nachher an!«

Einen Teufel werde ich tun.

»Da freut er sich.«

Ganz bestimmt. Mir fällt ein, dass ich ja nicht ins Café gekommen bin, um mich ausschimpfen zu lassen, sondern, weil ich noch den einen oder anderen wertvollen Tipp brauche.

»Duuuuuuuuuu? Pauuuuaaaallllaaaaaa?«, frage ich mit Schmollmund und großen Augen.

»WAS willst du?«

»Wie mach ich das denn nachher auf dem Konzert mit Marcia?« Paulas Miene hellt sich auf.

»Ach Gott! Dein Date! Das ist ja heute!«

»In weniger als sechs Stunden! Hast du keinen Tipp für den kleinen, hilflosen Simon?«

Paula zuckt mit den Schultern und bläst den Rauch an die Scheibe.

»Hilfloser Simon! Klar! Manchmal frag ich mich, was ich dir noch sagen soll, du bist ja auch schon fast dreißig!«

»Vielleicht fast 30, aber keine Frau!«

Herr Istanbul bringt Paulas Kaffee, nicht ohne mich mit einem weiteren Und-für-Sie-wirklich-nichts-Blick zu ärgern. Ich winke ab. Mann, hab ich einen Durst!

»Bist du immer noch so verknallt in sie?«, fragt mich Paula.

»Immer noch so verknallt!«, nicke ich.

»Dann lass sie das nicht gleich spüren. Nimm den Abend nicht so wichtig. Oder tu zumindest so!« Ein brillanter Tipp! Ich nehme den Abend, an den ich seit 48 Stunden pausenlos denke, einfach nicht so wichtig.

»Und …?«

»Mach ihr erst mal keine Komplimente für ihr Aussehen. Die hört sie wahrscheinlich oft genug. Mach ihr welche für was anderes!«

Ich nehme mir ein kleines Tütchen mit Süßstoff und schüttle es.

»Wieso? Sie sieht doch super aus!«

»Eben! Deswegen wird sie so was dauernd hören und nicht besonders überrascht sein.«

»Schlau! Du bist ganz schön schlau!«

»Wenn du ihr also unbedingt ein Kompliment machen willst, dann auf jeden Fall für was anderes.«

Ich überlege.

»Also ... so was wie ... Mädchen, ich hab das mal beobachtet, also wie du die Milch aufschäumst, das kann sonst wirklich keine andere!«

»Genau so was ... Blödmann! Du weißt schon. Sag, sie sei witzig oder intelligent!«

Ich reiße die Tüte mit Süßstoff auf und kippe ein bisschen auf den Tisch. Das Puder ist so fein, dass es fast wie Koks aussieht. Lustig!

»Ich soll sagen, dass sie intelligent ist?«

»Zum Beispiel! Natürlich nur, wenn sie ansatzweise was Schlaues sagt. Sag mal, verscheißerst du mich?« Paula drückt ihre Zigarette aus und nimmt einen ersten Schluck Latte.

»Natürlich nicht!«, sage ich, während ich mir mit meinem Bierdeckel eine schöne Line Süßstoffkoks ziehe.

»Ach, weißt du was, Simon? Sei einfach du selbst!«

»Also so ein richtiger Arsch!«

Es ist das erste Mal bei diesem Treffen, dass Paula lacht. Ich ziehe einen Fünf-Euro-Schein aus meinem Portemonnaie und drehe ihn zu einer Rolle. Paula plappert munter weiter.

»Dreh den Spieß doch einfach mal herum! Nicht DU musst dich beweisen, sondern sie sich! DU schaust dir Marcia genau an, nicht andersrum.«

Ich starre an die Decke. Sie hat die gleiche Farbe wie Paulas Pullover. Das isses! Sie muss sich beweisen, nicht ich mich! Der Gedanke gefällt mir. Ein Gedanke, der mich durch den Abend bringen wird! Paula grinst, weil sie erkannt hat, wie gut dieser Tipp bei mir angekommen ist.

»SIE muss DIR verklickern, dass sie so einen tollen Typen wie dich verdient hat!«

Genau! Das muss sie. Da gibt es kein Vertun! Und warum? Weil ich ein toller Typ bin! Ha! Ich glaub, ich hab's begriffen. Oder?

»Paula, ich bin doch ein toller Typ, oder?«

»Natürlich nicht, aber es hilft, wenn du's heute Abend mal glaubst!«

Ich nehme die Euroscheinrolle in den Mund und blase den Süßstoff auf Paulas Pullover.

»Hey ... du Blödmann! Der is neu!«

»Sorry, ich hatte ja keine Ahnung, dass sich das so gut verteilt!«

Ich lehne mich zurück und beobachte Paula beim Ausklopfen ihres Eierschalenpullovers. Ich überlege kurz, ob ich mich entschuldigen soll, lass es dann aber doch. Stattdessen beuge ich mich zu ihr vor und sage: »Also, ich fass noch mal zusammen: Ich mach Marcia keine Komplimente von wegen ... hey ... siehst du gut aus und so und gebe mich ein bisschen desinteressiert. Ich tue das, weil ich ein toller Typ bin, halt, weil ich denke, dass ich ein toller Typ bin, und weil sie beweisen muss, dass sie mich verdient hat und nicht andersrum!«

»Könnte man so sagen!«

»Na toll. Das sieht mir ja ganz nach einem sensationellen Abend aus.«

191

»Schick mir eine SMS, wenn's geklappt hat!«

»Wie, geklappt? Kuss oder Kiste?«

»Hallo! Wer sitzt vor dir?«

»Okay, Kiste! Ich sims dir was.«

Paula zahlt, und wir verlassen das Café. Ich bekomme noch eine Umarmung und die allerbesten Wünsche für den Abend, dann mache ich mich auf den Nachhauseweg. Als ich in der Wohnung bin, lege ich die härteste Techno-CD auf, die ich habe. Ich setze mich auf meinen Single-Sessel und rauche drei Zigaretten hintereinander. Lala hat alles supergut aufgeräumt. Die Wohnung blitzt und blinkt geradezu. Ganz bestimmt hat sie nur deshalb so gut geputzt, weil ich so ein toller Typ bin!

Ich bin immer noch ganz angetan von dem Gedanken, dass ICH Marcia teste und nicht SIE mich. Was ist, wenn sie absagt? Für einen Augenblick halte ich die Luft an. Dann atme ich erleichtert aus und grinse. Wird sie nicht, weil:

ICH BIN EIN TOLLER TYP!

Eine Sekunde darauf krampft sich mein Magen wieder zusammen.

Sie könnte gar nicht absagen, weil sie meine Nummer nicht hat!

Ist das schlimm oder cool?

Es ist cool. Ich, Simon Peters, lasse die schönste Frau der Stadt ohne Nummer im Regen stehen! DAS ist Chef!

ICH BIN EIN TOLLER TYP!

Aber warum zum Teufel hab ich ihr meine Nummer nicht gegeben? Weil es Chef ist? Und: Hab ICH eigentlich IHRE Nummer? Nein! Und wo ich gerade so über den gesamten Abend nachdenke und dies offenbar zum ersten

Mal tue, also aus rein organisatorischer Sicht: WANN wollte ich mich eigentlich mit ihr treffen?

ICH BIN EINE FLACHPFEIFE!

Ich stehe auf und haue gegen meinen CD-Wechsler. Die Technomucke verstummt augenblicklich. Glückwunsch, hätte ich den also auch geliefert. Von draußen höre ich ganz leise das Geschnatter shoppender Passsanten. Aus einer benachbarten Wohnung dringt ein Bohrgeräusch zu mir. Ich lasse mich wieder in den Sessel fallen, ziehe die Knie hoch bis ans Kinn und denke angestrengt nach.

WANN treffe ich mich mit Marcia?

Ich presse die Zähne aufeinander und schließe die Augen. Durst! Ich brauche was zu trinken! Ich bin schon am Kühlschrank, als mir einfällt, dass ich ja gar nichts trinken darf, wegen Popeyes Muskelmasterplans. Grummelnd stelle ich die Flasche Afri zurück.

WANN treffe ich mich mit Marcia? Vor dem Haupteingang, hatten wir gesagt. Das ist leider nur ein Ort und keine Zeit. Verdammt noch mal!

Ich spüre, wie sich eine teuflische Wut in mir zusammenbraut. Eine Wut, die Zentimeter für Zentimeter in mir hochsteigt, als wäre ich eine dieser albernen Zeichentrickfiguren, die immer rot anlaufen, bis ihnen der Dampf aus den Ohren pfeift. Ich kann kaum mehr normal atmen, alles ist verkrampft und angespannt. Im Zickzack laufe ich durch meine Wohnung. So bekloppt kann man doch gar nicht sein! Ich hab ein Date mit meinem Traumbabe und weiß nicht mehr, wann! Bestimmt fällt es mir wieder ein, wenn ich schreie!

»Aaaaahhhhhhhhhhhhhhhhhhhhhhhhhhhhhhhhh!!!!!!«
Das Bohrgeräusch verstummt. Aber: Mir ist besser. Ich schreie noch einmal, doch die befreiende Wirkung des ers-

ten Schreis bleibt aus. Behutsam erklimme ich meinen Sessel, als wäre er ein dürres kubanisches Kamel, das unter meiner Last zusammenbrechen könnte. Ich muss Ruhe bewahren. Ich muss die Starbuckssituation noch mal im Kopf durchgehen. Ich könnte natürlich auch im Café anrufen! Und was soll ich dann fragen?

Hey … du … ich war leider so nervös bei unserem Treffen, dass ich mich an gar nichts erinnern kann. Das kennste doch, so was, oder? Kennste nicht? Nee, auch klar!

Ich werde nirgendwo anrufen. Stattdessen springe ich zu meiner Pinnwand in der Küche und reiße die Eintrittskarte herunter: Beginn 19 Uhr 30.

Okay … ganz ruhig. Wann trifft man sich NORMALERWEISE vor einem Konzert, wenn halb acht auf der Karte steht? Um sieben? Halb sieben? Um acht? Haben Fanta Vier 'ne Vorgruppe? Fanta Drei vielleicht? Als ich das zehnte Mal grübelnd meinen Singlesessel umkreise, wird mir klar: Mir wird wohl nichts anderes übrig bleiben, als ab sechs Uhr auf Marcia zu warten. Vor dem Haupteingang. Ich beruhige mich ein wenig. Auch mein Nachbar hat sich von seinem ersten Schrecken erholt und bohrt nun wieder.

Halb drei. Bleiben mir noch exakt drei Stunden, bis ich gehen muss. Was für eine Aufregung wegen so einem Scheiß-Konzert! Ich bin 29 Jahre alt und benehme mich wie mit 14! Am liebsten würde ich gar nicht mehr hingehen! Ich stutze. Warum ist mir dieser Gedanke nicht früher gekommen? Genau! Ich gehe einfach nicht hin! Aber was ziehe ich an? Gar nicht hinzugehen, das wäre Chef! Dann könnte ich am Montag im Starbucks vorbeischauen und sie fragen, wie's ihr gefallen hat. Cooler geht es wirklich nicht. Das weiße Hemd und die braune Lederjacke drüber oder doch lieber so ein Kapuzenteil? Einfach nicht hingehen. Und: welche Schuhe? Schuhe sind ganz wichtig. Sneakers oder Leder? Was ist mit meinem Bart? Soll ich mich noch rasieren? Wie sehe ich überhaupt aus?

Mein Badspiegel zeigt ganz deutlich, dass ich einen Dreitagebart habe! Perfekt! Das ist genau der richtige Bart, um nicht zum Konzert zu gehen. Das ist der richtige Bart für einen gemütlichen Abend bei mir, charmant begleitet von einem Sixpack Beck's und einer leckeren Tiefkühlpizza. Sekunde mal: Wenn ein Dreitagebart der perfekte Bart zum Zuhausebleiben ist, ist dieser Bart dann also im Umkehrschluss, der falsche Bart, um zum Konzert zu gehen? Ist die Entscheidung schon gefallen? Habe also nicht ich, sondern hat mein eigener Bart entschieden, ob ich eine Traumfrau treffe oder nicht? Das kann ja wohl auch nicht angehen! Ich drehe den Warmwasserhahn auf, weil ich mir alle Möglichkeiten offen halten will. Mit der anderen Hand greife ich nach einem Palmolive-Rasiercremespender. Das Wasser läuft und wird langsam heiß. Ich setze mich auf den Wannenrand und halte meinen Gelspender, als wolle man ein Foto für eine Rasiergelwerbung schießen. Bin ich jetzt ein toller Typ oder eine Flachpfeife? Eine Flachpfeife mit einem Dreitagebart? Oder ein frisch rasierter, toller Typ? Aus dem Hahn schießt inzwischen brühend heißes Wasser. *Für die sensible Haut* steht auf meinem Rasiercremespender. Was soll das denn heißen? Dass die Rasiercreme die Haut nicht beleidigt, wenn ich sie auftrage, weil sie so sensibel ist? Gibt es Rasiercreme für die selbstbewusste Haut? Oder für die vorlaute Haut ab dreißig? Genug! In exakt 30 Sekunden werde ich mich entscheiden, ob ich zum Konzert gehe oder nicht. 30, 29, 28, 27 ... Sekunde mal! Wenn ich zähle, kann ich gar nicht nachdenken! Und wie soll ich in so kurzer Zeit eine so wichtige Entscheidung treffen, wenn ich nicht nachdenken kann? Ich greife nach einer blauen Plastikuhr mit Sekundenzeiger, die ich im Bad stehen habe. Wegen des ganzen Dampfes muss ich sie mir direkt vor die Nase halten, damit ich etwas erkenne. Wenn der Zeiger unten bei sechs ist, dann hab ich mich entschieden! Und los! Die Gedanken rasen.

Okay ... wenn ich nicht hingehe ..., dann bin ich auch keinen Schritt weiter mit Marcia und hab über 70 Euro rausgeblasen. Wenn ich hingehe, dann hab ich eine echte Chance auf die schärfste Frau, die in dieser Stadt rumläuft. Und ich habe eine Chance. Weil ... weil ich keine Flachpfeife bin mit einem Dreitagebart, sondern ...

Der Sekundenzeiger ist bei der Sechs angekommen.

... ein frisch rasierter toller Typ!!!

Ich tauche meinen Kopf ins Wasser ...

»Aaaaaaaahhhhhhhhhhhhhhhhhhhhhhhhhhhhhhh!!!«

... und reiße ihn wieder raus. Mein Gesicht ist ein einziges Flammenmeer! Panisch drehe ich den Hahn auf kalt und drehe mich ein paar Mal im Kreis, weil ich nicht weiß, was ich machen soll, bis das Wasser kalt wird. Ich haue meine Hand auf das Waschbecken, als würde das irgendwas bringen. Dann schaufle ich mir literweise eiskaltes Wasser in meine geschundene Visage. Nach fünf Minuten wage ich einen ersten Blick in den Spiegel. Ich sehe aus wie ein irischer Lastwagenfahrer nach drei Wochen Karibiksonne. Langsam lasse ich mich zurück auf den Wannenrand gleiten. Ich bin eine krebsrote Flachpfeife mit einem Dreitagebart. Man muss den Tatsachen ins Auge sehen: Als halbseidene Niki-Lauda-Parodie stehe ich beim Mädchen Nummer eins nicht wirklich ganz oben auf der Tanzkarte. Fakt ist, und da muss ich eigentlich gar nicht länger in den Spiegel starren, dass ich jetzt keine Chance mehr habe. Seltsam, aber aus genau diesem Grund entspanne ich mich. Ich lächle sogar! Wenn ich keine Chance mehr habe, dann brauche ich auch keine Angst mehr haben! Und wenn ich keine Angst mehr habe, dann kann ich ja eigentlich auch gehen! Ich bin nicht irgendeine krebsrote Flachpfeife mit Dreitagebart. Ich bin eine krebsrote Flachpfeife mit einer Entscheidung! Denn diese krebsrote Flachpfeife geht mit der schönsten Frau der Stadt zum Konzert! Und vorher in die Apotheke!

NACHT AM MEER

Ich tupfe die letzten Reste Brandsalbe aus meinem Gesicht und schlüpfe in mein weißes Hemd. Das Hemd steht mir normalerweise recht gut. Doch da das blütenreine Weiß des Stoffes in einer nahezu erschreckenden Art und Weise mit dem tomatigen Rot meines Gesichts kontrastiert, hänge ich das Hemd zurück und greife nach meiner kackbraunen Puma-Trainingsjacke. Inzwischen bin ich regelrecht gut gelaunt. Ich packe noch ein bisschen Gel in die Haare, zupfe hier und dort und begutachte mich schließlich ein letztes Mal im Spiegel. Die Ähnlichkeit zu Bruce Willis in der hundertzwölften Minute von *Die Hard* ist verblüffend. Ich sollte mir noch ein wenig Blut auf die Klamotten schmieren und ein paar Löcher reinreißen. Dann könnte ich wenigstens behaupten, ich hätte gerade den Kölner Dom vor einem gigantischen Terroranschlag gerettet. Mit dem Zeigefinger tippe ich auf meine Wange. Die Haut wird erst weiß, dann wieder rot. Ich schaue auf die Uhr. Wenn ich die Bahn um 26 bekomme, dann stehe ich pünktlich um sechs vor der Halle. Und vorher werde ich mich ja wohl kaum verabredet haben.

Fertig!

Theatralisch lasse ich die Tür zukrachen, als wolle ich der ganzen Welt mitteilen: So! Und jetzt gibt es kein Zurück.

Während ich auf den Aufzug warte, interpretiere ich frei die türkischen Musikstücke, die ich vor ein paar Tagen aus einem tiefergelegten Mercedes SLK gehört habe. Der Aufzug kommt, und ich fahre die vier Stockwerke nach unten, die man meine Wohnung zu hoch gebaut hat. Es ist bereits dunkel, als ich vor die Eingangstür an die frische Luft trete. Als ich mir meinen Kragen in Position zupfe und die ersten Schritte in Richtung Bahnstation gehe, kommt mir ein ganz übler Verdacht, ein ganz, ganz böser, sehr, sehr schlimmer Verdacht in den Kopf. Ich stecke meine Hand in die linke Hosentasche. Nichts. Ich klopfe auf meine rechte Hosentasche: auch nichts. Mit pochendem Puls filze ich jede einzelne Tasche meiner Klamotten, aber die düstere Vorahnung bestätigt sich. Ich bin eine krebsrote Flachpfeife ohne Haustürschlüssel!

Kraftlos döze ich meinen Kopf an die Häuserwand. Ich hab den Schlüssel in der Wohnung gelassen! Ich Vollidiot hab mich ausgeschlossen! Ausgerechnet jetzt! Ich muss Lala anrufen! Lala ist die Einzige, die noch einen Schlüssel von mir hat! Mit einem Schwung drehe ich mich um und ziehe mein Handy aus der Hosentasche.

»Lieber Gott, bitte lass Lala ans Handy gehen!«, bete ich, als ich nach ihrer Nummer suche. Sicher das beklopptste Gebet, was an diesem Tag beim lieben Gott im Posteingang landet. Es klingelt einmal, zweimal, dreimal … und dann, ich könnte schreien vor Freude, höre ich Lalas Stimme.

»Ja?«

Es ist erstaunlich, wie man schon ein so kurzes Wort wie Ja mit kroatischem Akzent aussprechen kann.

»Lala! Das ist ja geil, dass du rangehst!«

»Klingelt Handy, geh ich ran! Is nix Besonders! Hab ich Scheiße gebaut in Wohnung?«, fragt sie besorgt.

»Nein, ganz und gar nicht!«

Ich springe vor Freude einen Schritt zur Seite und remple dabei fast einen älteren Herren um. »Siiiiiieeeeeeeeee!«, raunzt er und zeigt auf mich. Er kommt mir irgendwie bekannt vor.

»Lala, ich hab mich ausgeschlossen, ich brauch meinen Schlüssel!«, stammle ich ins Telefon. »Kann ich dich sehen? Also ... jetzt?«

Ich kann! Weil Lala auf der anderen Rheinseite in der Nähe der Konzerthalle wohnt, einigen wir uns darauf, die Schlüsselübergabe dort zu machen. Ich atme tief durch, schüttle mich kurz und gehe bedächtigen Schrittes Richtung Rudolfplatz, wo meine Bahn losfährt. Die 26er habe ich verpasst, aber das ist egal.

In der Bahn schauen mich alle an, als hätte ich die Hühnergrippe, Shrimpsdönerausschlag und SARS zusammen. Eine alte, dünne Frau mit einem Trockenpflaumen-Gesicht schimpft mit sich selbst über die Schlechtigkeit der Welt. Jeder hört zu, aber keiner schaut hin. Sie haben ja mich zum Glotzen. Ich halte wenigstens die Klappe. Nach einer halben Stunde springe ich, zusammen mit über hundert weiteren Konzertbesuchern, aus der Bahn und gehe Richtung Konzerthalle. Ich beschließe, ein wenig cooler zu gehen als sonst, schließlich bin ich ja jetzt Hip-Hop-Fan. Yo! Yo! Yo! Check Dis Out. MC Peters in da hoouuuusse!

Ich sehe Lala schon von weitem. In ihrer schwarzen Stoffhose und mit ihrem braunen Wintermantel mag sie nicht so recht zu den übrigen Fanta-Vier-Fans passen, die sich in ihren Basecaps und Trainingsjacken rauchend vor dem Haupteingang tummeln.

»Siiimon!«, begrüßt sie mich strahlend. Das Strahlen verschwindet, als ich direkt vor ihr stehe.

»Was ist los mit deine Gesicht?«

Schade, ich hatte mein Aussehen gerade für eine Minute vergessen.

»Das is 'ne Neurodermitis!«, lüge ich.

»Ist ganz rot dein Gesicht, weißt du?«

Ja, ich weiß es. Ich hab es heute Nachmittag schließlich selbst in 90 Grad heißes Wasser getaucht. Lala bemerkt, dass ich verärgert bin, und zieht lachend meinen Wohnungsschlüssel aus ihrer Handtasche.

»Hab ich Schlüssel dabei!«

»Weltklasse!«

Ich umarme Lala und hab plötzlich ein schlechtes Gewissen, sie extra hierher fahren zu lassen, nur weil ich zu blöd bin, meine Wohnung wie ein normaler Mensch zu verlassen. Ich weiß, dass sie nichts erwartet, aber irgendwie möchte ich mich schon gerne bedanken. Ihr Geld zu geben, wäre allerdings auch ein bisschen beknackt. Deswegen frage ich sie, ob ich ihr ein Bier ausgeben kann.

»Danke, Simon, ist ganz lieb, aber glaube ich, geh ich gleich wieder nach Hause!«

»Sicher?«

»O ja!«

Aber Lala geht nicht und schaut interessiert durch die Gegend. Vielleicht ist es ja ein uralter kroatischer Brauch, sich ein paar Sekunden umzuschauen, bevor man geht. Auch ich lasse meinen Blick schweifen, in der Hoffnung, Marcia irgendwo zu entdecken. Lala zupft mich an meiner Jacke.

»Was ist Fantastische Vier, Simon?«

In diesem Augenblick erinnere ich mich daran, dass Lala

Musik liebt. Egal, welche Musik, wie sie immer sagt, Hauptsache flott. Aber Fanta Vier? Mit über vierzig? Als Exil-Kroatin? Neiinn!

»Das … ist deutscher Hip-Hop!«, erkläre ich möglichst desinteressiert. Dabei spreche ich Hip-Hop aus, als wäre es eine ganz besonders schlimme Form der Neurodermitis. Von Marcia immer noch keine Spur.

»Ahhhh … Fantastische Vier. Hab ich gehört beim Bügeln. Ist in deine CD-Maschine, stimmt?«

Ja! Fanta Vier sind in meiner CD-Maschine. Und wenn ich gewusst hätte, dass Lala diese Maschine bedienen kann, dann hätte ich sie ganz bestimmt vorher rausgenommen.

»Ist das die da?«, fragt mich Lala. Zunächst hab ich keine Ahnung, was sie meint. Woher weiß sie denn, dass ich verabredet bin? Sie weiß es gar nicht, bemerke ich Sekunden später, als Lala die Frage wiederholt und mit einem gewissen Rhythmus versieht.

»Dieda, dieda, dieda … die roten Pulli anhat? Oder dieda? Hahaha! Kenn ich von CD-Maschine. Is gut!«

Da ich nicht weiß, wie voll der Posteingang des lieben Gottes heute schon ist, schicke ich ihm nur ein Stoßgebet in SMS-Länge: »Lieber Gott, bitte nicht!«

Der Posteingang ist sehr voll.

»Meinst du, es gibt noch Karte?«, fragt mich Lala mit großen Augen.

»Pfff …«, sage ich, »kann schon sein, musst du mal ein paar Leute fragen …«

»Ahhh … schwarze Markt!«, freut sie sich. »Da schau ich mal!« Spricht's und bahnt sich ihren Weg durch die Leute, noch bevor ich sie davon abhalten kann. Ich kann mich des Gefühls nicht erwehren, dass an diesem Tag nicht wirklich alles nach Plan läuft. Aber ich bleibe optimistisch.

Lala wird keine Karte mehr bekommen. Das Konzert ist seit Wochen ausverkauft. Ich kann mich also beruhigen. Wenn Lala das nächste Mal bei mir sauber macht, stelle ich eine schöne Flasche Wein auf den Tisch, lege noch zehn Euro dazu, und das war's. Und in meinem *Sorge-dich-nicht*-Buch steht schließlich auch, dass man sich keine Sorgen über Sachen machen soll, die noch nicht passiert sind, weil die meisten Dinge, über die man sich Sorgen macht, sowieso nicht passieren. Und wenn wider Erwarten doch mal was Schreckliches passiert, dann kann man immer noch anfangen, sich Sorgen zu machen.

Lala springt auf mich zu. Sie strahlt über beide Ohren. Jetzt zum Beispiel wäre so ein Augenblick, sich Sorgen zu machen.

»Simon! Simon! Hab ich Karte für Konzert, schau!«

Lala hüpft wie ein Gummiball vor Freude, wobei sie mir stolz ihre Eintrittskarte präsentiert.

»Simon! Geh ich auf Hip-Hop-Konzert! Was sagst du?«

»Super!«, sage ich und versuche, wenigstens kurz so auszusehen, als würde ich mich auch freuen. Ich freue mich ja auch tatsächlich. Für sie. Nicht für mich.

»Gehen wir rein?«, fragt mich Lala.

»Ich … warte noch auf jemanden!«

»Oh!«, sagt Lala und wirkt nachdenklich für den Bruchteil einer Sekunde. Dann aber strahlen die Augen wieder, und sie klopft mir auf die Schulter.

»Dann … hol ich uns jetzt mal Bier!«

Ich will ihr noch sagen, dass ich kein Bier trinken will, aber da ist sie schon weg, verschwunden in Richtung eines großen Bierwagens.

Ich erkenne Marcia nicht sofort. Zunächst sehe ich nur zwei kniehohe Lederstiefel, die sich langsam der Konzerthalle nähern, dann einen fahrlässig kurzen Rock. Schließlich bin ich mir aber doch recht sicher, dass es Marcias Lockenkopf ist, der da aus dem dicken, beigen Rollkragenpulli schaut. Und ohne ihre alberne Starbucks-Uniform sieht sie noch anbetungswürdiger aus! Mein Selbstbewusstsein kracht erdrutschartig zusammen. Ich will ihr winken, doch irgendwie kriege ich die Hand nicht richtig hoch. Macht nichts, sie hat mich noch gar nicht gesehen. Sie steht nun keine zwanzig Meter mehr von mir entfernt und schaut sich suchend um. Urplötzlich sind sie wieder da, meine Zweifel, von denen ich dachte, dass ich sie mir allesamt weggebrüht hätte. Was will ein Kerl wie ich mit so einem Traumbabe? So ein Babe, und da braucht sie keinen Meter mehr näher zu kommen, könnte George Clooney auf seiner Yacht den Rücken massieren und dabei in die Linse des Paparazzi lächeln. Alle würden sagen: Na also, das ist 'ne Frau für den Clooney!

»Hey …!!!«

George Clooneys Freundin hat mich erkannt. Wie in Trance gehe ich auf sie zu. Ich gebe mir große Mühe, souverän zu lächeln, doch leider verziehen bisher unbekannte Muskelgruppen mein Gesicht in Richtungen, wie man sie von dieser Spaß-Software für Fotos kennt. Der Weg zu Marcia dauert eine halbe Ewigkeit. Jeder Meter, den ich ihr näher komme, lässt sie noch perfekter, weiblicher und sinnlicher erscheinen. Was ist, wenn ich gar nicht bei ihr ankomme? Was ist, wenn es mich überhaupt gar nicht mehr gibt? Was ist, wenn ich nur eine animierte Videospielfigur der Flirt-Matrix bin, auf dem Weg zum zweiten Level? Ich räume ein Hindernis nach dem anderen aus dem Weg. Vorsicht, Typ mit Bierbecher, linksherum, Bing! 100 Punkte. Achtung, Bordstein, zu spät! Joystick hooooch! Dong! Ich stolpere und grinse saudoof dazu, als würde dieses Grinsen den Stolperer ungeschehen machen. Kawuff! Oh! Nur noch ein Leben. Dingdingding ... Ich bekomme die Warnung, meinen Charismaspeicher aufzutanken. Die hallenden Stimmen, die ich höre, sprechen durcheinander: *Charisma bei 10 Prozent! Achtung! Sprachvermögen nahe null! Charismaspeicher leer!!!*

Das ist schlecht, denn nun stehe ich direkt vor ihr. Game over. Insert new coin. O mein Gott! Sie lächelt! Hab ich noch eine Münze? Statt ihr einen Kuss auf die Backe zu geben, reiche ich ihr meine schweißnasse Schlabberhand.

»Ein Euro? Ist der für mich?«

»Für dich!«, sage ich, ohne zu stottern. Sind ja nur zwei Wörter.

»Danke, das ist ja lieb!«, schmunzelt sie und gibt eine Reihe makelloser, weißer Zähne frei. Auch das noch! Schon eine winzige Zahnlücke hätte mir geholfen, nicht ganz so knilchig vor ihr zu stehen. Hat sie aber nicht. Ich glaube, sie macht das absichtlich. Entweder ich hole jetzt eine weiße Fahne hervor und ergebe mich mit den Worten »Du bist zu gut für mich!«, oder ich küsse sie einfach. Ich könnte ihr die kleine schwarze Locke von der Stirn streichen, ihren Vanilleduft atmen und dabei ihrem herrlich großen Mund immer näher kommen.

»Du ... bist doch der Typ mit der Karte?«, fragt sie mich.

»Bin ich! Der Typ mit der Karte. Genau.«

Das sage ich, weil ich der Typ mit der Karte bin. Seltsam. Es war nicht unbedingt viel Liebe in ihrer Frage. Ja, nicht mal Interesse.

»Sagst du mir noch mal, wie du heißt, sorry, hab's voll vergessen!«

Kawumm. Noch ein Treffer auf die Milz. Liebt sie mich gar nicht? Das hatte ich mir aber anders vorgestellt! Auch Akzent und Gestus haben plötzlich viel von der Schnoddrigkeit überforderter Oliver-Geissen-Talkshowgäste.

»Deinen Namen!«

»Oh … sorry. Simon!«

»Wie?«

»Siiiiimooooon!«

»Ah … Simon. Genau!«

Das ist der traurige Beweis! Sie hat meinen Namen vergessen. Schlimmer noch: Sie hat ihn sich nie gemerkt! Wie konnte ich auch nur im Traum glauben, dass ich Chancen hätte bei einer Frau, die zwölf Monate hintereinander die Titelseiten des *Playboy* schmücken könnte. Ich, die verbrühte Dreitagebarthackfresse mit meiner kackbraunen Schulhofjacke, und Miss Januar bis Dezember! Ein sensationelles Paar!

»Was hast'n mit deinem Gesicht gemacht? Voll rot!«, fragt mich mein Playmate und zündet sich mit einem schmalen Silberfeuerzeug eine lange, weiße Cartierzigarette an. Es gibt sympathischere Raucherutensilien.

»Kleiner Kochunfall …«

»Ahhh …«

»Ich wollte mir Spaghetti machen und …«

Kaum, dass die Zigarette brennt, zieht sie ein kleines, eiförmiges Modehandy aus einem kleinen Pelztäschchen und schaut aufs Display. Muss ja ein echter Schenkelklopfer gewesen sein, meine Spaghettigeschichte!

»Gehen wir?«, fragt sie mich.

Das ist nicht gerade das, was man Interesse an der anderen Person nennt, aber immerhin ist es eine Frage, auf die man antworten kann. Dinge wie *Ja, Nein* oder aber auch *Wir müssen nur gerade noch auf meine Putzfrau warten.* Ich entscheide mich für *Ja.* Aber auch in diesem Falle bin ich mir nicht wirklich sicher, ob sie es hört, denn jetzt tippt sie eine SMS.

»Sorry«, sagt sie, und »Kein Problem!«, sage ich.

Es bricht mir das Herz, Lala mit ihren beiden Bieren vor der Halle stehen zu sehen, aber es gibt Dinge, die passen einfach nicht zusammen. Brasilien und Pünktlichkeit zum Beispiel, oder die Post und Kundenservice und ganz bestimmt Putzfrau und Traumdate. Abgesehen davon: Was will ich denn jetzt mit Bier, so kurz bevor sich meine Bauchmuskeln definieren? Als wir uns in die Schlange für den Einlass einreihen, wage ich einen weiteren Gesprächsvorstoß.

»Wie läuft's bei Starbucks?«

»Gut!«

»Das freut mich für dich!«

Ich warte auf die Gegenfrage, doch es kommt keine. Stattdessen fiept ihr Handy.

Ich versuche galant wegzuhören, kriege natürlich trotzdem jedes Wort mit. Sie erzählt irgendeiner Person von Nadine, Jessy und Sandy und dass das alles Schlampen wären, das wäre ja wohl klar. Und die Sandy könne sowieso mal schön die Klappe halten, mit ihrem Brauereiarsch.

»Die Sandy ist voll die Schlampe, weißte!«, klärt mich Marcia auf, als sie endlich ihr Handy wegpackt.

»Hab ich mir immer gedacht!«, scherze ich.

»Du kennst doch die Sandy gar nicht, oder kennste die?«

Nächstes Problem. Sie hat keinen Humor. Oder einen anderen als ich.

»Die Sandy, ist das eine Starbucks-Kollegin?«

»Nee, die is doch bei der KVB in der Verwaltung! Und jetzt macht se sich an den Chris ran, obwohl die genau weiß, dass der mit der Iris is, weißte?«

»Die blöde Schlampe!«, entrüste ich mich, und Marcia nickt. Wir sind am Eingang.

Ein dümmlich dreinblickender Kerl mit quadratischem Kopf, kurzen Haaren, Ohrring und Security-Bomberjacke tastet mich nach Sprengstoff ab, starrt aber die ganze Zeit sabbernd auf Marcia. Ich könnte vier Atombomben in meiner Innentasche deponiert haben, er würde es garantiert nicht bemerken.

»War noch gut gestern?«, nuschelt der Quadratschädel Marcia zu.

»War'n noch im Nachtflug. Das mit Sandy haste gehört?«

»Schlampe halt!«, grinst der Quadratschädel und widmet sich dem nächsten Besucher. Ich bin geschockt, was meine Begleitung für Leute kennt. Und langsam würde es sogar mich mal interessieren, einen Blick auf Sandy zu werfen. Wir sind keine zwei Schritte im Foyer, da verschwindet mein Playmate mit den Worten »Holste mir einen Prosecco?« in Richtung Toilette. Ich schaue ihr nach und bin dabei nicht der Einzige. Sie scheint es zu wissen und zu genießen. Eine gewisse Ratlosigkeit macht sich bei mir breit. Ich hab ja nicht erwartet, dass mir mein Starbucks-Mädchen gleich zur Begrüßung die Zunge in den Hals steckt und fragt, ob ich Gummis dabeihabe. Aber es wär schon toll gewesen, wenn wir zumindest mal einen einzigen geraden Satz gewechselt hätten. Missmutig besorge ich Marcias Prosecco und stelle mich zurück an die alte Stelle.

Ich lehne mich an ein Stück Wand und beobachte die Leute, die, meist in Gruppen, schnatternd an mir vorbeiziehen. Fast alle sind zwischen Mitte zwanzig und Mitte dreißig, und fast alle sind nicht gerade die typischen Konzertbesucher. Ex-Jugendliche, die jeweils 35 Euro dafür bezahlt haben, um sich noch mal für zwei Stunden in die gute alte Zeit zurückschießen zu lassen. »Fanda Via subbageil!«, ruft ein dicker Schwabe im Fanshirt wie auf Befehl und nimmt einen Bierbecher eines Kumpels entgegen. Was mich an diesen Leuten am meisten erschreckt, ist, dass sie offenbar die gleiche Musik mögen wie ich. Ich schaue auf die Uhr. Marcia ist jetzt schon über eine Viertelstunde weg. Normal? Zu lang? Oder gar zu kurz? Zu lang! Denn inzwischen springt eine gut gelaunte Lala durch die Sicherheitskontrolle. Als hätte ich nicht Probleme genug! In der Hand hält sie noch immer unsere zwei Pappbecher Bier. Noch bevor ich überhaupt auf die Idee kommen kann, mich zu verstecken, hat sie mich entdeckt und eilt freudig strahlend auf mich zu.

»Simon … da bist du! Hab ich dich draußen gesucht …«

Sie ist nicht mal ansatzweise sauer, dass ich sie habe stehen lassen.

»Sorry, ich dachte, du wärst schon rein!«, lüge ich und genieße den einzigen Vorteil meiner Verbrennungen: Ich kann nicht mehr rot werden. Lala reicht mir einen der beiden Bierbecher. Es kostet mich ziemlich viel Überwindung, nichts davon zu trinken. Mein Durst ist inzwischen nämlich ungeheuerlich.

»Wann geht los?«, fragt sie mich aufgeregt und nippt an ihrem Bier.

»Eigentlich jetzt!«, sage ich und schiele auf meine Uhr.

»Und wo ist dein Kumpel?«, will Lala wissen.

»Das ist kein Kumpel, das ist 'ne Bekannte von mir!«, kläre ich die erstaunte Lala auf.

»Ahhh, Simon … neue Liebe?«

»Weiß ich noch nicht!«, gebe ich betreten zu. Ich frage mich wirklich, wo zum Teufel die Frau bleibt. Vielleicht hat sie ja ihre Lieblingsschlampe Sandy auf dem Klo getroffen und musste ihr vor dem Händewaschen noch rasch die Augen auskratzen.

»Und wo ist Bekannte?«, hakt Lala nach.

»Aufm Klo, kommt gleich«, sage ich.

»Dörte war nicht gut für dich?«

Ach du lieber Himmel. Dörte. Das ist ja Jahre her. Womöglich aber auch erst ein paar Tage.

»Das mit Dörte … na ja, wir sind zu verschieden!«

»Hat mir gesagt, dass ihr euch nicht mehr trefft«, bedauert Lala und ergänzt: » Schade. Hat so schöne Wohnung!«

»Das tut mir Leid«, lüge ich, und dann kommt Marcia auf uns zugeschlurft, ganz langsam, weil sie nämlich während des Gehens noch auf ihrem Handy herumpickt mit ihren langen, weißen Playmatefingernägeln. Komisch. Die sind mir im Café auch noch nicht aufgefallen. Offenbar hat sie Sandy doch nicht getroffen, denn sie hat kein Blut an der Hand.

»Is das die Kumpel?«, flüstert Lala mir augenzwinkernd zu, als sie schon fast bei uns ist.

»Ja!«, flüstere ich zurück.

»Schöne Frau!«, nickt Lala anerkennend und lässt ihren Blick über Marcia schweifen.

Marcia ist erstaunt, fast erschrocken, als ich ihr Lala vorstelle, und schaut exakt so, als bekäme sie gerade von Sandy einen Strafzettel unter den Wischer geklemmt.

»Marcia, das ist Lala – Lala, Marcia!«

»Mach ich sauber bei Simon!«, ergänzt Lala freundlich und reicht Marcia die Hand. Diese schüttelt sie zögerlich, schaut dabei aber nicht Lala, sondern mich an.

»Lala? Wie? Macht sauber?«

»Lala ist meine Putzfrau«, erkläre ich.

»Deine Putze? Verarschst Du mich?«

Je weniger ich so schaue, als würde ich sie verarschen, desto mehr weicht das Sanfte aus ihrem Gesicht. Auch Lala wirkt eine Ecke kühler, als sie sich gegen die uncharmante Frage verteidigt.

»Hab ich Schlüssel vorbeigebracht und dann Karte gekauft. Gehe ich auch aufs Konzert, aber alleine, musst du keine Angst haben um Simon!«

»Lasst uns doch mal reingehen, fängt sicher gleich an!«, lautet mein von beiden Seiten ignorierter Schlichtungsversuch.

»Der hat mir die Karte geschenkt, das ist nicht mein Freund, okay!?«, kontert Marcia schnoddrig. Irgendwie ist mir dieser Tonfall bisher entgangen. Liebe macht offenbar nicht nur blind, sondern auch noch taub.

»Hab ich ja nur gesagt, dass ich euch nicht stören will!«, faucht Lala zurück. Huh! Ich hab sie das letzte Mal so böse gesehen, als ich behauptet habe, sie hätte meine Terracotta-Vase kaputtgemacht. Ich reiche Marcia ihren Prosecco. Ohne sich umständlich zu bedanken, schnaubt sie in Richtung Konzerthalle. Eine Sekunde lang stehe ich mit offenem Mund da, dann renne ich ihr nach.

»Ja, genau, lass uns mal reingehen!«, rufe ich verzweifelt hinterher und winke Lala, dass sie mir folgen soll. Nach ein paar Metern haben wir Marcia eingeholt und wühlen uns zu dritt durch Hunderte von Leuten. Meine Fan-Vorahnung bestätigt sich. Bei jedem anderen Konzert kriegt man

pro Reihe wenigstens ein »Heyyyyy …« oder »Drängler!«
an den Kopf geschmissen. Die Fanta-Vier-Fans treten hingegen einen Schritt zur Seite und lächeln noch bräsig dazu.

»Wilsch vorbei? Glar, vorne siehtma bessa! Hahaha …«

Als wir uns schließlich für einen Platz direkt vor dem Mischpult entschieden haben, zupft mir Lala am Hemd und flüstert mir ein »Is schlechte Frau, Simon!« ins Ohr. Kurz darauf ergänzt sie: »Hat schwarze Herz!«

Ich weiß zwar nicht, was ein schwarzes Herz ist, aber etwas Gutes ist es nicht, das kann ich mir schon denken. Ein paar Roadies positionieren noch einige Instrumente auf der Bühne. Jeder Einzelne wird frenetisch gefeiert. Lala steht unglücklicherweise zwischen mir und Marcia, geht aber einen Schritt nach vorne, als sie dies bemerkt. Marcia schafft es trotzdem, mich zu ignorieren. Hey! Ich habe ihr immerhin die Karte hierfür geschenkt. Warum schaut sie dann so, als hätte ich ihr gerade einen Backstein in ihr Küchenfenster gedonnert? Ich weiß in der Zwischenzeit auch nicht mehr so recht, wie ich mich fühlen soll. Eines ist aber ganz sicher: Die Frau, die neben mir steht, ist eine andere als die, in die ich mich verliebt habe. Noch bin ich aber nicht bereit, alles hinzuschmeißen. Gut, sie ist distanziert und irgendwie prollig. Sie sieht aber immer noch umwerfend aus. Lala hat sie irritiert. Und ich …? Vielleicht ist sie ja tatsächlich nur scharf auf die Karte gewesen?

Das Licht fährt runter, und unter lautem Gejohle kommen jede Menge Musiker auf die Bühne. Lala und ich schreien und klatschen … Marcia tippt auf ihrem Handy herum, ohne aufzuschauen.

»Es geht los!«, rufe ich ihr zu. Sie nickt. Die Information kam also an und wurde verarbeitet. Immerhin. Die Streicher legen los, und Sekunden darauf kommt auch Thomas D auf die Bühne, ganz in weißen Stoff gehüllt. Lala informiert mich schreiend darüber, dass aus dem Stoff Rotweinflecken so gut wie nicht wieder rauszukriegen sind. Thomas D setzt sich auf einen Hocker und sagt: »Hallo Düsseldorf!« Witzbold. Nachdem sich das Pfeifkonzert gelegt hat, sind die ersten Takte von *Le Smou* zu hören. Der Mob johlt und klatscht. Hut ab, die Jungs haben den Saal schon jetzt im Griff.

»Die da?«, schreit Lala zu mir herüber.

»Neee … aber bestimmt später!«, schreie ich zurück. Als ich mich wieder zu Marcia drehe, ist sie verschwunden. Einfach so. Ohne ein Wort zu sagen. Das war fix. Sie wird schon wiederkommen. Wir hören *Neues Land*, *Die Stadt, die es nicht gibt* und *Millionen Legionen*. Von Marcia ist weit und breit immer noch nichts zu sehen. Ich überlege mir, ob mich das noch stört, so komisch wie alles bisher war, komme aber zu keinem Ergebnis. Wenigstens hat Lala ihren Spaß. Sie hopst inzwischen mit tausend anderen zum *Picknicker* und lacht immer wieder auffordernd zu mir herüber. Aber ich will nicht mithopsen. Ich will wissen, was hier los ist. Als die ersten Takte von *Tag am Meer* erklingen, sage ich Lala, dass ich auf Toilette muss. Mit steigender Ruppigkeit remple ich mich durch die Menge nach hinten. Ich muss daran denken, wie ich das Lied vor Marcias Fenster gehört habe und wie glücklich ich in dieser Nacht war. Ich schlucke und kämpfe gegen das Feuchte in meinen Augen.

Dann entdecke ich Marcia. Sie steht an der Sektbar. Neben ihr zwei riesige, muskulöse Typen in knallengen Muscleshirts. Einer von ihnen hat die Hand auf ihrem Hintern. Jetzt verstehe ich gar nix mehr. Ich will weitergehen, doch ich kann nicht. Kann nicht aufhören, in Marcias Richtung zu starren. Dann treffen sich unsere Blicke für eine Sekunde. Eine einzige Sekunde. Dann schaut sie weg.

Einfach so.

Alles klar.

Was für eine blöde Kuh!

Mit allem hätte ich gerechnet, aber damit nicht. Wenn sie mich schon im Starbucks hätte abblitzen lassen: Kein Problem. Wenn sie meine Konzertkarte in den Milchschaum getunkt hätte: auch egal. Aber die Nummer? Für wie bekloppt hält mich diese arrogante Dummtusse eigentlich? Ich könnte kotzen um jede einzelne Träne, die ich wegen ihr vergeudet habe, und jedes Bier, das ich nicht getrunken habe wegen irgendwelcher beschissenen Bauchmuskeln, die sie sowieso einen Scheiß interessieren. Wütend stampfe ich in ihre Richtung. Mann, bin ich geladen! Ein einziger ungeschickter Rempler von einem bräsigen Fanta-Vier-Fan, und ich haue ihm so auf die Zwölf, dass er nicht mal mehr weiß, welches Autokennzeichen Stuttgart hat. Unter Hochspannung bestelle ich drei Bier, zwei für mich und eins für Lala. Ich zahle und wühle mich ein paar Schritte zur Seite, sodass ich direkt neben Marcia und den beiden hirnlosen Himbeertonis stehe. Dann drehe ich mich zu ihr.

»Viel Spaß noch!«, schreie ich Marcia an.

»Dir auch! Und grüß deine Putze!«, brüllt sie zurück. Die Himbeertonis lachen sich tot.

Es ist ein Reflex, gegen den man gar nicht viel machen kann. Und so landet der Inhalt meiner Bierbecher – und wir reden hier insgesamt von über einem ganzen Liter Kölsch – in Marcias Playmate-Januar-bis-Dezember-Gesicht. Sie ist so entsetzt, dass sie kein Wort herausbringt. Ihre beiden Primaten schon. Ich will wegrennen, aber es ist zu spät.

»Das war ein Reflex!«, rufe ich noch, da habe ich auch schon eine Faust im Magen, dann noch eine, und dann verteilen sich die Schläge auf diverse Körperteile, von denen ich schon bald nicht mehr so genau sagen kann, wo sie so genau liegen. Ich bekomme keine Luft mehr. Ich weiß nicht mehr, wo oben und unten ist. Ich habe keine Chance. Jeder der beiden ist größer und stärker als ich. Das Ganze mag eine knappe Minute gehen oder zwei, ich weiß es nicht. Irgendwann werfen sich zwei Security-Leute dazwischen, die noch größer sind als meine Widersacher. Die Himbeertonis fliegen raus, so viel bekomme ich noch mit. Dann humple ich schwer atmend zurück zum Bierstand. Ein junges Mädchen mit Brille und Zahnspange starrt mich entsetzt an, sagt was in die Richtung »Ach du lieber Himmel« und zerrt einen Ordner zu mir. Der Ordner nimmt mir das Bier wieder ab, das ich gerade bestellt habe, und fragt, wie ich mich fühle. Ich sage, dass alles ganz wunderbar sei und dass ich jetzt aber wieder vor zur Bühne müsse zu meiner Putzfrau, und mit der Liebe, da hätte ich mich getäuscht, Oliver Geissen wäre so was nicht passiert in seiner Talkshow, und das mit dem »schwarzen Herz«, das wär schon so, und ob ich mein Bier zurückhaben könne, ich hätte nämlich ziemlichen Durst. Dann werde ich weggebracht.

Im Separée der horizontalen Verkeilungen

Das Konzert ist längst zu Ende, als mich der Psychologe Dr. Wegener schulterklopfend aus dem Rotkreuzraum entlässt. »Und machen Sie einfach mal Urlaub!«, rät er mir noch.

»Mach ich!«, verspreche ich ihm und schleiche durch das spärlich beleuchtete Foyer in Richtung Ausgang. »Und grüßen sie Lala von mir!«, höre ich ihn rufen, doch ich hebe nur noch die Hand als Zeichen, dass ich ihn verstanden habe. ganz schön schwer, so eine Hand.

Ich taste nach meinem Handy und wähle die Nummer von Paula. *Verbindung mit Paula wird hergestellt* steht auf meinem Display. Ich lege wieder auf. Was soll ich ihr groß sagen? Es ist nicht ihre Schuld, dass alles in die Hose gegangen ist. Im Grunde genommen hat sie's gewusst. Sie hat es schon an unserem Saunatag gewusst. Sie wollte mich nur nicht verletzen. Das haben Marcias bekloppte Himbeertonis erledigt. Stattdessen rufe ich Flik an. Er ist sogar zu Hause, und wir verabreden uns für das de-lite, eine Cocktailbar mit DJ. Flik freut sich, als ich anrufe. Wenigstens einer. Ich drücke die große, schwere Eisentür zur Straße auf und knalle gegen eine Wand aus eiskalter Luft. Mein Arm tut weh. Und mein Kiefer auch. Nach einer halben Stunde bekomme ich endlich ein Taxi. Der Fahrer begrüßt mich mit »Ach du lieber Himmel!«.

Flik hat zwar keine auf die Fresse bekommen, aber er sieht genauso fertig aus wie ich. Wir umarmen uns und betreten das übervolle de-lite. Das zu erwartende »Wie siehst du denn aus?« kommentiere ich mit »Später!«. Ich bahne mir den Weg zur Bar und bestelle zwei Beck's. Flik bleibt ein wenig ratlos an einer Säule stehen. Mir fällt auf, dass die Gäste fast ausnahmslos jünger sind als wir. Auch Flik wirkt reichlich desorientiert und neben der Spur. Nichts ist mehr zu sehen von seinen kleinen Verwandlungen ins Positive, die mich in den vergangenen Tagen so überrascht haben. Flik trägt wieder seine alte, viel zu kurze Stoffhose und ein Karohemd aus schlankeren Zeiten, das sich nun spack über sein Bäuchlein legt. Trotz der Kälte hat er an diesem Abend nicht mal die Mode-Todsünde Collegeslipper ausgelassen. Zwei gelangweilte Studentinnen räumen ihre Hocker an der Bar, die wir uns unter den Nagel reißen. Als wir uns setzen, entdecke ich den Grund ihrer Langeweile: zwei kleine Fläschchen Bionade. Schlimm so was. Mit der Jugend geht es wirklich steil bergab. Ich proste Flik zu und ziehe mit einem Schluck die Hälfte meines Beck's-Glaszwerges weg. Flik nippt lediglich daran. »Zu kalt für meinen Magen«, entschuldigt er sich. Ich will gerade ansetzen, Flik meine Konzert-Katastrophe in den buntesten Farben zu schildern, da platzt es aus ihm heraus.

»Daniela hat Schluss gemacht!«

Wortlos starre ich Flik an. Das nenne ich mal eine Gesprächseröffnung!

»Scheiße!«, ist das Einzige, was mir auf die Schnelle einfällt. Achselzuckend greife ich nach meinem Bier, und wir stoßen ein weiteres Mal an. Kling! Der arme Kerl! Soll ich's ihm sagen, dass ich mit Daniela aus war? Vielleicht hat sie ihm ja schon was erzählt, und er ahnt irgendwas. Die nächste Frage, die nach Aussagen wie »XY hat Schluss gemacht« normalerweise ansteht, lautet: »Und warum?«

Ich hab eine Heidenangst, sie zu stellen. Flik sieht müde aus. Offenbar nimmt es ihn richtig mit. Kein Wunder. Daniela war seine erste Affäre seit Jahren. Und ich Arschloch muss mich dazwischendrängen. Ich stürze das Bier herunter und bestelle einen Wodka Tonic.

Dann wage ich es.

»Und warum?«

Flik hat auf die Frage gewartet, die Antwort kommt schnell.

»Sie ist halt nicht verliebt. Sie mag mich total gern, aber es hat nicht gefunkt«, gesteht er mit schwacher Stimme.

»Toll, die gute alte Kumpelnummer!«, stöhne ich.

Flik gönnt sich ein weiteres Spatzenschlückchen Beck's. Ich bekomme meinen Wodka Tonic, werfe den Strohhalm in die Spüle vor uns und klopfe Flik tröstend auf die Schulter.

»Kann man nix machen! Bei der Nächsten wird's besser!«

»Ach ja …«, seufzt er. »Ich kann sie ja verstehen. Wenn ich 'ne Frau wäre, die so aussieht wie Daniela, würde ich auch nicht mit so 'nem Typen wie mir gehen! Mit einem wie dir vielleicht … aber …«

Au Mann. Die arme Wurst. Was der Gute da eben in seine halb leere Flasche gejammert hat, bedeutet eigentlich zehn Sitzungen Verhaltenstherapie. Wenn ich ihm jetzt noch sage, dass ich gestern mit Daniela unterwegs war, legt die Krankenkasse vielleicht noch zehn Sitzungen drauf.

Einen Teufel werde ich tun. Was mein Freund jetzt braucht, ist Trost und Ablenkung! Ermutigende Worte von jemandem, der ihn versteht und aufbaut. Von mir.

»Jetzt mach aber mal 'n Punkt! Soooooo scheiße siehst du nun auch wieder nicht aus!«

Vielleicht hätte ich es noch ein klein wenig positiver formulieren können.

»Danke!«

»Ja, mein Gott. Kauf dir halt mal ein paar vernünftige Klamotten und nimm zehn Kilo ab. Das isses doch schon. Du siehst echt nicht scheiße aus, Flik!«

Ich denke, das war schon besser.

»Und das ist dann alles?«, krächzt Flik und haut seine Bierflasche auf den Tresen. Fast sieht es so aus, als wäre sie wieder einen Tacken voller geworden.

»Nein! Du müsstest AUCH zum Friseur, und 'ne neue Brille brauchst du auch! Das meint auch die Paula! DAS ist alles!«

So. Jetzt weiß er's. Vielleicht bringt ihm die Info ja was fürs weitere Leben. Im Augenblick jedenfalls starrt er einfach nur in das sich prächtig amüsierende Studentenpack. Hat er mich überhaupt gehört?

»Nimmst du mich mal mit in dein Fitnessstudio?«

Er hat mich gehört.

»Nein.«

»Wieso nicht?«

»Weil die dann alle denken, wir wären auch schwul. Du weißt doch, wo ich trainiere!«

Flik muss grinsen. Na endlich.

»Aber ein bisschen shoppen gehen könnten wir doch, oder? 'ne neue Jeans oder ein paar Hemden?«

»Das können wir gerne machen!«

Flik nickt zufrieden. »Das ist gut!«

Ich bin erleichtert. So erleichtert, dass ich ihm nach einer Weile meine Geschichte erzähle. »Wenn du glaubst, du hättest Pech gehabt heute: Mich haben die heute so richtig gefickt!«

»Echt? Wieso?«

Ich erzähle ihm alles, angefangen vom Paula-Date im Café über die Verbrühnummer bis hin zu Lala, Marcia und dem Zwischenfall mit Marcias stumpfen Prügeltonis.

»Und das alles an einem Tag?«, schmunzelt Flick.

»Und das alles an einem Tag!«, ächze ich, leere meinen Wodka Tonic und winke dem Barkeeper, um noch einen zu bekommen. Auch Fliks chronische Magenverkrampfung scheint sich für eine Sekunde zu lösen, denn er bestellt den ersten Mai Thai seines Lebens.

»Im Vergleich dazu hatte ich ja einen voll langweiligen Tag. Ich meine, bei mir hat einfach nur 'ne Frau Schluss gemacht!«

»Fast schon belanglos«, ergänze ich.

Der DJ spielt einen Remix der Titelmelodie aus der Zeichentrickserie *Captain Future*. Musik nicht nur aus den 80ern, sondern vor allem aus der vierten Dimension.

»Geil!«, sagt Flik und nickt im Takt.

»Jo!«, sage ich. *Captain Future* hab ich immer gerne gesehen, weil ich *Kimba, der weiße Löwe* was für Weicheier und Mädchen fand. Erst sehr viel später wurde mir klar, dass sämtliche Zeichentrickserien was für Mädchen sind, aber das war egal, weil da schaute ich schon richtige Männerserien wie *Ein Colt für alle Fälle* und *Trio mit vier Fäusten*.

»Warum hieß das eigentlich *Trio mit vier Fäusten*?«, will ich von Flik wissen, der gerade eine beeindruckende Glasschale Mai Thai in Empfang nimmt.

»Weil … hu … ist der riesig! Weil der eine doch nich hauen konnte!«

»Wer soll das gewesen sein?«

»Howie!«

»Stimmt. Jetzt, wo du's sagst!«

Es ist schon bizarr. Da schaut man jahrelang seine Lieblingsfernsehserie, und erst zwei Jahrzehnte später erschließt sich einem der Sinn des Titels. Drei Leute, vier Fäuste, weil einer nicht hauen kann. Howie! Is doch klar! Bin ich beknackt! Flik kämpft weiterhin tapfer mit seinem Mai Thai, ich bleibe bei Wodka Tonic. Es dauert gar nicht lange, da haben wir uns beide ordentlich den Helm verdreht. Aus Angst, dieser wunderbare Zustand könne sich urplötzlich wieder in Luft auflösen, bestellen wir eine weitere Runde Giggelwasser und reden totalen Mist, selbstverständlich unter strengster Vermeidung der Worte »Marcia« und »Daniela«. Es gibt eben für alles seine Zeit. Kurz nach ein Uhr frage ich Flik, ob wir noch woanders hin wollen.

»Und wohin?«

»Ich hab da 'ne Idee! Genau das Richtige für uns!«

Flik ist einverstanden. Ich bin erstaunt, wie betrunken ich bin, als ich mich zum ersten Mal vom Barhocker erhebe. Auch egal. Der Abend läuft ohnehin schon auf Autopilot. Die Dinge passieren jetzt, wie sie passieren.

Vor den beiden Kölner Groß-Puffs ist die Hölle los. Fast so, als wären heute zehntausend Männer gleichzeitig von ihren Ehefrauen verlassen worden. Würde man sich an albernen Wortspielen erfreuen, die es schon Dutzende Male gegeben hat, würde man zu dem Auflauf »Stoßzeit« sagen und sich beömmeln über diesen ach so tollen Witz. Ich beiße mir gerade noch rechtzeitig auf die Zunge, denn mit unserem Taxifahrer ist nicht zu spaßen, das kann man schon am verblichenen gelben Ausweis mit dem grimmigen Foto in der Mitte des Armaturenbretts sehen. *Jupp Kreuzfeld* steht da nämlich. Fehlt nur noch der Warnhinweis »*Achtung, kölsches Original!*«.

Im Schneckentempo rollen wir ans Ende einer Taxi-Warteschlange. Ich bin dankbar, dass sich unser kölsches Original bisher in keinster Weise abfällig über unser Fahrziel geäußert hat.

»Können Sie irgendwie diskret hier halten?«, frage ich.

»Dat sin die zwei größten Puffs in NRW. Hier kamma nit diskret halten. 13 Euro 60!«

Da hat Jupp Recht. Ich gebe ihm fünfzehn, quäle mich aus dem Wagen und stelle mich neben Flik, der mit weit aufgerissenen Augen und hochrotem Kopf die Umgebung mustert.

»Das ist ja der Wahnsinn!«, keucht er. »Das is ja wie auf dem Rummel!«

»Ganz schön was los, wie?«, bestätige ich ihm weltmännisch, als wäre ich jede Woche hier. Tatsache ist, dass ich bisher ein einziges Mal hier war. Voll wie ein Eimer habe ich damals 50 Mark dafür hingeblättert, keinen hochzukriegen, um mich kurz darauf von einer angewiderten Taxifahrerin nach Hause bringen zu lassen. Das ist allerdings Jahre her. Heute ist meine zweite Chance. Flik hat sich offenbar bereits für eines der beiden Bordelle entschieden und schaut auf ein weißes Plastikbanner mit der Aufschrift *All you can fuck! 99 Euro.*

»Simon!«, ruft er. »Komm doch mal!«

Warum sollte ich? Das Banner ist groß genug. Man muss nicht näher kommen, um es besser zu lesen. »Ja ha …!«, lalle ich und stelle mich neben Flik.

»Was heißt das denn?«, fragt er ungläubig.

»Ich denke mal, dass die das so meinen, wie die das schreiben!«

»Echt?«

»Glaub schon!«

Kichernd wie thailändische Cocktailkellner torkeln wir rein. Seltsam. Ich hätte schwören können, dass ich mindestens eine halbe Stunde brauchen würde, um Flik zu überreden. Jetzt geht er sogar vor. Ein bulliger Türsteher mit Knopf im Ohr hält uns die Tür auf. Drinnen ist es stickig, der Teppich erstrahlt erwartungsgemäß in einem puffigen Rot. An der Kasse kann ich mich kaum konzentrieren, weil ein paar Meter dahinter schon das erste Mädchen auf einem Barhocker sitzt – in weißen Dessous! Wir zahlen beide 99 Euro und bekommen ein gelbes Plastikbändchen um die Hand. Ich lege meinen Arm um Fliks Schulter, was ihn aus dem Gleichgewicht bringt. Fast fallen wir gegen die Wand. Das Mädchen auf dem Barhocker kichert, der Türriese schaut uns ein weiteres Mal prüfend an. Wir wagen uns ein paar Meter weiter, vorbei an halb nackten Mädchen, von denen aber nur eine gut aussieht. Die Mädchen mustern uns, ja, sie ziehen uns fast aus mit ihren Blicken. Das ist doch männerfeindlich, oder nicht? Irgendwie hab ich plötzlich gewaltigen Bammel, ja fast Schiss. Ich ziehe Flik in eine kleine Bar, in der exakt drei Männer und drei Mädchen sitzen. Hinter dem Tresen raucht eine alte Barkeeperin einen Zigarillo. Aus quäkigen Baumarkt-Lautsprechern läuft Nik Kershaws *Wouldn't it be good*. Nein, wäre es nicht!

»Erst mal 'ne Pause!«, schnaufe ich, als wäre ich gerade mit hundert Touristen die Treppen zum Kölner Dom hochgestiegen.

»Aber wir haben doch noch gar nix gemacht!«, protestiert Flik.

»Trotzdem! Lass uns erst mal ankommen!«

»Von mir aus …«

Da sitze ich nun im Warteraum zur Grenze meiner eigenen Coolness. Die Papiere sind vorhanden, der Grenzübertritt wäre theoretisch jede Sekunde möglich, und doch habe ich einen gehörigen Respekt vor heimtückisch erkauftem Geschlechtsverkehr mit fremden Frauen. Es ist keine schöne Sache, wenn man besoffen feststellt, dass nicht mal das Image stimmt, das man von sich selbst hat. Nicht mal Simon Peters nimmt sich mal ebenso ein Taxi in den Puff und pikst drei Minuten später auf einer schäbigen Leih-Blondine herum.

Ich bestelle zwei Bier und zahle 16 Euro. Ich reiche Flik sein Glas und ziehe meines in zwei gigantischen Schlucken weg. Mir wird klar, dass ich, den Eintritt mitgerechnet, bisher 107 Euro für ein Kölsch bezahlt habe. Mir bleibt also sowieso keine andere Wahl als Angriff. Ich klopfe Flik auf die Schulter.

»Die hamuns heute ganschöngefickt, was, Flik?«

Ich merke, dass sich die Beck's, Wodka Tonics und Kölschs gegen mein Sprachzentrum verbündet haben. Sagen wir so: Die Tagesthemen dürfte ich jetzt nicht mehr vorlesen.

»Das kannstelautsagen!«, bestätigt Flik.

Flik übrigens auch nicht.

»Aber nichmituns!«, lalle ich.

»Nich miuns!«

»Wir ficken zurück!«

»Eswirdsurückgefickt!«

Unter den skeptischen Blicken der abgehalfterten Bardame stoßen wir an. Als ich mich ein wenig nach links drehe, steht eine Schwarze neben mir und lächelt mich an. Huch – nicht, dass die das mit dem Ficken mitbekommen hat. Gerade noch rechtzeitig vor einer Entschuldigung für schludrige Wortwahl fällt mir ein, wo ich hier sitze: in einem Puff! Und in einem Puff darf man Ficken sagen. Also erwidere ich einfach nur ihr Lächeln. Als ich Flik zuzwinkern will, unterhält der sich schon mit einer kleinen Thaifrau in weißen Leggins.

»Wanna have some fun?«, fragt mich die Schwarze. Sie sieht gar nicht schlecht aus, Mitte 40, tippe ich, gepflegt, aber nicht gerade schlank. Wenn ich meine sieben Bier und drei Wodka Tonic abziehe, dann sieht sie allerdings schon schlecht aus. Auf der anderen Seite sehe ich ja heute auch schlecht aus. Leider weiß ich nicht, ob die Leihdame afroamerikanischer Herkunft noch ein wenig schöner wird, wenn ich weitersaufe.

»Where d'you come from?«, frage ich aus reiner Höflichkeit und bemerke zu meinem Entsetzen, dass Flik Hand in Hand mit der Thaimaus abdampft. Ja, sieht die denn nicht, dass der zu dick ist und College-Slipper trägt? Ich verstehe die Welt nicht mehr. Kein Wunder, dass man Prostituierten immer nachsagt, sie hätten gar keinen Geschmack.

»Dominican Republic. My name is Wanda ...«, haucht die Schwarze und greift mir einfach so an den Sack. Ich kralle mich an meinem leeren Kölschglas fest und hoffe, dass es nicht zerspringt. Nein, ich will nicht mit der Erstbesten abdampfen ins Separée der horizontalen Verkeilungen. Wenn ich nicht höllisch aufpasse, dann hat mich die karibische Dame in exakt fünf Minuten in der Kiste. Flik ist auch nicht mehr da. Dafür massieren Wandas Finger inzwischen kräftig meine hilflosen Geschlechtsorgane. Ich will das gar nicht. Aber: Kann man einer Dame so was sagen? Verlöre sie dann nicht ihr Gesicht? Irgendwas sollte ich natürlich sagen. So was wie: ›Entschuldigung, aber das ist mein Sack‹?

Nicht so toll. Während ich gegen eine Erektion kämpfe, krault die Gute, was sie zwischen ihre langen Finger bekommt. Bitte, bitte, jetzt keine Erektion! Ich könnte an den Wiener Platz in Köln-Mülheim denken. Der ist so hässlich, mit dem bekomme ich sonst jeden Orgasmus um Stunden hinausgeschoben.

»You like it?«, fragt mich Wanda.

»Yes, not bad«, sage ich, denn nach zwei Minuten ohne Alkohol wirkt die Dame eher wie Mitte fünfzig.

»I make everything you want. I give you a blowjob you will never forget!«

Das glaube ich, dass ich den nicht vergesse, mein Liebchen! Die alte Barkeeperin hinter dem Tresen lächelt mir zu, als wolle sie sagen »Mach nur, min Jong, soll dein Schaden nit sin!«.

Aber ich kann nicht. Stattdessen stelle ich die dümmste Frage, die man einer dominikanischen Prostituierten stellen kann, die gerade ihre Finger an deinem Sack hat.

»The Dominican Republic«, frage ich. »I always wanted to know what political system you have got there ... democracy?«

Offenbar nicht, denn in diesem Augenblick nimmt mich Mamma Bacardi an der Hand und führt mich weg. Einfach so. Da haben wir's! Die Dominikanische Republik ist eine Diktatur. Wir erreichen ein kleines Zimmer mit einem großen Bett. Wanda schließt die Tür und zieht mich aus. Ich wehre mich nicht. Das wäre auch alles andere als ratsam in Diktaturen, denn dort zählt der Wille des Einzelnen rein gar nichts. Nur wer sich stumm unterordnet, dem passiert nichts. Als ich nur noch meine bunten Boxershorts anhabe, schubst Wanda mich aufs Bett, macht aber keine Anstalten, sich selbst auszuziehen. Ist das normalerweise nicht andersherum? Innerhalb von Sekunden rollt sie meinem kleinen Simon einen Pariser über. Das sind halt Profis, denke ich mir. Das machen die schon toll.

»Tolltoll!«, sage ich laut. Dann wird es plötzlich warm im Schritt. Ich hebe meinen Kopf und sehe etwas, was man landläufig als Oralverkehr bezeichnen würde. Den Unterschied zu handelsüblichen Pornofilmen mache ich auch schnell aus: Ich bin dabei! Wie schön, denke ich mir noch, dass ich da mal dabei bin. Dann komme ich auch schon. Nichts Besonderes eigentlich, ich sage nicht mal »Ahhh« oder »Huuuh«, so wie die anderen in den Pornofilmen, ich komme einfach nur. Dann schneidet mir Wanda einen Teil meines gelben Armbändchens ab und steckt es weg. Ahhh …, so wird das verrechnet, denke ich mir. Aus dem kleinen Bad höre ich Wasser rauschen. Ich finde es seltsam, dass sie sich die Hände wäscht, wo sie mich doch gar nicht berührt hat, also nicht so richtig. Ich bemerke, dass ich noch immer wie ein Erschossener nackt auf Wandas Bett liege. Gibt es etwas Entwürdigenderes als einen besoffenen, nackten Mann mit schlaffem Pariser und bunten Boxershorts im Bett einer Nutte?

»Had some fun?«, fragt mich Wanda und schmeißt mir meine Klamotten aufs Bett. Komisch. War die nicht eben noch netter?

»Yes! Thank you!«, sage ich und will mich noch entschuldigen, dass ich so früh gekommen bin, aber sie beachtet mich gar nicht mehr. Dann ziehe ich mich an, so schnell ich kann, und trotte nach draußen. Über mir weht das *All you can fuck*-Banner. Na, Weltklasse! Denen hab ich's ja gezeigt. Es wird zurückgefickt! Hahahaha. Ich setze mich auf eine Mauer und zünde mir eine Kippe an. Sie schmeckt scheußlich. Was Flik wohl macht? Wird Zeit, dass er rauskommt.

Ich bin halb erfroren, als ich Flik endlich sehe. Er verlässt das Bordell triumphierend wie ein Feldherr nach einer gewonnenen Schlacht. Ein Gesichtschirurg bräuchte zwei Wochen, um das beknackte Lächeln aus seinem Gesicht zu fräsen.

»Siiimmmonnnnnn!«, brüllt er, wie Besoffene nun mal brüllen, und umarmt mich. »Das war ja sooo geil!«

»Was war geil?«, frage ich angepisst.

»Ich hab die voll verarscht, ich hab mit sieben Frauen gepennt! Sieben!«

Ich starre Flik an wie ein Koala auf eine brennende Eukalyptusplantage.

»Siiiieben? Du hast keine sieben Frauen gevögelt, so besoffen wie du bist!«

»Doch! Ich sag ja, ich hab die voll verarscht. Ich bin einfach nur bei der letzten gekommen!«

Ich verstehe gar nix mehr.

»Und vorher? Da biste nicht gekommen, oder was?«

»Ich hab so getan! Geil, oder? Also konnte ich weitervögeln! Du hast doch gesagt, jetzt wird zurückgefickt!«

Erst jetzt wird mir das ganze Ausmaß des Flik'schen Plans klar.

»Sekunde mal, Flik. Willst du mir gerade erzählen, du hast soeben sechs Nutten einen Orgasmus vorgetäuscht?«

»Wahnsinn, oder? Ich hab eben mit mehr Frauen geschlafen als in meinem ganzen Leben davor!«

Respekt. DAS ist Chef. Das muss man ihm lassen. Dass
ich da nicht drauf gekommen bin. Der dicke Flik hat echt
jeden Cent aus dieser Bruchbude rausgevögelt.

»Und bei dir?«

»War auch klasse. Ich hatte 'ne Schwedin. Ging fast 'ne
Stunde!«, lüge ich.

»Dann bin ich ja froh, dass du nicht die fette Schwarze
aus der Bar hattest!«, beömmelt sich Flik. »Wie hieß die
Alte? Wabbel?«

Ich weiß nicht, warum ich es sage, es kommt einfach so
über mich. Womöglich hat es damit zu tun, dass Flik mich
provoziert hat, mit seiner Sieben-Frauen-Nummer.

»Ich war mit Daniela aus!«, sage ich ruhig.

»Was?« Flik bepisst sich noch immer über seine Aktion.

»Ich sagte, ich war mit Daniela aus!«

Schlagartig wird es still um Flik.

»Daniela? Mit meiner Daniela?«

»Es war nix. Ich hab nix gemacht. Sie hat sich halt leider
trotzdem verknallt in mich.«

In genau dieser Sekunde wünschte ich, ich hätte es nie
gesagt. Flik blickt mich nur stumm an. »Es tut mir Leid!«,
sage ich. Flik ringt nach Luft. Ich kann nur ahnen, wie er
sich fühlt.

»Wann?«

»Ich bin zu Spanisch gegangen, ich … wollte nur gucken,
wie sie ist, deine Daniela!«

»Gestern!«, seufzt Flik und setzt sich auf die Mauer neben mich.

»Deswegen war die so komisch am Telefon!«

Mir wäre lieber, er würde mir ordentlich eine aufs Maul

hauen. Stattdessen sitzt er nur da wie ein Häufchen Elend und starrt auf den Puffeingang.

»Es ist ganz und gar nix passiert, Flik. Wir waren nur was trinken, und irgendwie fand sie mich halt gut und … na ja … ich hab wirklich nix gemacht und … ist echt besser für dich!«

Ich biete Flik eine Zigarette an. Er nimmt sie, raucht sie aber nicht. Stumm sitzen wir da. Ich rauche, er guckt. Ich könnte mir echt in den Arsch treten. Was muss er mich auch so provozieren! Egal. Alles, was ich jetzt noch sage, macht die Sache noch schlimmer. Als ich aufgeraucht habe, steht er auf und sagt einen Satz, der mir vermutlich noch bis ans Lebensende in meinem Kopf herumspuken wird. Er sagt ihn deutlich und er meint jede verschissene Silbe exakt so, wie er sie sagt.

»Ich fände es besser, wenn wir keine Freunde mehr sind, Simon!«

Ich nicke. Dann geht Flik.

WENN SIE EINE ZITRONE HABEN

Der Mann, der mir an diesem eiskalten Montagmorgen keinen Millimeter von der Seite weicht, ist klein, trägt einen grauen Anzug und eine schwarze Aktentasche. Der Mann, der mich nicht eine Sekunde aus den Augen lässt, hat keine Ahnung davon, wie mir nach diesem schrecklichsten aller Wochenenden zumute sein könnte. Dieser Mann kommt im Auftrag der Leute, denen ich Geld für Strom und Gas schulde. Und er hat gesagt, dass er nur dieses eine Mal eine Ausnahme macht. Die Ausnahme sieht so aus, dass er mich zum Geldautomaten begleitet, damit ich ihm die 561 Euro bar in die Hand drücken kann. Warum ich mir um neun Uhr morgens so was antue? Ganz einfach: Ich habe keine Wahl. Angeblich wäre ich mehrfach angemahnt worden, die Summe zu zahlen. Ich habe den kleinen Mann gefragt, wie ich das denn wissen solle mit den Mahnungen, wo ich doch nie Zeit habe, die ganzen Briefe aufzumachen. Da hat er gelacht, der kleine Mann, und hat gesagt, wenn ich so wenig Zeit hätte, dann würde ich ja sicherlich viel arbeiten und wäre also ziemlich reich, und dann könnte ich ihm ja gleich die 561 Euro geben. Das war der Punkt, an dem ich anfing, den kleinen Mann zu hassen.

»Bei welcher Bank sind Sie denn?«, fragt der kleine

Mann mit ernster Miene, als wir nach zehn Minuten immer noch nicht am Automaten angekommen sind.

»Stadtsparkasse Köln«, sage ich.

»Aha!«, antwortet er, als sei allein der Name schon ein schlechtes Zeichen. Wobei er auch Recht haben könnte. Sobald man dort auch nur einmal den Hauch eines Problems hat, den Dispo zurückzuzahlen, ist es vorbei mit Kalendern, Kugelschreibern und Kulanz.

»Ich komme mit Ihnen rein!«, sagt der kleine Mann, als wir das Foyer meiner ungeliebten Sparkassenfiliale erreichen.

»Wie Sie wollen«, sage ich, stecke meine EC-Karte in den Schlitz des Automaten und bete, dass mein pinker Arbeitgeber schon überwiesen hat. Während ich meine PIN eintippe, informiert sich der kleine Mann an einem großen Ständer mit Bankbroschüren über Altersvorsorge.

Ich bin sehr nervös, denn selbst für mich ist mein Kontostand ein absolutes Geheimnis. Monatelang habe ich es für sicherer gehalten, die böse Zahl gar nicht erst zu wissen. Ich musste sie auch nicht sehen, beim Abheben, denn ich bin zu groß, um sie zu sehen. Der Bildschirm ist nämlich so angebracht, dass alle Kunden über 1,80 m in die Knie gehen müssen, um die rechte obere Ecke der Anzeige einzusehen. Meiner Meinung nach ist das die Rache des kleinen Mannes. Die kleinen Männer wollen nämlich, dass sich die großen Männer unwissentlich verschulden und so weder Haus noch Frau halten können. Und dann schlagen sie zu, die kleinen Männer, und bieten überteuerte Kredite an, und alles wird noch schlimmer, und dann übernehmen sie dein Haus und deine Frau und holen deine Kinder in teuren Luxuslimousinen vom Kindergarten ab. So sieht das aus mit den kleinen Männern. Sie wollen, dass jeder über 1,80 m spätestens mit dreißig in der Gosse landet.

Ganz vorsichtig gehe ich in die Knie.

10 678,98 Euro Soll. Das kann nicht sein!

»Alles klar?«, fragt der kleine Mann.

»Aber logo!«, huste ich und versuche, mit meinem Fingernagel das Minus vor der Summe wegzurubbeln. Es müsste schon ein Wunder geschehen, wenn mir diese Dreckskiste bei dem Kontostand noch was ausspuckt. Ich berühre das Feld »Andere Beträge« und fordere 600 Euro an. Aus dem Inneren der Maschine höre ich ein Fiepen und Rattern, dann scheint irgendetwas gedruckt zu werden, und schließlich lese ich auf dem Bildschirm: *Bitte setzen Sie sich mit Ihrem Bankberater in Verbindung.*

Mein letztes Fünkchen Hoffnung auf eine Rückgabe meiner Karte erlischt, als der Automat Sekunden später den nächsten Kunden auffordert, seine Karte einzuführen. Der nächste Kunde wäre wieder ich, aber das weiß so eine bekloppte Kiste natürlich nicht. Und natürlich werde ich mich nicht mit meinem Bankberater in Verbindung setzen, weil ich den nicht mag, seit ich keine Kalender mehr bekomme. Bestenfalls werde ich ihm ein aus Beton gegossenes Minus an seine rahmengenähten Lederschuhe binden und ihn dann in einem idyllischen, kleinen Baggersee versenken.

»Gibt es ein Problem?«, fragt der kleine Mann und versucht, mit seinen kleinen Augen einen Blick auf den Bildschirm zu erhaschen.

»Ja«, sage ich und stecke mein Portemonnaie wieder ein.

»Ein großes Problem?«

»Sagen wir, größer als Sie!«

Das hätte ich mal besser nicht gesagt.

»Das reicht. Wir gehen zurück zu Ihrer Wohnung!«, sagt der kleine Mann wütend.

»Und dann?«

»Stelle ich Ihnen Strom und Gas ab!«

»Es ist Winter!«

»Das können Sie ja später dem zuständigen Sozialamt erzählen.«

»Ich habe 'ne Freundin beim *Express*, die macht da 'ne Riesenstory draus!«, drohe ich ihm. »Da war ich gestern, die zahlen auch nicht!«, antwortet er ruhig und geht aus dem Foyer der Bank, wie kleine Männer nun mal aus Foyers gehen.

»Das war nicht so gemeint!«, sage ich, als wir draußen sind.

»Was war nicht so gemeint?«, fragt mich der kleine Mann, macht dabei aber keine Anstalten, stehen zu bleiben.

»Na, dass ich das gesagt habe! Wenn Sie noch zehn Minuten haben, dann besorge ich mir das Geld von einem Kollegen!«

Der kleine Mann sagt nicht »ja, prima«, aber immerhin bleibt er schon mal stehen. Ich kann mich nicht erinnern, wann ich das letzte Mal jemandem so in den Arsch gekrochen bin. Womöglich gefällt dem kleinen Mann ja sowas. Vermutlich ist das sogar der Grund, warum er genau so einen Job macht.

»Was ist das für ein Kollege, welche Firma, wie weit?«, will er wissen.

»Um die Ecke, ein Verkäufer, T-Punkt!«

»Mein Handyakku spinnt in letzter Zeit!«, sagt der kleine Mann. »Läuft nur noch eine Stunde, obwohl er ganz neu ist!«

»Ich kümmere mich drum!«

Der kleine Mann schaut in einen großen Terminkalender und ist einverstanden, da sein nächster Termin ohnehin in der Nähe sei.

Letztendlich ist es mein bebrillter Kollege Volker, der zähneknirschend vor den Augen des kleinen Mannes eine Online-Überweisung über 561 Euro ausfüllt.

»Na, hätten wir das ja doch noch hingekriegt«, sagt der kleine Mann, steckt seinen fabrikneuen Handyakku ein und mir seine Visitenkarte zu.

»Wenn Sie mal ein besonderes Angebot haben für diese Handy-Organizer, dann können Sie mich anrufen. Die sollen ja sehr praktisch sein!«

»Das mache ich gerne«, lüge ich, halte ihm überfreundlich die Ladentür auf und speichere die Nummer in meinem Handy, um ihn fortan jede Nacht gegen zwei Uhr mit anonymen Anrufen zu belästigen. Ich gehe zum Wasserspender und fülle mir einen halben Tropfen Quellwasser in ein Papierhütchen. Von meinem Kollegen Volker strahlt eine gewisse Nervosität aus, die bis zu meinem Wasserspender herüberreicht. Irgendetwas ist passiert, da gibt's kein Vertun, es liegt was in der Luft, ich kann es spüren.

»Geh mal zur Chefin hoch, Simon!«, zischt er gepresst, als ich mein Hütchen in den Abfall befördere.

»Was ist denn?«, flüstere ich.

»Da sind Leute bei ihr, die dich sprechen wollen!«

»Oh! Und wo ist Flik?«, flüstere ich.

»Ist krank, kommt später«, lautet die knappe Antwort.

Gott sei Dank. Ich muss erst mal meine eigene Birne sortieren, bevor ich ihm gegenübertrete. Wird sicher nicht leicht, die Zusammenarbeit mit Flik, nach dem ganzen Mist. Ich werfe meine Tasche hinter den Verkaufstresen, als mir Volker ein weiteres Mal zuflüstert, dass ich zur

Eule soll. Mehr kann er nicht sagen, denn der erste Kunde, ein pubertierender Schulschwänzer mit einer dicken, weißen Plastikjacke, ist in den Laden gekommen und überprüft nun das Gewicht unserer funktionsuntüchtigen Handymodelle. Er wäre nicht der Erste, der so debil ist, eines davon zu klauen.

»Ach, Simon?«, wiederholt Volker gespielt freundlich.

»Ja?«

»Schaust du gerade mal zur Chefin hoch?«

»Sehr gerne«, sage ich und zeige ihm meinen Mittelfinger. Der schwach begabte Schulschwänzer muss grinsen.

Stöhnend schleiche ich mich die zwei Treppen hoch, allerdings nicht zu meiner Chefin, sondern in unseren Aufenthaltsraum. Ich schiebe die Tür auf und taste nach dem Lichtschalter. Flackernd springen die Neonröhren an. Es riecht nach schimmelndem Müll und kaltem Rauch. Seltsam, hier war auch noch keiner. Ich stelle das Fenster auf Kipp, gieße mir eine Tasse Kaffee ein und lasse mich in einen Korbstuhl fallen.

Gerade als ich mein Handy auf den fleckigen Tisch lege, klingelt es. *Paula* steht auf dem Display. Ich gehe nicht ran. Ich nehme einen Schluck Kaffee und spucke ihn sofort wieder aus, weil er wie ein albanischer Kaninchenfurz schmeckt. Wahrscheinlich von Samstag! Ich stelle die Kanne weg, atme dreimal tief durch und schleppe mich hoch ins Eulenbüro. Die Tür ist nur angelehnt, und ich höre Stimmen. Oha! Die Eule hat Herrenbesuch! Seltsamerweise kommen mir die Stimmen sogar bekannt vor. Ich atme noch mal tief durch, setze mein unverbindliches Verkäuferlächeln auf und drücke die Tür auf. Als ich sehe, wer da ist, zieht es mir sämtliche Stockwerke des Gebäudes unter meinen ungeputzten Adidas-Sneakern weg. Vor der Eule sitzen die beiden Betonpullover aus dem Spanischkurs. Diesmal allerdings in Polizei-Uniform.

»Ah!«, sagt Malte.

»Ha!«, grinst Broder.

»Oh!«, sage ich.

Meine Chefin sagt nichts.

Ich taste nach einem Stuhl, um mich zu setzen, denn mir wird ein wenig schummrig ums Gemüt. Irgendetwas Matschiges macht sich um meine Knie breit, und auch im Kopf summt es plötzlich wie in einem Elektrizitätswerk. Ist das schon dieser Tinnitus, von dem alle reden? Ich setze mich vorsichtig.

»Na? Nach dem Kurs noch ein bisschen Spaß gehabt, Nils?«, fragt mich Malte.

Die Eule schaut auf und zieht ihre Stirn in Falten. »Nils?«, fragt sie.

Ich kann nicht glauben, dass ich im Spanischkurs letzte Woche den halben Abend neben zwei Bullen gesessen habe. Ich werde diesen Soyjulián verklagen, weil er keine Berufe mit uns durchgenommen hat!

»Sie wissen, warum wir hier sind?«, fragt mich Malte.

»Hausaufgaben abschreiben vielleicht?«, feixe ich. Die beiden schütteln den Kopf.

»Vielleicht eine andere, noch pfiffigere Idee?«, fragt mich Broder.

»DSL-Anschluss funktioniert nicht?«, tippe ich.

»Das mit dem Telefon ist gar nicht so schlecht!«, konstatiert Broder, während die Eule wieder auf ihren Schreibtisch starrt und auf einem Block herumkritzelt.

»Ich weiß es nicht!«, gebe ich zu, weil das offenbar das ist, was die beiden Schwachköpfe hören wollen. Durch die Bürojalousie sehe ich Marcia in ihrer Starbucks-Uniform.

Sie schäumt wie immer Milch, nur diesmal scheint sie weiter weg als sonst, fast wie in einer anderen Dimension. Ein Fall für Captain Future? Die Eule legt ihren Stift weg und steht auf. Huh! Jetzt wird's unangenehm!

»Simon, als ich gesagt habe, du sollst dich um den Handyvertrag mit der Achtjährigen kümmern, da hab ich nicht gemeint, dass du in das Haus einsteigst, sondern dass du mit den Eltern redest!«

Daher weht der Wind. Ich hatte die Sache komplett vergessen.

»Ich hab die Sache eben auf meine Weise geregelt«, verteidige ich mich.

»Ich muss Sie darauf hinweisen«, unterbricht mich Betonbulle Malte, »dass Sie Beschuldigter in einem Strafverfahren sind und sich zum jetzigen Zeitpunkt nicht zum Tathergang äußern müssen! Personalausweis, bitte.«

Was ist das denn für eine Wortwahl? Beschuldigter in einem Strafverfahren? Kein Wunder, dass der solche Schwierigkeiten mit Spanisch hat. Sein Deutsch versteht ja schon keiner! Irritiert ziehe ich mein Portemonnaie aus meiner Hose und durchwühle es nach meinem Perso. Ich finde ihn hinter meinen vier Videotheken-Mitgliedskarten und einem Friseur-Rabattheft und gebe ihn an Malte weiter.

»Haben Sie einen Anwalt?«, fragt er mich.

»Was will ich denn mit einem Anwalt? Ich kann auch ohne fremde Hilfe reden!«

»Dann tun Sie das doch mal«, raunzt er mich an und hält meinen Perso direkt vor seine speckige Kassenbrille. »Seit drei Jahren abgelaufen, aber eindeutig Simon Peters!«, lacht er. Hahahaha! Das ist dann wohl so eine Art Bullenhumor. Ich stelle mir die Frage, was denn so schrecklich komisch daran ist, wenn ein Ausweis abgelaufen ist.

Ich hab das dringende Bedürfnis, ein paar Sachen klarzustellen. Weil ich aber immer noch ein bisschen durcheinander bin, kriege ich nur ein »Ich …« heraus. Dafür sage ich das Wort so lange hintereinander auf, bis mir Bulle Broder ins Wort fällt.

»Fangen wir doch mal ganz einfach an. Wo waren Sie heute Morgen?«

»Zu Hause!«

»Wir waren auch bei Ihnen. Warum haben Sie nicht aufgemacht?«

»Ich dachte, Sie wären die Müllabfuhr!«

»Vorsichtig!«

»Was genau ist denn jetzt das Problem? Ich weiß gar nicht …«

»Das hier ist das Problem!«, grinst Betonbulle Malte und schiebt eine Kassette in den Bürovideorecorder der Eule.

Ich stelle die komplett unnötige Frage »Was ist das?«, denn nach einigen Streifen und Schnee auf dem Bildschirm weiß ich, was es ist: ein Video von mir, das eine Überwachungskamera im Flur des Hauses aufgenommen hat, in dem ich mir den Vertrag und das Handy gemopst habe. Das Bild ist grün und erinnert mich an die CNN-Bombenbilder aus dem ersten Irakkrieg. Leider ist die Qualität besser. Vier Augenpaare starren auf den Bildschirm, als ich besoffen im Flur zur polyphonen Handymelodie von Ricky Martin singe und tanze. Die beiden Betonbullen machen sich nicht mal die Mühe, ein Grinsen zu unterdrücken. Die Eule schaut betröppelt aus dem Fenster. Offenbar kennt sie das Video schon.

»Netter Hüftschwung!«, sagt der Betonbeamte Broder.

»Das ist das erste Beweismittel, das wir auch noch als

Salsakurs nutzen können!«, scherzt sein Kollege. Ich lache mich tot, du Arsch.

»Schauen Sie doch mal hin, Herr Peters, jetzt kommt die beste Stelle!«

An der »besten Stelle« stehe ich, mit meinem Handy im Anschlag, neben der Tür zum Arbeitszimmer, rufe »FBI! Freeze you motherfuckers!« und kicke mit großer Geste die Tür auf.

»Müssen wir das unbedingt zu Ende gucken?«, winsle ich.

»Also, wir und die Kollegen, wir sehen das immer wieder gerne!«, freut sich Broder.

Ich hätte die beiden Volldeppen im Kurs doch noch mehr verarschen sollen.

»Ach Simon!«, seufzt meine Chefin. »Was machst du denn immer so einen Mist?«

»Ich konnte ja nicht wissen, dass die mich auf Video aufnehmen!«, wehre ich mich. Die Eule steht auf. Ihre sonst so weißen Bäckchen strahlen jetzt in einem hellen Rojo.

»Du kannst doch nicht nachts in das Haus eines Kunden einsteigen und ein Handy klauen!«

»Ich hab nix geklaut. Ich habe es zurückgekauft! Da muss ein Euro auf dem Tisch gelegen haben!«

»Und wenn Sie 1000 Euro hingelegt hätten«, schaltet sich Broder ein, »Einbruch bleibt Einbruch!«

»Das war kein Einbruch. Die Tür war offen«, protestiere ich. »Und wie kommen Sie überhaupt darauf, dass ich hier arbeite, im T-Punkt?«

Stöhnend verdreht Broder die Augen.

»Erstens haben Sie an diesem Abend ›Telekom, die machen das‹ auf den Anrufbeantworter gerülpst, dann haben wir das Band der kleinen Ulrike vorgespielt, die hat Sie auch erkannt, und dann haben wir sie letzte Woche auch noch im Jonny Turista gesehen.«

Einmal erkannt hätte gereicht. Aber ich Depp muss mich ja dreimal erkennen lassen.

Betonbulle Broder drückt auf Stopp und entnimmt die Videokassette. »Wie auch immer«, sagt er, »ich denke, die restlichen Fragen stellen wir auf der Wache!«

»Wie ... Wache?« Jetzt rutscht mir endgültig das Herz in die Jeans.

Das mit der Wache scheint für alle im Raum so selbstverständlich zu sein, dass mir keiner antwortet. Oder bin ich plötzlich unsichtbar? Gibt es mich vielleicht schon gar nicht mehr? Ich beiße mir in den Arm, was sehr wehtut, mich aber ungemein erleichtert, denn offenbar gibt es mich noch. Aber Wache? Ich war in meinem ganzen Leben noch nicht auf einer Wache. Komme ich ins Gefängnis? Wenn ja, wie lange? Vor ein paar Wochen hab ich einen Bericht über ein Gefängnis bei *stern-TV* gesehen, das hat mir gar nicht gefallen. Das Klo in der Zelle hatte nämlich keinen Deckel, und so was macht mich wahnsinnig. Broder und Malte stehen auf, und ich bin sehr froh, dass mir keiner der beiden Handschellen anlegt.

»Was passiert jetzt?«, fragt die Eule. Gute Frage. Das würde ich auch gerne wissen.

»Wir bringen ihn zur Wache, machen ein Protokoll, und wenn alles glatt läuft, haben Sie ihn am Nachmittag wieder.« Die Eule nickt stumm und schaut aus dem Fenster. Irgendwie tut sie mir Leid. Dann gehe ich mit Broder und Malte aus dem Büro. Als wir die Treppe runtergehen, kommt uns Flik entgegen. Er kriegt seinen Mund gar nicht mehr zu, als er mich zusammen mit Malte und Broder in Uniform sieht.

»Alles klar, Flik?«, sagt Malte.

»Was …?«, fragt Flik.

»Hast deinen Kollegen bald wieder, Amigo«, lacht Malte und klopft Flik jovial auf die Schulter. Muy bien! Ich habe selten so eine gute Parodie einer Salzsäule gesehen wie in dieser Sekunde von Flik.

Ich darf, zum ersten Mal in meinem Leben, auf der Rückbank eines Streifenwagens Platz nehmen. Keiner sagt ein Wort, lediglich der Polizeifunk quäkt ab und an. Ein graues, fast irreales Köln zieht am Seitenfenster vorbei. An einer Kreuzung überquert ein lachendes Pärchen mit einem Adventskranz die Straße. Ganz bestimmt werden sie ihn in ihre gemeinsame Wohnung tragen, und dann werden sie auf den ersten Advent warten und eine Kerze anzünden und so was sagen wie: ›Oh … schon wieder erster Advent, das Jahr ging ja schnell vorbei.‹ Zum Kotzen ist so was! Der Streifenwagen bleibt sehr lange stehen an dieser Ampel, aber die Stadt zieht weiter vorbei, immer weiter, mit all ihren hässlichen Nachkriegsbauten und langweiligen Modeketten, die es in jeder Stadt gibt, und mit all ihren gehetzten Menschen, die es auch in jeder Stadt gibt und die immer irgendwohin müssen, statt mal eine Sekunde irgendwo zu bleiben. All dies zieht vorbei wie in einem bizarren Traum, in dem ich gar nicht mehr vorkomme. Irgendjemand hat mich rausgenommen aus dem Society-Monopoly, und jetzt muss ich entweder eine Runde aussetzen, oder ich bleibe draußen, bis ich zufällig dreimal eine Sechs würfle. Ich hab aber keine Würfel. Kopf oder Zahl? Wenn ich gewinne, darf ich nach Hause, und alles wird gut. Wenn ich verliere, muss ich in den Knast. Bitte gehen Sie direkt dorthin! Ob Lala auch im Gefängnis putzt? Vielleicht komme ich ja auch endlich aus dem Vertrag mit meinem Schwulen-Fitnessstudio, wenn ich im Knast sitze.

Wir biegen in eine Hofeinfahrt, und dann hält der Wagen neben vielen anderen Polizeiwagen, und ich muss wieder Treppen steigen. Die Treppen sehen genauso aus wie im Laden, und dann werde ich vor einen schlecht gelaunten, dicken Mann mit einer großen Brille gesetzt, der alle Sachen, die ich sage, in einen schmutzigen Computer tippt und mich dabei nur zweimal anschaut. Ich beantworte alle Fragen wie unter Hypnose. Dann sagt der dicke Mann irgendwas mit Staatsanwaltschaft und Anklage erheben und dass ich vorgeladen würde und mit einer Geldstrafe zu rechnen hätte. Ich frage, ob ich jetzt ins Gefängnis komme, und er sagt, dass das unwahrscheinlich wäre. Ich sage »Das ist schön«, und ein paar Fragen später darf ich gehen, und ich sage »Auf Wiedersehen«.

Ich brauche eine knappe Stunde zurück zum T-Punkt-Laden, weil ich zu Fuß gehe. Eine knappe Stunde, nur um zu erfahren, dass ich nicht mehr im T-Punkt arbeiten werde.

»Es tut mir Leid«, seufzt die Eule, und ich habe den Eindruck, dass die Geschichte sie schlimmer trifft als mich.

»Das war nicht meine Entscheidung, Simon. Ich kann da im Moment echt nichts für dich machen.«

»Ich weiß«, sage ich, und »es tut mir auch Leid.«

»Du musst dich um dich kümmern«, beschwört mich die Eule.

»Mach mal Urlaub, entspann dich, denk nach.«

»Ich komm doch gerade aus dem Urlaub!«, sage ich.

»Dann fahr zu deiner Schwester ins Krankenhaus, die braucht dich jetzt!«

Stimmt!«, sage ich. »Da könnte ich wohl mal hinfahren …«

»Ach Simon«, seufzt die Eule, »wir bleiben in Kontakt, ja?«

Natürlich.

Ich stehe auf und sage »Na, dann …«

Die Eule erhebt sich auch. Sie lächelt mich sogar an. Leicht fällt es ihr nicht.

Dann sagt sie auch »Na, dann …«

Ich frage mich, ob ich sie zurück in den Stuhl schubsen oder umarmen soll. Ich tue keines von beiden. Ich gehe nur.

Leise, wie ein Einbrecher, schleiche ich mich die Treppen zum Hinterausgang hinunter. Nicht, dass ich auch noch Flik in die Arme laufe. Ich will nur nach Hause.

Ich drücke auf *Simon Peters,* als ich vor den Klingeln meines Apartmentblocks stehe. Ich klingle zweimal, dreimal, doch es ist keiner da. Enttäuscht gehe ich weiter und überlege, was ich solange machen soll, bis ich zurück bin.

Nach ein paar Metern bleibe ich stehen und halte die Luft an. ICH bin Simon Peters. Vielleicht sollte ich ja tatsächlich sofort wieder in den Urlaub. Nachdenklich gehe ich zurück, schließe die Eingangstüre auf und fahre hoch in den vierten Stock. Ich stehe im wahrsten Sinne des Wortes neben mir, kann mich selbst sehen, wie ich meinen Schlüssel ins Schloss stecke, die Tür öffne und eintrete. Hallo? Bin ich das? Ich zwicke mich wieder, und wieder tut es weh. Also bin ich ich. Aber war ich es auch, der mich gezwickt hat? Alles, was ich tue, kommt mir seltsam gedämpft vor, fast so, als hätte mich jemand in einen großen Fernsehkarton mit viel Blubberfolie gepackt. Ganz vorsichtig lasse ich meine Tasche zu Boden gleiten. Ich müsste meine Hände waschen und dringend auf die Toilette. Aber ich habe keine Kraft dazu. Stattdessen setze ich mich langsam auf meinen *Jennylund*-Sessel. Neben mir liegt *Sorge dich nicht, lebe*. Ich greife nach dem Buch und schlage es an irgendeiner Stelle auf.

Wenn Sie eine Zitrone haben, machen Sie Zitronenlimonade daraus.

Mensch! Wenn ich das zwei Tage früher gewusst hätte, dann wäre das alles nicht passiert! Ich schmeiße das Zirtonenbuch in Richtung Plasmafernseher und zünde mir eine Kippe an.

DIE GLÜHWÜRMCHENSEILBAHN

Das ist La Dolce Vita für zu Hause! steht auf der Verpackungsrückseite meiner Prosciutto-Rucola-Pesto-Pizza. Ich lese weiter. *Genießen Sie die sorgfältige Auswahl bester Zutaten auf einem Boden, dem das einzigartige Aromabackverfahren spezielle Frische und Knusprigkeit verleiht.*

Fast habe ich ein schlechtes Gewissen wegen der Pizza. Darf ich so etwas sensationell Einzigartiges überhaupt kaufen, geschweige denn aufessen? Ganz alleine? Hat der Hersteller nicht das Recht, seine Kunden ein wenig auszusieben, wenn er sich schon so eine unglaubliche Mühe macht mit der Auswahl der Zutaten und diesem einzigartigen Aromabackverfahren? Womöglich hat er wochenlang nicht geschlafen, weil sein neues Aromabackverfahren dem Boden noch keine spezielle Frische und Knusprigkeit verliehen hat. Und dann komme ich! Nichts ahnend und unwürdig schlurfe ich in den Supermarkt, packe gleich den gesamten Vorrat dieser kulinarischen Revolution in meinen Einkaufswagen und schaffe ihn klammheimlich in meine Wohnung, um ihn ganz alleine in mich hineinzustopfen.

»Es tut mir Leid!«, sage ich laut.

Dann packe ich die restlichen sechs Prosciutto-Rucola-Pesto-Pizzas in den Gefrierschrank und stelle die zweite

Einkaufstüte auf meine Küchenablage. Siebenmal Schlemmerfilet Blattspinat. Vorsichtig schließe ich die Tür. Dann falte ich die beiden Einkaufstüten sorgfältig zusammen und lege sie zu den anderen in die dritte Schublade von unten. Die Zitrone lege ich in den Obstkorb. Außerdem habe ich gekauft: H-Milch und zwei Packungen Cornflakes. Angeblich mit Überraschungen drin. Da bin ich ja mal gespannt. Ich knipse das Licht in der Küche aus und gehe ins dunkle Wohnzimmer. Kurz nach fünf und schon dunkel. Nichts Ungewöhnliches für Anfang Dezember. Am Fenster ziehe ich die Lamellen meiner Alujalousien auseinander, sodass ich auf die Straße schauen kann. Aufgeregte Passanten wuseln kreuz und quer, mit und ohne Taschen. Ein blondes Mädchen in einem roten Mantel steht rauchend vor der Bäckerei und telefoniert. Vielleicht verabredet sie sich gerade mit einem netten Jungen aus ihrer Klasse, wer weiß? Ich bekomme Lust, auch eine zu rauchen, ziehe meine Finger aus der Jalousie und taste nach der Packung. Dann lasse ich mich behutsam in meinen Sessel sinken und ziehe an meiner Zigarette.

Selbst verordnete Sozialquarantäne. So könnte man bezeichnen, wozu ich mich entschlossen habe. Bis auf weiteres werde ich diese Wohnung nicht mehr verlassen. Es hat ja ohnehin keinen Zweck. Den Job bin ich los, meine Freunde sind sauer, und pleite bin ich sowieso. Das Handy hab ich ausgestellt, das Telefonkabel ausgesteckt. Nicht einmal die Müllabfuhr kann noch Kontakt zu mir aufnehmen, wenn sie die Tonnen in den Hinterhof stellen will, denn die Türklingel ist auch abgeklemmt. Ich brauche Ruhe. Viel Ruhe. Ich muss nachdenken. Nein, ich muss erst mal in einen Zustand kommen, in dem ich nachdenken kann. Ich habe genug zu essen gekauft und genug Zigaretten, das

Wichtigste überhaupt. Ich muss schmunzeln über das, was ich da denke. Zigaretten sind das Wichtigste überhaupt? Vermutlich ja wohl nicht. Was ist das Wichtigste? Ich? Der Weltfrieden? Oder das spezielle Aromabackverfahren, das den Pizzaböden diese einzigartige Knusprigkeit verleiht?

Ich drücke meine Zigarette aus und gehe in die Küche. Es ist kurz vor sechs. Um sechs werde ich den Ofen vorheizen und meine erste Pizza zubereiten. Erst dann, das habe ich mit mir so vereinbart, darf ich eine Flasche Rotwein aufmachen. Es wird von nun an jeden Tag das Gleiche sein: morgens Cornflakes, mittags Schlemmerfilet, abends Pizza. So werde ich wenigstens nicht abgelenkt durch unnütze Gedanken, wie »Ohh ... was koch ich mir denn heute?«.

Jetzt ist es 18 Uhr. Ich freue mich, denn das heißt, dass ich den Ofen vorheizen darf. Eine knappe Stunde später esse ich die Pizza. Sie schmeckt gut, und der Teig ist tatsächlich knusprig, vermutlich wegen des Aromabackverfahrens. Ich räume den verbröselten Teller in die Küche und mache mir eine Flasche Rotwein auf. Ich kann sie nicht zu Ende trinken. Schon nach der halben Flasche überfällt mich eine bleischwere Müdigkeit und zwingt mich ins Bett. Ich hab die Decke noch nicht ganz bis zu meinem Kopf hochgezogen, da schlafe ich auch schon.

Ich träume, dass ich mit der Glühwürmchenseilbahn auf eine Insel mit dem Namen Sombrero fahre. Ich soll dort meinen neuen Job antreten. Wie eine endlose Weihnachtslichterkette zieht sich die Glühwürmchenseilbahn über das dunkle Meer. Die Gondeln schaukeln hin und her, und ich habe große Angst, mitsamt meiner kleinen Kabine abzustürzen. An Schlaf ist nicht zu denken, weil die Glühwürmchen viel zu viel Licht machen. Dafür kann ich sehen, wer in den Gondeln hinter mir und vor mir sitzt. Hinter mir sitzt Flik. Er hat einen blauen Schalke-Fanschal aus seiner Gondel hängen und schläft. Vor mir telefoniert Paula. Ich winke ihr, doch sie ist zu beschäftigt. Ich hätte auch gerne ein Telefon. Dann könnte ich Flik anrufen und mich entschuldigen, für die Sache mit Daniela. Oder Paula fragen, wie lange die Fahrt noch geht, das weiß die bestimmt. Ich müsste nämlich dringend mal. Außerdem würde ich gerne wissen, ob man die Gondel essen kann. Das Material sieht fast so aus wie dieser Pizzateig. Ich breche ein Stückchen ab und beiße hinein. Er ist sehr knusprig. Wusste ich's doch!

Ich wache auf, weil ich auf die Toilette muss. Es ist gerade mal sechs Uhr morgens. Als ich mich wieder ins Bett lege, kann ich nicht mehr einschlafen. Schade, ich wäre gerne noch ein wenig in der Glühwürmchenseilbahn gefahren und hätte an meiner Gondel geknuspert. Gegen sieben Uhr stehe ich schließlich auf und setze mich in meinen Single-Sessel. Das Frühstück habe ich für acht Uhr angesetzt, ich habe also noch Zeit. Ich zünde mir meine erste Zigarette an und schaue mich im Zimmer um. Nicht wirklich gemütlich eingerichtet, stelle ich fest, sondern eher gleichgültig. Wie von jemandem, der sich nicht dafür interessiert. Das stimmt. ICH habe das Wohnzimmer eingerichtet, und es hat mich wirklich nicht interessiert. Es ist das erste Mal, dass ich das Zimmer bewusst anschaue. Den silbernen Deckenfluter. Hässlich, eigentlich. Und die zwei beigefarbenen Ledercouchen, die viel besser in das Foyer einer Werbeagentur passen als in ein Wohnzimmer. Die Wände erstrahlen in kaltem Arztweiß, nach einer Pflanze sucht man vergebens. Poster oder Bilder: Fehlanzeige. Ist mir wahrscheinlich bisher gar nicht aufgefallen, weil mein riesiger Flachbildschirm immer lief. Diese Wohnung sagt nichts aus, sie ist unpersönlich und kalt wie ein möbliertes Cityapartment, in das sich japanische Messebesucher für fünf Tage einmieten und dann wieder gehen. Nur dass ich seit drei Jahren hier wohne. Und einen Japaner hatte ich auch nie hier.

In der Ecke, neben meinem Riesenfernseher, steht noch immer das Total-Gym-Paket, das ich auf Phils Karte bestellt habe. Komisch. Der hat sich auch nicht mehr gerührt die letzten Tage. Vielleicht hat er mich ja aufgegeben. Das wäre so schlecht nicht, dann müsste ich ihm die Kohle nicht zurückzahlen. Ich rauche zu Ende, gehe in die Küche und hole ein Messer. Damit öffne ich vorsichtig den Total-Gym-Karton und lege alle Teile sorgfältig nebeneinander. Die Anleitung lege ich daneben. Dann fange ich an. Einmal schraube ich Teil 24C versehentlich mit 11A zusammen, ärgere mich aber nicht, sondern trenne die beiden Stahlrohre einfach wieder und schaue noch mal in die Anleitung. Bei einem Bauteil mit der Bezeichnung 30 C bekomme ich einen kleinen Wutanfall, weil ich nun die Ikea-Regalnummer meines Sessels wieder weiß. Nach fast zwei Stunden bin ich fertig. Das Total Gym ist kleiner, als ich dachte. Womöglich, weil es der winzige Chuck Norris im Fernsehspot so groß hat wirken lassen. Ich binde die Verpackungsreste zusammen und lege sie auf meinen Balkon. Dann erst frühstücke ich. Ich esse eine kleine Schüssel Cornflakes. Während ich esse, suche ich die ganze Packung nach der Überraschung ab. Es gibt keine. Nicht mal eine winzige Überraschung haben sie reingepackt. So was macht mich wütend! Wenn sie keine Überraschung reintun, dann dürfen sie auch nicht draufschreiben, es sei eine drin. Die

Überraschung wegzulassen ist vermutlich nur der erste Schritt eines gigantischen Plans der Frühstücksflocken-Mafia, unmündige Konsumenten zu unterjochen. Irgendwann packen sie dann nicht mal mehr Cornflakes rein, sondern Glaswolle oder Stroh, und trotzdem sagt kein Mensch etwas. Ich ärgere mich so sehr, dass ich den Küchentisch verlasse und wieder ins Wohnzimmer gehe.

Ich weiß nicht recht, was ich machen soll. Zum Nachdenken bin ich noch viel zu durcheinander. Also schaue ich aus dem Fenster runter auf die Einkaufsstraße. Ein großer, brauner UPS-Lastwagen steht zwischen der Bäckerei und dem Levis-Store. Bringt er Jeans oder Mehl? Der Laster fährt weg, ohne dass ich erkennen konnte, was er gebracht hat. Ich setze mich in meinen Sessel und überlege, ob ich traurig bin.

Ich weiß es nicht.

Jeans. Er hat bestimmt Jeans gebracht. Mehl schickt man nicht mit UPS. Ich stehe auf und schaue noch mal aus dem Fenster und tatsächlich: Eine Verkäuferin sortiert neue Jeans ein. Ich nicke zufrieden und setze mich wieder.

Die Zeit bis zum Mittagessen überbrücke ich damit, dass ich mein Bücherregal aufräume und nach Themen ordne. Mein *Sorge-dich-nicht-lebe*-Buch lasse ich, an der Zitronenstelle aufgeklappt, neben dem Sessel liegen. Mir fällt auf, dass ich sehr viele Reiseführer für Länder habe, in denen ich noch gar nicht war. Die meisten Länder beginnen mit dem Buchstaben S. Ich entdecke sogar ein Buch über die Karibischen Inseln und lege es beiseite. Vielleicht steht ja was über Sombrero drin. Insgesamt elf Bücher haben mit meinem früheren Job zu tun. Ich stecke sie in eine Plastiktüte und lege sie neben die Total-Gym-Verpackung auf den Balkon. Dann heize ich den Backofen vor. Es gibt Schlemmerfilet Blattspinat. Dafür, dass es eine halbe Ewigkeit dauert, bis es fertig ist, schmeckt es nur okay. Außerdem bemerke ich, dass ich vergessen habe, Beilagen zu kaufen. Nach dem Essen rauche ich eine Zigarette und schaue wieder aus dem Fenster. Ich ahne, wie sich Rentner fühlen, die irgendwie den Tag rumkriegen müssen. Ein Kissen lege ich mir allerdings noch nicht unter meine Ellenbogen, so weit ist es dann doch noch nicht.

»So weit ist es dann doch noch nicht!«, sage ich leise zu mir selbst.

Die beiden Verkäuferinnen in der Bäckerei neben dem Jeans-Store besprühen die Schaufensterscheibe mit einem weihnachtlichen Schneespray. Insgesamt sprühen sie genau acht Sterne und einen Schneerand an den Rahmen. Dahinter hängen sie eine Lichterkette aus Nikoläusen. Ich bin nicht besonders begeistert, weil ich jetzt viel schlechter in die Bäckerei sehen kann. Enttäuscht setze ich mich auf meinen Sessel. Ich könnte das Total Gym ausprobieren, habe aber keine Lust. Wahrscheinlich weil ich gerade gegessen habe. Ich überlege, ob ich nicht doch kurz mein Handy einschalten sollte, um zu sehen, ob mich jemand sprechen wollte. Letztendlich habe ich aber doch zu viel Angst davor, dass mich keiner sprechen wollte, und ich lasse es aus. Mir kommen Zweifel an meiner freiwilligen Einigelung. Was mache ich bloß in den nächsten Tagen? Doch in den Urlaub? Obwohl – da war ich ja gerade und bin fix und fertig zurückgekommen. Außerdem hätte ich mich bei der Polizei abmelden müssen, wegen der ganzen Handygeschichte. Ich mag gar nicht dran denken. Ich muss erst mal zur Ruhe kommen.

Und das geht wohl am besten in gewohnter Umgebung. Um mich abzulenken, stecke ich alle bunten Handtücher, die ich finde, in meine Waschmaschine und stelle den Temperaturregler auf 60 Grad. Vier Extraprogramme habe ich zur Auswahl: Vorwäsche, Einweichen, Kurz und Flecken. Den Fleckenknopf kenne ich noch gar nicht. Ob das funktioniert? Ich öffne die Trommel, ziehe ein weißes Handtuch heraus und gieße ein wenig Rotwein von gestern darüber. Dann stopfe ich das Tuch wieder in die Maschine, gebe Waschmittel dazu und stelle den Regler auf das Programm Flecken. Zur Belohnung für die tolle Idee mache ich mir einen Kaffee und setze mich in den Sessel. Erst als ich den Kaffee leer getrunken habe, rauche ich eine Zigarette. Ich muss sparsam mit den wenigen Aktivitäten umgehen, die mir geblieben sind.

Als ich die Zigarette ausdrücke, komme ich auf die Idee, meine Küche auszumisten. Ich nehme mir einen Stuhl aus dem Wohnzimmer und mache mich an das oberste Fach meines Lebensmittelregals. Unglaublich, was sich da im Laufe der Jahre angesammelt hat. Die meisten Sachen müssen weg, weil sie abgelaufen sind. Ich eliminiere eine ranzige Packung Parboiled Reis von *Reisetti*, mindestens haltbar bis 12/03, eine Dose Thunfisch, verfallen im Oktober 02 und *Mildes Weinsauerkraut aus Omas Krautfässchen* aus dem Jahr 00. Mein bisheriger Spitzenreiter ist eine vertrocknete Plastikpressflasche *Flotte Biene Gebirgsblütenhonig*, die laut Aufdruck bereits im Jahr 99 ungenießbar wurde. Nach einer Stunde Sortieren und insgesamt sechs Lebensmittelfächern halte ich den Sieger des kleinen Ekelwettbewerbs in meiner Hand, haltbar bis Juli 1991. Es ist eine rotgelbe Packung *Maggifix-Broccoli* mit dem Aufdruck *Ideal auch für Blumenkohl*. Eine Packung aus dem letzten Jahrtausend, das muss man sich mal reintun! 1991, das heißt auch, dass ich mit dieser Packung insgesamt dreimal umgezogen bin! Unglaublich! Was ich an meiner Packung *Maggifix-Broccoli-Gratin* allerdings noch verwunderlicher finde, ist der kleine Zusatzvermerk: *Ideal auch für Blumenkohl.* Also was jetzt? Für das EINE Gemüse ist es gemacht, aber für ein ANDERES ideal? Oder ist es scheißegal, auf welches Gemüse man das Zeug kippt? Wenn dem so wäre, dann hätte man statt *Maggifix-BROC-COLI-Gratin* auch *Maggifix-BLUMENKOHL-Gratin* auf die Packung schreiben können mit dem Hinweis *Ideal auch für Broccoli*, aber sicher gab es da eine Marktforschung vorher, und man hat sich dann letztendlich für Broccoli entschieden, weil Blumenkohl irgendwie zu deutsch und altmodisch klingt und an die Nachkriegszeit erinnert und an frisch gebohnerte Mietshäuser und Trümmerfrauen womöglich, die sich mit einer Kohlsuppe stärken mussten, bevor sie das kaputtgekloppte Deutschland wieder aufbauen. Es ist eine Frechheit, mit welch eiskaltem Kalkül die international operierende Gratin-Mafia durch ihre fahrlässigen Produktbezeichnungen zum Identitätsverlust einer ganzen Nation beiträgt! Ich notiere mir die Nummer des Maggi-Kochstudios, bevor ich die Tüte neben die Herdplatte lege. Als ich mir zur Belohnung für die tolle Putzarbeit eine Zigarette anzünden will, piepst mir meine Waschmaschine, dass ich sie gefälligst ausräumen soll. Ich ziehe die feuchten Handtücher in einen Plastikkorb und freue mich, dass die Rotweinflecken tatsächlich rausgegangen sind. Dann verteile ich die Handtücher zum Trocknen in der Wohnung. Meine Stimmung steigt noch weiter, als ich sehe, dass es schon fünf Uhr durch ist. In einer Stunde kann ich schon den Ofen vorheizen, für meine Pizza!

Ein guter Tag. Ich bin zufrieden. Die Pizza schmeckt nicht ganz so gut wie am Vorabend. Dafür beruhigt es mich, im Vorfeld zu wissen, wie sie schmeckt. Diesmal schaffe ich meine Flasche Wein. Ich trinke sie ganz langsam auf meinem Sessel. Ich würde mich schrecklich gerne entspannen, kriege aber keinen einzigen klaren Gedanken zu fassen. Alles kreist und flattert um mich herum: Daniela, Flik, die Eule und mein verlorener Job, der kleine Mann, die Betonpullover, die Cornflakes ohne Überraschung und keifende Trümmerfrauen, die aus einer Marketingsitzung bei Maggi gejagt werden. Ich trinke ein wenig schneller, um die seltsamen Gedanken zu verjagen. Es klappt, und eine Weile später schlafe ich auf meinem Sessel ein. Gegen drei wache ich auf und gehe ins Bett. Vielleicht kann ich meine steinalte Maggi-fix-Packung ja bei ebay versteigern? Drei, zwei, eins – deins! Ätsch. Dann hätte ich wieder Geld. Es gibt immer ein paar verrückte Texaner, die Millionen für so was zahlen. Ich bin froh, dass mein Rückzug schon die ersten Früchte trägt. Wenn man nur ein wenig nachdenkt, dann lösen sich die Probleme von alleine. Auch ohne Zitronenlimonade. Während ich mir ausmale, was ich mit dem ganzen ebay-Geld mache, kippt mir ein finster blickendes Sandmännchen eine LKW-Ladung Kies in die Augen.

Ich träume ein zweites Mal von der Glühwürmchenseilbahn und der Sombrero-Insel. Behutsam senkt sich meine Gondel auf die winzige Insel. Ein warmer, feuchter Wind fegt durch meine durchlöcherte Kabine, von der ich die meisten Seitenteile aufgegessen habe. Als ich in der Station ankomme, wiegt ein Thunfisch im Anzug meine Gondel und stellt mir 92 Euro für den aufgegessenen Knusperteig in Rechnung. Ich protestiere, weil ich das viel zu teuer finde im Preis-Leistungs-Verhältnis. Der Thunfisch weist darauf hin, dass der Teig mit einem speziellen Aromabackverfahren gefertigt wurde und seinen Preis wert sei. Ich bekomme einen kleinen Tretroller mit dem Kennzeichen 30 C und folge einem kleineren Thunfisch zu meinem Arbeitsplatz, einer riesigen Maggitüte, in etwa so groß wie eine Doppelgarage. Wir stellen die Roller ab und gehen in die Tüte hinein. Der Thunfisch hat einen Oberlippenbart und riecht nach billigem Sportparfüm. Er deutet auf eine Vielzahl von Werkzeugen, reicht mir eine Säge und legt sie auf einen Baumstamm. »Mach mal halblang!«, sagt er. Ich nicke und säge den Stamm in der Mitte durch. Der Thunfisch wirkt zufrieden und braust mit seinem Roller davon. Kurz danach werden noch viele weitere Baumstämme angeliefert, die ich alle halb so lang sägen muss, wie sie sind. Ich bin froh, dass ich so eine leichte Aufgabe bekommen habe, und arbeite fleißig und konzentriert. Am Abend kommt der Thunfisch wieder, um meine Arbeit zu begutachten. Kopfschüttelnd betrachtet er die Baumstämme. Auch ich erkenne jetzt, dass ich eigentlich nie die Mitte getroffen habe, sondern immer entweder zu viel oder zu wenig abgesägt habe.

»Ach Simon«, seufzt der Thunfisch, »was machst du denn immer so einen Mist?« Dann knattert er mit seinem Roller in Richtung Glühwürmchenseilbahn davon. Ich säge mir einen Singlesessel, setze mich hinein und träume, dass ich aufwache.

Es ist wieder exakt sechs Uhr. Ich bin ein bisschen sauer auf mich, weil ich nicht länger schlafe. So werde ich mich nicht sonderlich erholen. Ich fühle mich schlaff und abgespannt. Ob es von meinem Traum kommt? Immerhin habe ich sehr viel gesägt. Ich wundere mich, dass ich mich so genau an alles erinnern kann, und setze einen Kaffee auf.

Während die Maschine vor sich hin röchelt, gehe ich auf den Balkon und betrachte den Hinterhof. In meinen Shorts und meinem Al-Bundy-Shirt ist mir eiskalt. Ich gehe trotzdem erst rein, als ich meine Zigarette zu Ende geraucht habe. Und wieder habe ich keine Ahnung, was ich machen soll bis zum Frühstück. Ich könnte das Frühstück vorziehen, aber dann wäre die Zeit so lange bis zum Mittagessen. Also greife ich nach meinem Buch, in dem steht, wie man sich keine Sorgen macht. Das mit der Zitrone ist mir ein echtes Rätsel. *Wenn Sie eine Zitrone haben, machen Sie Zitronenlimonade draus.* Ja, und dann? Ich lege das anstrengende Buch zurück, denn vor dem Lesen bräuchte ich noch ein Buch, in dem steht, wie man die Energie aufbringt, so ein Buch ganz durchzulesen. Dann habe ich eine tolle Idee. Ich messe die Anzahl der Füße, die ich brauche, um vom Fenster des Wohnzimmers bis zum Balkon in der Küche zu kommen. Ohne Schuhe sind es 37 Fuß. Mit meinen gelben Adidas sind es 41 Fuß. Ich wiederhole die Messung mit allen Schuhen, die ich habe. In meinen Lederschuhen brauche ich nur 39 Fuß, in meinen roten Puma nur 38. Seltsam, wo mir doch alle Schuhe gleich gut passen! Wäre das nicht eine tolle Fernseh-Show? *Jetzt bei RTL: Miss deine Wohnung! Und gleich im Anschluss: Miss deine Wohnung – Der Talk.* Ich sollte Phil anrufen und ihm die Idee verkaufen! Ich gehe zu meinem Schreibtisch und notiere mir die Idee.

Als es acht Uhr ist, esse ich meine Cornflakes. Diesmal reiße ich die zweite Packung auf, doch auch in dieser ist keine Überraschung. Jetzt reicht es aber wirklich! Wenn die Frühstücksflocken-Mafia denkt, dass das müde Fußvolk sich alles gefallen lässt, dann hat sie sich getäuscht. Ich schalte mein Handy ein, stelle die SMS-Optionen auf »an gesamtes Adressbuch senden« und tippe »ACHTUNG!

KEINE ÜBERRASCHUNG!«. Dann klicke ich auf SENDEN und schalte das Handy wieder aus. Ich räume das schmutzige Geschirr in die Spülmaschine, gehe noch mal auf den Balkon und brülle »Keine Überraschung!« in den Hinterhof. So kann ich noch mehr Menschen vor den üblen Tricks der Flocken-Mafia warnen. Und es könnte ja durchaus sein, dass in irgendeinem der vielen Apartments jemand von Kellogg's wohnt und jetzt ein schlechtes Gewissen bekommt. Mir fällt auf, dass es auf meinem Balkon nach McDonald's riecht. Seltsam, die Filiale ist über hundert Meter weit weg! Wenn ICH was kochen würde, was man hundert Meter weit riecht, dann stünde in zehn Minuten das Gesundheitsamt vor der Tür. Ich gehe wieder ins Warme und mache nichts. Mittags gibt es ein Schlemmerfilet Blattspinat, das exakt so schmeckt wie am Vortag. Den Nachmittag kriege ich rum, indem ich am Fenster stehe und runter auf die Straße schaue. Zwischen 14 Uhr und 14 Uhr 30 laufen 256 Passanten von links an der Bäckerei vorbei. Interessant! Ich hole einen Taschenrechner und rechne hoch, wie viele das an einem Tag wären, indem ich die Zahl mit 48 multipliziere. Ich komme auf 12 288 Passanten, die von links an der Bäckerei vorbeilaufen. Mir ist klar, dass das so natürlich nicht stimmen kann, weil nachts kaum Passanten an der Bäckerei vorbeilaufen, schon gar nicht von links. Ich überlege mir, wie viele es in Wirklichkeit sind. Muss ich 50 % abziehen von meinem Ergebnis, oder gar 60 %? Ich beschließe, der Sache auf den Grund zu gehen. Da ich keine 24 Stunden lang Passanten zählen kann, überlege ich mir, jeweils nur die ersten 30 Minuten einer Stunde zu zählen und die Zahl dann zu verdoppeln. So habe ich eine relativ präzise Hochrechnung der tatsächlichen Passantenzahl, weitaus präziser als Fernseheinschaltquoten oder Wahlhochrechnungen um 18 Uhr noch was. Also hole ich mir einen Block und einen Stift und warte darauf, dass ich loslegen kann. Ich zähle 312 Passanten zwischen drei und halb vier, 367 zwischen vier und halb fünf und so weiter.

Weil ich so viel arbeite, kann ich natürlich nicht mehr einfach essen, wann ich will. Ich muss umdisponieren, muss flexibel sein und unheimlich spontan. Das erwarte ich von mir. Also heize ich den Ofen für meine Pizza kurz vor der Sechs-Uhr-Schicht vor, schiebe die Pizza um genau 18 Uhr 30 in den Ofen (277 Passanten) und esse sie um viertel vor sieben. So bin ich um Punkt sieben bereit für die nächste Schicht. Am Abend trinke ich in den Halbstundenpausen jeweils ein kleines Glas Wein und male mit einem dicken Edding eine xy-Achse auf meine weiße Wohnzimmerwand. So kann man auch grafisch exakt sehen, was die nackten Zahlen nicht preisgeben: einen dramatischen Einbruch der Passanten nach Geschäftsschluss! Um halb zehn rutscht die Zahl zum ersten Mal unter 100! Kein Wunder, dass alle Geschäfte um 20 Uhr schließen – es kommt ja ohnehin keiner mehr vorbei. Eine Information, für die der deutsche Einzelhandel sicherlich Millionen zahlen würde. Ich notiere sie neben meiner RTL-Idee. Gegen Mitternacht versuche ich, in meinen Pausen ein wenig zu schlafen. Ich stelle meinen Wecker jeweils auf 5 vor, damit ich zu Schichtbeginn wach bin und weiterzählen kann. Aber ich schlafe nicht in den Pausen, ich bin viel zu aufgeregt. Das Klingeln um 4 Uhr 55 höre ich nicht mehr, so müde bin ich. Um neun Uhr wache ich neben meinem Fenster und meiner Passantenliste auf. Traumlos. Ich räkle mich und überlege, ob ich nicht noch einmal ins Bett gehen soll. Wenn ich in der kommenden Nacht um Punkt fünf Uhr weiterzählen würde, dann könnte man die Hochrechnung immer noch gut gebrauchen. Sicher gibt es keinen großen Unterschied zwischen dem Passantenaufkommen am Mittwoch- und am Donnerstagmorgen. Ich lege mich ins Bett und schlafe sofort wieder ein.

Ich träume von einer Gerichtsverhandlung auf Sombrero, bei der ich wegen Falschsägerei zu drei Jahren Haft ohne Klodeckel verurteilt werde. Es gibt Geschworene wie in den USA, allesamt Thunfische in Anzügen. Der Richter ist Flik. Er verkündet das Urteil und klopft mit seinem blauen Schalke-Hammer. Tock, tock, tock. Immer und immer wieder. Ich schreie noch, dass ich unschuldig bin, da wache ich zitternd auf. Ich ziehe die Bettdecke über meinen Kopf, aber das Klopfen bleibt. Seltsam. Ich spitze kurz unter der Decke hervor. Alles ist wie immer in meinem Zimmer, keine Geschworenen, kein Richter, kein Fernsehteam. Ganz bestimmt höre ich noch die Tonspur aus meinem Thunfisch-Traum, sehe aber schon die Bilder aus der Realität. Tock, tock, tock macht Richter Flik. Das Klopfen kommt von der Tür, kein Zweifel. Ich schaue auf die Uhr. Der kleine Zeiger sitzt auf der Zehn. Um die Zeit sind Gerichtsverhandlungen durchaus denkbar, das hab ich schon im Fernsehen gesehen. So leise es geht, krabble ich aus meinem Bett und schleiche mich zur Tür.

Tock, tock, tock.

Vorsichtig schaue ich durch den Spion. Vor der Tür steht Flik und schaut auf den Boden. Seltsamerweise hat er keine Richterklamotten an, sondern sieht aus wie immer. In der Hand hält er einen bunten Karton. Ob er mich gehört hat? Ich schiele noch einmal durch den Spion. Flik schaut immer noch stumpf auf den Boden. Vorsichtig schleiche ich zurück ins Schlafzimmer und rolle mich unter der Decke zusammen.

»Simon! Bist du da?«, ruft Flik, ohne zu klopfen. Ich nicke kurz. Gruselig, wenn man nichts sagen darf. Der arme Kerl! Kommt zu mir, und dann mache ich nicht auf. Sicher macht er sich Sorgen. Ich werde ihn irgendwann die nächsten Monate anrufen und alles erklären.

»Siiiiiiimmon, verdammt noch mal!«

Das Klopfen verstummt. Dann höre ich, wie die Aufzugtüre auf- und wieder zugeht. Gott sei Dank! Ich entrolle mich und atme tief durch. Nach einer Weile schlafe ich sogar noch mal ein und verschlummere glühwürmchenfreie zwei Stunden.

Es ist schon fast Schlemmerfilet-Zeit, als ich wieder aufwache und mich in die Dusche schleppe. Eine gute Minute stehe ich ratlos in der Kabine und rätsele, warum das Duschen heute so komisch ist. Dann erst weiß ich, woran es liegt, und drehe das Wasser an. Ich muss laut lachen, denn ich habe eine Idee, wie ich der internationalen Kosmetik-Mafia ein Schnippchen schlage, und das ganz dreist um die Mittagszeit! Ich nehme nämlich das Duschgel für meine Haare! Und mit dem Shampoo reibe ich meinen Körper ein. Schon nach Sekunden merke ich: absolut kein Unterschied. Ha! Wer hat's erfunden? Der Simon! Wenn das alle machen würden, also Duschgel und Shampoo einfach so vertauschen, dann gäbe es ein ganz schönes Durcheinander bei L'Oréal und Co. Dann säßen die schön blöd da, in ihren riesigen Konferenzräumen, und ein Krisengespräch würde das nächste jagen. Auf der anderen Seite: Das wäre denen bestimmt eine schöne Stange Geld wert, wenn ich auf diese Revolution verzichten würde. Ich muss mir das dringend aufschreiben, nicht, dass ich es vergesse. Als meine Haut schrumpelig wird, drehe ich das Wasser aus und steige auf meinen gelben Duschteppich. Dann drehe ich mich noch einmal um und starre auf den Hahn. Wer sagt eigentlich, dass das Wasser aus sein muss, wenn man aus der Dusche steigt? Sollte Wasser nicht fließen, so wie es überall in der Natur geschieht? Ist Wasser nicht Leben? Und ist Leben nicht Bewegung? Ich drehe die Dusche wieder an, trockne mich ab und schlüpfe in einen kackbraunen Adidas-Retro-Trainingsanzug. Als mir einfällt, dass ich es bin, der das ganze Wasser irgendwann zahlen muss, drehe ich die Dusche wieder aus.

Ich gehe in die Küche und bereite einen Kaffee vor. In meinem Obstkorb liegt noch immer die Sorge-dich-nicht-lebe-Zitrone. Ich überlege, ob ich mir nicht doch eine Limonade machen soll. Immerhin ist das Buch ein Bestseller, und womöglich hilft es mir ja. Also drücke ich die Zitrone in ein Glas, gebe Zucker dazu und ein bisschen Wasser. Dann rühre ich das Ganze um und kippe es runter. Es schmeckt zum Kotzen. Vielen Dank, Herr Carnegie. Ich stelle das Glas zur Seite und heize den Ofen vor, für mein Schlemmerfilet Blattspinat. Dann schlurfe ich zurück ins Wohnzimmer, setze mich auf mein Total Gym und rauche eine Zigarette. Ich nenne die Übung *Upper Nicotine Push*.

Als ich zehn Minuten später den tiefgefrorenen Schlemmerfilet-Klotz auf den Rost lege, klopft es wieder an der Tür.

Tock, tock, tock.

Können die mich nicht einmal im Jahr in Ruhe lassen? Ich schleiche zum Türspion. Davor stehen Flik und Paula, begleitet von zwei Männern in Feuerwehruniform. Was soll das denn jetzt? Es brennt doch nix! Und das Wasser hab ich auch wieder abgedreht!

Tock, tock, tock.

In Zeitlupe schleiche ich in mein Schlafzimmer und schließe leise die Tür. Dann krabble ich unter die Decke und gehe in meine neu entwickelte Rollschutzhaltung. Selbst durch die Decke und die beiden Türen kann ich Fliks Stimme hören. Er klingt noch ein wenig unentspannter als am Morgen.

»Simon, mach auf, du Idiot!«

Eine andere Männerstimme ruft: »Herr Peters, sind Sie zu Hause?« Ich schüttle mit dem Kopf und ziehe die Beine noch ein wenig fester an. Weil ich nämlich für fremde Männerstimmen in Uniformen schon gar nicht zu Hause bin.

»Wenn Sie nicht öffnen, müssen wir die Tür aufbrechen!«, ruft die Männerstimme.

Das ist mir natürlich auch nicht recht. Mir wird klar, dass ich irgendetwas machen muss, damit die Situation nicht eskaliert. Ich schiebe meinen Kopf unterm Bett vor und schreie, so laut ich kann: »Keiiiiiin Feuer!«

Das hat gesessen! Stille. Dann ruft Flik noch einmal »Simon?«, und macht wieder Tock, tock, tock. Ein paar Sekunden später macht ein Gerät Krrrrrrzzzzztttttt, und dann quietscht irgendwas. Und dann ist Fliks Stimme ganz nahe.

»Siiiimon! Bist du da? Simon?«

Die Männerstimme ruft noch einmal »Herr Peters?«

Steif wie ein tiefgefrorenes Schlemmerfilet in seiner Aluschale liege ich in meinem Bett. Wenn ich ganz still bin und mich nicht bewege, dann verschwinden die Stimmen ja vielleicht wieder. Ich atme auch nicht mehr, vorsichtshalber.

»Der Ofen ist an«, höre ich Paula sagen, und Flik stöhnt: »Dann muss er ja wohl irgendwo sein!«

Ich halte noch immer die Luft an. Ein paar Sekunden schaffe ich noch. Die können mich gar nicht finden. Dann reißt mir jemand die Decke weg, und ich blicke in die verdutzten Gesichter von Flik und Paula.

»Und? Alles klar?«, frage ich lachend, als würde ich den beiden in der Mittagspause begegnen. Dann bekomme ich von Flik eine geschossen.

Endlich!

VOLLIDIOT

Eine bedrückende Stille hat sich über meine kleine Küche gelegt. Paula und ich sitzen am Esstisch. Das heißt, sie sitzt und raucht. Ich sitze einfach nur. Das Einzige, was ich höre, ist das Uhrwerk meiner Küchenuhr.

Klack, klack, klack.

Sekunden wie Ohrfeigen. Ich starre durch Paula und die Stille hindurch in ein schummriges Nichts. Wenn ich nicht wüsste, dass ich in meiner Küche sitze und meine beste Freundin Paula mir gegenüber, ich würde wetten, ich wäre gar nicht hier.

Klack, klack, klack.

Ich wünschte, die Sekunden wären Wochen. Dann würde sicher viel schneller alles besser werden. Vielleicht kommt Flik ja zurück und scheuert mir noch eine. Doch der ist gegangen und hat seine Männerstimmen in Uniform gleich mitgenommen. Geblieben ist sein buntes Paket, eine 300-Euro-Rechnung der Feuerwehr und Paula in einem weißen Top mit Glitzersteinchen. *Miami Beach* steht drauf. Warum nicht? Klingt ja auch besser als *Eisenhüttenstadt*.

Ich hab nicht die Spur einer Idee, was ich sagen soll. Dann rückt Paula ihren Stuhl zurecht, atmet tief durch und sagt:

»Ist das jetzt so, wie du dir deinen 30sten vorgestellt hast?«

»Wie?«, frage ich irritiert. Völlig entgeistert starre ich Paula an.

Klack, klack, klack.

Ich springe auf und schalte mein Handy ein. Endlose Sekunden später vermeldet das Display den 14. Dezember. Das ist mein Geburtstag, da gibt's kein Vertun.

»Oh!«, sage ich nur, dem Ereignis reichlich unangemessen. Dann kratze ich mich am Kopf und gucke zu Paula, die mich anschaut, als wäre ich ein Alien, der gerade durch die Dunstabzugshaube in die Küche gekrochen ist und nun auf dem Ceran-Kochfeld hockt.

»Nee, oder?«, stöhne ich.

»Doch!«, sagt Paula, steht auf und umarmt mich. Ich lege das Handy weg und drücke sie ganz fest zurück.

»Herzlichen Glückwunsch zum Geburtstag, du Bekloppter!«, flüstert sie mir ins Ohr. Ihre Stimme flattert ganz komisch, während sie das sagt. Auf mein Handy prasseln inzwischen die Kurzmitteilungen ein.

Pieppiep, pieppiep, pieppiep, pieppiep …

Gedankenfetzen wirbeln, mein Puls rast, und was mein Magen macht, ist auch nicht so angenehm. »Dreißig!«, stöhne ich und lasse Paula los, um mich wieder auf meinen Küchenstuhl gleiten zu lassen.

»Dreißig!«, nickt Paula und setzt sich ebenfalls.

Ich greife noch mal nach meinem Handy und sehe 14 Anrufe in Abwesenheit. Kurzmitteilungen habe ich über zwanzig. Ich klicke in eine von Lala: *Soll ich sauber machen morgen? Gehst du nicht ans Telefon. Alles Gute zu Geburtstag auch! Lala.*

Ich stelle mir Lala vor, wie sie eine riesige Geburtstagstorte anhebt, um darunter zu saugen. Paula unterbricht diesen nutzlosen Gedanken.

»Wir haben uns echt Sorgen gemacht, Simon! Flik und ich und … Phil auch, wir haben … na ja, wir haben schon das Schlimmste vermutet!«

»Dass ich bei *vodafone* anfange?«

»Idiot! Du weißt schon …!«

»Dass ich mich vor 'ne Bahn werfe? Keine Sorge. Nur, weil ich meinen Job los bin, ums Verrecken keine Frau finde und mir das Finanzamt bald den Stuhl unterm Arsch wegpfändet, nehm ich mir doch nicht gleich das Leben!«

»Gut!«

Ich zünde mir eine Zigarette an und nehme einen tiefen Zug.

»Was soll denn eigentlich diese Keine-Überraschung-Kurzmitteilung? Flik und Phil haben sich auch gewundert.«

»Das war eine Warnung!«, sage ich

»Natürlich«, nickt Paula verständnisvoll. Ich bin froh, dass wenigstens Paula mich noch versteht. Ich will aufstehen, doch irgendwie fühle ich mich schwach und energielos, so wie die beknackten Hasen in dem 80er-Jahre-Duracell-Spot, die auf den letzten Metern schlappmachen, weil sie sich irgendeine Scheiß-Batterie in den Bauch haben klemmen lassen. Mit meiner linken Hand streife ich über meinen Bauch. Vielleicht hab ich ja auch so 'ne Scheiß-Batterie? Dann fällt mir mein Geburtstag wieder ein.

»Dreißig!«, sage ich.

»Jetzt komm, es gibt Schlimmeres!«, versucht Paula zu trösten.

»Ach ja? Was denn?«

»Vierzig!«

»Ich lach mich tot!«

Ein Luftzug geht durch die Küche, und die Wohnungstür schlägt gegen die Wand. Wie in Zeitlupe stehe ich auf,
um sie zu schließen. Ich fühle mich immer noch matt. Kann
mir nicht irgendjemand so eine Duracell in den Bauch
klemmen? Die Tür lässt sich nicht schließen, weil das
Schloss herausgebrochen wurde. Weltklasse! Ich drücke sie
zu, so weit es geht, und werfe ein paar von meinen schwe-
reren Schuhen davor, damit sie nicht wieder aufspringt.
Dann gehe ich wieder in die Küche und werfe einen prü-
fenden Blick in den Ofen. Das Schlemmerfilet ist knusprig
braun und fertig zum Aufessen. Schade, dass ich gar keinen
Hunger mehr habe.

»Fertig!«, sage ich monoton, klappe den Ofen auf und
ziehe mir meinen gelben Bart-Simpson-Hitzehandschuh
über, um meinen Fertigfisch zu entnehmen. Paula sitzt
regungslos auf ihrem Stuhl und beobachtet, was ich mache. Offenbar wirke ich auf sie tatsächlich wie ein Alien.
Ein weißer, dünner Alien mit einer Scheiß-Batterie im
Bauch …

»Wir haben dir ein Geschenk mitgebracht!«, sagt Paula
und hält den bunten Karton hoch. Ich lasse die heiße Aluschale auf meinen Teller gleiten und ziehe den Handschuh
aus.

»Für mich?«

»Ja klar für dich! Von Flik, Phil und mir!«

»Ihr schenkt mir was?«

»Du hast Geburtstag. Und wir sind deine Freunde. Und
Geburtstag plus Freunde ist gleich Geschenk, meistens jedenfalls!« Das macht Sinn. Also nehme ich das schuhkar-
tongroße Etwas und setze mich. Ich reiße die Verpackung
weg und klappe den Deckel auf. Drin liegt ein dünnes wei-

ßes Papier, in das irgendein blauer Stoff eingewickelt ist. Der Stoff ist ein Schalke-Trikot. Ich drehe es rum. Unter der Nummer 30 steht statt eines Namens VOLLIDIOT.

»Das war Fliks Idee!«, rechtfertigt sich Paula, und weil ich schaue wie eine Schildkröte vor einer ICE-Trasse, ergänzt sie: »Ich glaube, er hat's als Friedensangebot gemeint.«

»Danke!«, sage ich und lege das Trikot weg. »Ein wirklich schönes Geschenk ist das!«

»Siehste mal!«, sagt Paula und tippt mit ihrem Finger gegen meine Schlemmerfiletkruste.

»Meins!«, sage ich und ziehe das Essen noch näher zu mir.

Dann pikse ich ein paar Löcher in die Kruste, damit der Dampf rauskann.

»Bin ich denn ein Vollidiot?«, frage ich leise.

»Um ehrlich zu sein: in der letzten Zeit schon!«

»Echt?«

»Ja!«

»Mhhhh …«

Für eine Weile schweigen wir. Ich halte das Trikot noch einmal hoch und sehe, dass Flik, Paula und Phil mit einem dicken schwarzen Stift auf der Rückseite unterschrieben haben. Ich schlucke und lege das Trikot so vorsichtig zurück in den Karton, als könne es kaputtgehen. Dann blicke ich zu Paula, die ihre Augen nicht von mir genommen zu haben scheint.

»Und was soll ich jetzt machen?«, frage ich. »Hast du einen Paula-Tipp? So einen, der funktioniert. Ich meine, irgendwie bin ich ja … also …«

»Am Arsch?«

»Ja!«

»Das sehe ich auch so.«

»Na, dann …«

Ich erhebe mich und gehe zum Fenster. Passend zu meiner Stimmung hat mir die Grafikabteilung von Gott den Hinterhofhimmel in ein tristes Grau eingefärbt. Auf einem Balkon, gute fünfzig Meter entfernt, steht ein Arzt in einem weißen Kittel und raucht. Vielleicht sieht er mich ja, wenn ich winke, und verschreibt mir einen Eimer Antidepressiva? Ich drehe mich wieder um zu Paula.

»Was soll ich machen?«

»Sei einfach mal eine Weile kein Vollidiot!«

»Oh! Das ist gut. Das ist ein guter Tipp!«

»Siehste? Jetzt bist du schon wieder ein Vollidiot!«

»Tschuldige!«

»Schon okay …«

Ich zünde mir noch eine Zigarette an und versuche, möglichst viel Nikotin auf einmal zu inhalieren. Angeblich braucht das Gift ja nur ein paar Sekunden von der Lunge ins Hirn, wo es dann seine beruhigende Wirkung entfaltet. Ich warte, doch es geschieht nichts.

»Wie geht das denn, dieses Nicht-Vollidiot-Sein?«

»Keine Ahnung, was meinst du denn, wie's geht?«

»Die Welt umarmen, die Menschen lieben, immer lächeln?«

»Vollidiot!«

»Täglich beten, viel Obst essen und keine Zigarettenstummel auf Kinderspielplätze werfen?«

»Auch Vollidiot!«

Ich zucke mit den Schultern.

»Dann weiß ich's nicht! Sag's mir!«

»Es würde zum Beispiel schon mal helfen, wenn du mal eine Sekunde am Tag nicht nur an dich denkst.«

»Soll ich dir meinen Peugeot leihen?«

»Du weißt, was ich meine!«

»Ja«, sage ich ruhig. »Vermutlich weiß ich, was du meinst!«

Ich schaue noch mal zum Balkon mit dem Arzt. Er ist weg.

»Was hast du denn gemacht, die ganze Zeit?«, will Paula wissen.

»Passanten gezählt und die Wohnung ausgemessen, hauptsächlich!«

Schweigen.

»Aber du weißt doch, wie groß sie ist.«

»In Quadratmetern schon, aber nicht in Fuß!«

»Oh!«

Wir schauen uns schweigend an.

»Hast du heute schon was vor, Simon?«

Ich schüttle meinen Kopf.

»Wir würden heute gerne was mit dir unternehmen!«

»Mit mir??«

»Ja, mit dir! Oder willst du an so einem wichtigen Geburtstag Passanten zählen?«

»Eigentlich nicht!«

Paula steht auf und nimmt ihre Jacke vom Stuhl.

»Also. Hast du eine Idee für deinen großen Abend? Irish Pub oder so?«

Ich bin verwirrt. Das geht mir denn doch alles zu schnell. So viele Informationen in so kurzer Zeit: Feuerwehr, Geburtstag, Vollidiot, und dann wollen auch noch Leute mit mir feiern!

»Pub ist doof!«, sage ich.

»Wo dann?«

»Ich ruf dich an und sag Bescheid!«

271

»Okay«, sagt Paula und geht ein paar Schritte zu dem, was einmal eine Tür war.

»Und … wir fänden es alle ganz gut, wenn du ausnahmsweise mal auftauchst, wenn wir uns wegen dir treffen!«

»Ich hab's kapiert. Und du? Wohin gehst du?«

»Auf die Arbeit. Sagst du mir Bescheid, wo wir uns treffen?«

»Ich sag Bescheid!«, sage ich.

»Gut! Und … das wird schon alles wieder!«

»Danke fürs Geschenk!«

Ich schiebe die Tür auf, Paula drückt mich noch einmal ganz fest, und dann ist sie weg. Das ist der Punkt, an dem ich beschließe, meinen Geburtstag zu feiern.

DAS GURKENRENNEN

Der kleine Mann ist mein erster Gast an diesem Abend.
Statt seines schwarzen Aktenkoffers hat er einen Kasten
Kölsch mitgebracht. Ich gebe ihm die Hand.

»Das ist ja eine Überraschung!«, stottere ich.

»Na aber hallo«, lacht der kleine Mann und will meine
Hand gar nicht mehr loslasssen. »Ist das ein Schalke-Trikot, was Sie da anhaben?«

»So ähnlich«, sage ich und beobachte, wie der kleine
Mann versucht, die Tür wieder zu schließen.

»Kaputt!«, sage ich.

»So was!«, sagt der kleine Mann, bevor er sein Jackett ab-
legt. »Das ist das erste Mal, dass ich von jemandem eingeladen werde, dem ich den Strom abstellen wollte! Aber
herzlichen Glückwunsch erst mal!« Ich bedanke mich, wir
stellen den Bierkasten auf den Balkon und machen die ersten beiden Flaschen auf. Was zum Teufel ist hier los? Wie
kommt der Kerl in meine Wohnung? Und woher weiß er
überhaupt, dass ich Geburtstag habe? Ich brauche nicht
lange zu warten, bis ich es erfahre:

»Na, wie soll ich sagen … Das war ja mal eine überra-
schende Kurzmitteilung von Ihnen!«, plaudert der kleine
Mann und nimmt sich eine Hand voll Flips aus einer Glasschale.

»Sekunde!«, sage ich. Dann hechte ich ins Wohnzimmer und suche panisch nach meinem Handy. Es liegt auf dem Sessel. Zitternd klicke ich mich bis zu meinem SMS-Ausgangsordner. Tatsächlich, meine Einladung ging auch an die Nummer des kleinen Mannes. Als ich mich bis zu den SMS-Optionen vorarbeite, braut sich in mir eine düstere Vorahnung zusammen. Und so ist es dann auch. Ich habe die Einladung zu meiner kleinen improvisierten Feier nicht nur an Flik, Phil und Paula geschickt, sondern an alle. Das ist ganz eindeutig die Schuld von Kellogg's! Hätten sie eine klitzekleine Überraschung in ihre strohigen Pappflakes gepackt, dann wäre das hier nicht passiert. Bebend vor Wut hacke ich mich quer durch meinen Handyspeicher. Bei den meisten Nummern dürfte die SMS eigentlich gar nicht angekommen sein, weil es Festnetznummern sind. Hoffe ich zumindest, als ich mich am Eintrag *Taxi Köln* vorbeiklicke. Wie viele Taxifahrer hat Köln? Tausend? Zweitausend? Da sähe ich alt aus, mit meinem Kasten Bier.

»Alles in Ordnung bei Ihnen?«, ruft der kleine Mann aus der Küche.

»Alles wunderbar!«, rufe ich zurück. Das Ausmaß dieser Lüge wird mir klar, als ich ein vertrautes Sumpfhuhn-Gackern aus dem Flur höre. Und noch bevor ich mich aus dem Fenster stürzen kann, stehen eine bis zum Anschlag aufgedonnerte Dörte und eine hübsch herausgeputzte Lala in der Tür. Lala präsentiert zwei große Schüsseln Nudelsalat, und eine ebenso aufgetakelte wie nervöse Dörte übergibt mir zwei Flaschen Weißwein.

»Die musste gleich in Kühlschrank tun!«, begrüßt sie mich, »sonst werden die ganz warm, weißte?« Erst dann fällt ihr offenbar wieder ein, warum sie meine SMS-Einladung überhaupt bekommen hat, und kiekst mir ein

schrilles »Ach du lieber Himmel! Glückwunsch, Simon!«
ins Ohr. Als wäre das nicht schon schlimm genug, bekomme ich noch einen Kuss auf die Wange gedrückt.

Wie unter Schock nehme ich Lalas Nudelsalate und Glückwünsche entgegen und flüchte zum kleinen Mann. Dann stelle ich die drei einander vor und lege Partymusik auf.

Die Tür geht auf, und herein kommen zwei alte Schulfreunde, die ich seit dem letzten Klassentreffen nicht mehr gesehen habe.

»Mensch, Simon, dass es dich noch gibt!«, ruft der eine, und ich sage: »Klar gibt es mich noch!« Ich reiche ihnen zwei Bierflaschen aus dem Kasten vom kleinen Mann und starte einen Smalltalk über unseren Physiklehrer. Als dann Minuten später noch mein Vermieter, die eine Karnevalsaffäre und zwei T-Punkt-Kunden auftauchen, gebe ich jeglichen Widerstand auf. Wie hätte es bei mir auch anders laufen sollen? Von wegen »Keine Überraschung«. Ich sollte mich mit dem Gedanken abfinden, das personifizierte Murphy's Law zu sein.

Ich nehme Glückwünsche von meinem Vermieter entgegen, und die Karnevalsaffäre fragt mich, ob ich wisse, wer sie sei.

»Du bist die besoffene Sonnenblume, die am Friesenwall vor den Friseur gekotzt hat«, sage ich und liege richtig. Die Sonnenblume nickt kichernd und überreicht mir eine Flasche Sake. Dann gehen wir in die Küche. Die Party läuft gut an, und eigentlich steht keiner doof rum und sagt nichts, außer mir manchmal. Der Schulkamerad, der sich gewundert hat, dass es mich noch gibt, haut mir auf die Schulter. Er sieht so aus wie früher, nur mit weniger Haaren und dickerem Schnauzbart. Fränkischen Akzent spricht er auch noch, der Arme. Nur wie er heißt, hab ich vergessen.

»Subber Einladung, glasse, echt! Und Glückwunsch nochämal!«

Ich bekomme eine grüne Karte mit dem Vermerk *von Hannes und Enno für Simon*.

»Hier, mach auf!« Wüsste ich also wenigstens schon mal, dass einer von den beiden Hannes heißt und der andere Enno. Ich reiße den Umschlag auf und halte einen Gutschein für ein Jahresabonnement einer Zeitschrift in der Hand, die sich *Wild & Hund* nennt. Wusste gar nicht, dass es so eine Zeitschrift überhaupt gibt. Der Schulfreund schaut mich mit erwartungsvoller Miene an.

»Danke, geil!«, sage ich.

»Ich bin doch jetzt da in der Redaktion, weißde, Simon, da komm ich leichder an die Abos ran. Freusde dich gar ned?«

Offenbar sehe ich nicht allzu glücklich aus mit meinem *Wild & Hund*-Geschenkabonnement.

»Schon. Doch!«, sage ich.

»Du, Simon, wenn de lieber ä Jahr *Fisch & Fang* oder *Kraut & Rüben* ham willst, des wär kei Broblem!« Ich schüttle den Kopf. »*Wild & Hund* ist sensationell«, sage ich. Der andere Klassenkamerad kommt hinzu und erwähnt, dass er an dem Abo auch beteiligt ist. Ich sage »Danke, lieb von euch«, befestige den Gutschein an meiner Magnetwand und weiß immer noch nicht, wer von beiden Hannes ist und wer Enno. Ich gehe auf den Balkon und nehme mir eine weitere Flasche Kölsch aus dem Kasten, der schon fast leer ist. Daneben steht allerdings schon ein neuer. Mein Vermieter klopft mir auf die Schulter und fragt mich, was mit der Tür passiert wäre. Ich sage ihm, dass ich ihm das später erkläre, und drücke ihm lächelnd eine Flasche Weißwein und einen Korkenzieher in die Hand. Lala inspiziert inzwischen die Anzahl der noch verbleibenden Küchenrollen. Neben ihr begackert Dörte den kleinen Mann. Aus meinen Boxen wummert irgendein *Wir-sind-Helden*-Song. In dieser Sekunde kommen Flik und Paula durch die Tür. Flik sieht mich sofort und grinst, weil ich mir sein Geschenk übergestreift habe. Ich drücke erst Paula, dann, nach kurzem Zögern, auch Flik.

»Tut mir Leid wegen der Ohrfeige«, sagt er, als er mir gratuliert, »aber die hattest du dir echt verdient! Ach ja, und ... herzlichen Glückwunsch!«

Ich schubse ihn lachend weg.

»Nimm dir ein Bier und halt die Klappe!«

»Wer sind eigentlich die ganzen Leute?«

»Die Leute? Das ist mein Handyspeicher. Also alle, die da drin sind.«

»Alle?«

»Fast. Ich denke, die meisten kommen noch!«

»Du bist bekloppt!«

»Weiß ich selbst! Bier is aufm Balkon.«

Und tatsächlich. Immer mehr Leute kommen in meine Wohnung. Mein durchgeknallter Friseur aus Goa, ein weiterer, dicker T-Punkt-Kunde und eine winzige Barkeeperin, die mir irgendwann mal ihre Nummer gegeben hat. Sogar Phil huscht irgendwann durch die Tür. Natürlich erst kurz vor Mitternacht, weil das cooler ist. Und in einem zotteligen Designerhemd, weil das hässlicher ist. Als Entschädigung drückt er mir eine Flasche schottischen Single Malt in die Hand.

»Hier ..., vielleicht brennt der dir die Flausen aus deiner Birne! Glückwunsch.«

Ich bedanke mich und betrachte staunend das Etikett. Der Whiskey ist aus meinem Geburtsjahr und muss ein Vermögen gekostet haben.

»Danke!«, sage ich und klopfe ihm auf die Schulter.

»Hey, kein Thema … und … wir reden ein andermal, oder?«

»Wäre mir auch lieber!«, nicke ich. Phil entschwindet, um Paula und Flik zu begrüßen, bevor er sich daranmacht, die musikalische Leitung des Abends zu übernehmen. Von *Stereo Total* und *Fanta Vier* zu *Trance, House* und *Trip-Hop* in zehn Sekunden. Ich frage mich, warum wir uns nie besser verstanden haben. Müsste doch eigentlich ganz problemlos laufen, so eine Männerfreundschaft zwischen Arschloch und Vollidiot. Mein Vermieter zeigt sich zunehmend besorgt wegen des Parketts und der Lautstärke. Ich beruhige ihn mit einer weiteren Flasche Wein und schicke ihn zurück in die Küche, wo er sich kurz darauf angeregt mit Lala unterhält. Gegen eins überrascht mich Popeye aus dem Fitnessstudio. Er schenkt mir zwei 10-Kilo-Gewichtscheiben und quäkt vor Vergnügen, als ich sie aus Spaß fallen lasse. Ich zeige ihm mein Chuck-Norris-Total-Gym, das er sofort ausgiebig testet. Zunächst alleine, dann zusammen mit dem kleinen Mann. Aus der Küche kommt Geschrei und Sumpfhuhngackern. Als ich nachsehe, werfen Phil und Dörte Gurkenscheiben an meine Balkontür und schauen unter lautem Gejohle zu, welche der beiden Scheiben zuerst runtergleitet.

»Simon! Jetzt mach doch mit beim Gurkenrennen!«, gackert Dörte in der ihr eigenen, überaus sympathischen Stimmlage. Ich nehme eine ganze Gurke aus dem Spreewaldtopf und knalle sie gegen die Scheibe.

»Geht nich!«, sage ich trocken und alle johlen. Mein Vermieter schaut inzwischen auch schon ein wenig schief aus seinem Polohemd. Ich bemerke, dass er seinen Arm um Lala gelegt hat. Da geht doch noch was! Wenn die Arme wüsste, was sie bald putzen muss, immerhin gehören dem Typen mehrere Wohnblocks! Ich kichere mich ins Wohnzimmer. In einer Ecke sitzen Popeye und der kleine Mann und quatschen. Ha! Wusste ich's doch! Als ich checken will, wie lange Phils Trance-CD noch läuft, sehe ich die Eule in meinem Singlesessel. Ich bin überrascht, weil sie die Einzige ist, die ich nicht habe kommen sehen. Sie trägt eine braune Jeans, einen bunten, engen Pullover und schwarze Pumas. Auch sonst wirkt sie irgendwie verändert. Oder einfach nur keine Brille und 5000 Watt weniger im Fön?

»Simon! Ich hab schon gedacht, du willst mich nicht sehen!«, beschwert sie sich leicht angezickt. Ich setze mich zu ihr auf die Lehne, finde es aber irgendwie komisch, meine Ex-Chefin in meinem Single-Sessel zu sehen.

»Glückwunsch erst mal!«

Weil ich noch immer auf der Lehne sitze und die Eule im Sessel, verläuft die Umarmung etwas umständlich.

»Ich hab dich echt gar nicht gesehen«, entschuldige ich mich. »Bist du schon lange hier?«

»Eine Stunde, fast!«

Jetzt weiß ich, was anders an der Eule ist!

»Kontaktlinsen?«, frage ich.

»Seit gestern!«

»Ah … und andere Frisur auch, oder?«

»Seit vorgestern!«

Weil ich annehme, dass Frauen nach derartig tiefgreifenden Veränderungen des Erscheinungsbildes sehr sensibel auf jede Art von Kritik reagieren, mache ich ihr das Kompliment, dass sie jetzt nicht mehr so komisch aussieht wie vorher.

»War irgendwie Zeit für einen Wechsel. Ist noch ein bisschen ungewohnt, aber ich fühl mich viel wohler!«

»Steht dir auch viel besser als die riesige Brille«, schieße ich nach.

»Die hab ich noch mit meinem Ex ausgesucht!«

Der Typ muss sie gehasst haben!

»Als ihr noch zusammen wart oder danach?«

»Du bist also immer noch der Alte ...«

Wir gehen in die Küche, um was zu trinken, und ich frage sie vorsichtig, ob sie noch viel Ärger gehabt hätte wegen meiner Handygeschichte. Die Betonbullen seien noch einmal da gewesen und hätten ein paar Sachen gefragt, sonst sei alles beim Alten. Ich bin heilfroh, dass ich nie eine Telefonnummer von den beiden Hackfressen gespeichert habe, sonst stünden sie jetzt auch hier mit ihren albernen Kunstlederköfferchen und ihren verschmierten Fielmann-Brillen. Ich finde eine Flasche mitgebrachten Sekt im Kühlschrank und beginne, den Verschluss aufzuknibbeln.

»Das tut mir Leid, wie das alles gelaufen ist für dich, aber letztendlich ...«

»Ist meine Schuld, kein Problem, ich weiß ...«

Mit einem schwachen Plopp kann ich den Korken lösen und schenke uns ein.

»Das war manchmal ganz schön schwer, deine Chefin zu sein!«, seufzt die Eule.

»kann ich mir vorstellen. Ich hätte dich lieber irgendwie anders kennen gelernt!«

Wir stoßen an.

»Ja«, sage ich. »Jetzt direkt leicht war's nicht mit uns. Du warst immer so … na ja … halt so chefig.«

»Aber für mich ist es leicht, so einem Hühnerhaufen wie euch was zu sagen, oder wie?«

»Vermutlich nicht!«

Die Eule entdeckt meine abgelaufene Packung *Maggifix für Broccoli*, die immer noch an der Spüle liegt.

»Hä?. Ideal auch für Blumenkohl?«, fragt die Eule.

»So isses«, sage ich, »man kann das Zeug auf beides schütten, Broccoli und Blumenkohl!«

Die Eule schüttelt den Kopf.

»Das ist ja totaler Unsinn! Dann könnten die ja gleich draufschreiben *Maggifix für Blumenkohl, ideal auch für Broccoli*!«

Ich schaue sie an, als hätte sie gerade verkündet, dass Thüringen eine eigene Weltraumstation ins All schießen will.

Flik geht mit einer Bierflasche an uns vorbei und zwinkert mir zu. Ich versuche, ihm in den Hintern zu treten, bin aber zu langsam. Die Eule kichert und schenkt sich Sekt nach.

»Was hast du denn die ganzen Tage gemacht?«, will sie wissen. »Ans Telefon gegangen bist du jedenfalls nicht. Ich hab's nämlich auch ein paar Mal versucht!«

»Warum das denn?«

»Vielleicht, weil ich wissen wollte, wie's dir geht!«

»Echt?«

»Ja!«

»Das hätte ich nicht gedacht!«

»So ist es aber. Ich weiß, wir haben uns oft gezofft und so, aber … na ja, ist komisch auf der Arbeit ohne dich!«

»Mhhh …!«

»Wie geht's dir denn jetzt?«

»Beschissen. Ich hab am Fenster Leute gezählt, die an der Bäckerei vorbeilaufen, und wie viele Füße es vom Balkon bis zum Wohnzimmerfenster sind. Bekloppt, oder?«

»Bei mir sind's 56!«, sagt die Eule.

»Jetzt wirklich?«

»Wenn ich's dir doch sage.«

»Große Wohnung?«

»Kleine Füße!«

Sie hebt einen Fuß in die Höhe und lacht. Meine Fresse. Die ist ja mindestens so verrückt wie ich.

So wie ich.

Mein Herz flüstert: »Guck doch mal!«, und ein heimeliges Gefühl pirscht sich heran.

Die Eule?

»Simon, jetzt guck doch mal!«, zischt mein Herz. JA-HAAA!!! Ich guck ja schon!

So wie ich.

Irgendetwas passiert in diesem Augenblick. Irgendwas, auf das ich reagieren sollte. Ich muss was machen, da gibt es kein Vertun, am besten sofort. Die Frage ist nur: Was? Was zum Teufel macht man, wenn man an seinem 30sten Geburtstag plötzlich das Gefühl hat, dass endlich die Richtige vor einem steht? Direkt vor der Nase?

Ganz einfach. Man kratzt seinen ganzen Mut zusammen und schaut zu, dass man sofort Land gewinnt.

Natürlich war das Geschrei groß, als wir plötzlich einfach so abgehauen sind. Doch was kümmert mich das Gezeter der Unwissenden? Es mag klingen wie ein flacher Spruch aus einem billigen Western, aber manchmal muss man einfach exakt das tun, was einem der Bauch sagt. Ganz besonders dann, wenn man plötzlich haargenau weiß, was alles schief gelaufen ist. Und wenn man dann noch die Chance hat, all dies innerhalb kürzester Zeit zu beenden, dann ist es halt mal scheißegal, wenn man um fünf Uhr morgens besoffen seine eigene Geburtstagsparty verlässt.

Wir sind angekommen. Langsam lasse ich den Wagen ausrollen. Als er schließlich zum Stehen kommt, mache ich den Motor aus und blicke in den Rückspiegel.

»Jenny Schlund, du geile Sau!«

Grinsend zünde ich mir eine Zigarette an.

»Ein Glücksbringer warste nicht gerade!«

Ich ziehe den Reißverschluss meiner Daunenjacke hoch, steige aus und lasse meinen Blick über die gewaltige Betonfläche schweifen. Es hat schon etwas Gespenstisches, wenn von dreitausend Ikea-Parkplätzen exakt ein einziger besetzt ist. Besetzt von meinem kleinen, gelben Peugeot, meinem Single-Sessel und mir. Ein rasierklingenscharfer Wind schneidet mir durch Gesicht und Hände, als ich den Kofferraum öffne und *Jennylund* behutsam entlade.

Ich schlage den Kofferraumdeckel zu und schleppe den schweren Sessel mit unsicheren Trippelschritten einige Parkplätze weiter. Sanft streiche ich ein letztes Mal über die Lehne. Dann erst hole ich das Benzin. Der Sessel saugt sich schnell und problemlos voll. Meine Benzin-Botschaft auf den Asphalt zu gießen ist wegen des eisigen Windes allerdings schon schwieriger. Als der Kanister schließlich leer ist, hole ich meine Digitalkamera und mein rotes Feuerzeug aus dem Wagen. Dann zünde ich den Sessel an. Ein zunächst noch kleines Flämmlein frisst sich recht forsch durch den Bezug hoch zur Lehne.

Um bessere Fotos machen zu können, steige ich auf mein Autodach. Als ich hinunterblicke, brodeln bereits große, wütende Flammen aus dem Sessel, fest entschlossen, den Ursprung meines Unglücks ganz und gar zu verschlingen. Direkt davor lodern die tennisplatzgroßen Buchstaben *30 C*. In wenigen Stunden schon werden die ersten ahnungslosen Mittelklassefamilien in ihren finanzierten Mini-Vans über ein unbedeutendes Häuflein *Jennylund*-Asche hinwegrollen.

Ich mache insgesamt drei Bilder. Das Schönste schicke ich gleich morgen an den großnasigen Verkäuferzwerg, der mir mit seinem bekackten Sessel das Leben zur Hölle gemacht hat. Eine anonyme E-Mail-Adresse hab ich ja schon: killerschwuchtel@gayweb.de.

Jetzt haben mich die kleinen Männer da, wo sie mich immer haben wollten. Pünktlich mit 30.

Herzlich willkommen in Singlephase fünf.

ENDE

Inhalt

Macadamia Nudge Matsch 7

Der Saftschubser-Gentleman 25

Das Katzenmädchen 44

Lala 65

Die halslose Killerschwuchtel 71

Josef-Stalin-Charme-Schule 77

Die Rote-Eule-Fraktion 89

Schicklgruber 100

Tall Latte Macchiato Armageddon 111

Die Poolnudeln von Yokohama 124

Der Shrimpsdöner 137

Tag am Meer 146

Der Paula-Plan 155

¿SoyJuliánComotellamas? 162

Krebsrote Flachpfeife 179

Nacht am Meer 198

Im Separée der horizontalen Verkeilungen 216

Wenn Sie eine Zitrone haben 231

Die Glühwürmchenseilbahn 246

Vollidiot 265

Das Gurkenrennen 273

Tommy Jaud
Millionär
Der Roman
Band 17475

Was ist eigentlich aus dem *Vollidioten* geworden?
Ja, nix natürlich!

Simon nörgelt, Simon nervt – aber Simon verbessert die Welt.
Glaubt er. Außerdem braucht der inzwischen arbeitslose
Vollidiot mal eben 1 Million Euro, um eine nervtötende
Nachbarin loszuwerden. In seiner Not entwickelt Simon ei-
ne derart abgefahrene Geschäftsidee, dass die Chancen hier-
für gar nicht so schlecht stehen …

»Eine Gag-Invasion mit viel Wortakrobatik und
einem Hauch Melancholie. Einer der besten
Unterhaltungsromane der letzten Jahre.
Tommy Jaud – Deutschlands witzigste Seite.«
Alex Dengler, Bild am Sonntag

www.tommyjaud.de

Fischer Taschenbuch Verlag

Tommy Jaud
Resturlaub
Das Zweitbuch
Roman
Band 16842

Seine Eltern wollen, dass er endlich ein Haus baut. Seine Freundin will endlich ein Kind. Und seine Freunde wollen zum elften Mal nach Mallorca. Doch Pitschi Greulich hat einen ganz anderen Plan.

Eine ziemlich komische Geschichte über einen 37-jährigen Brauerei-Manager, der ausgerechnet am Ende der Welt das sucht, was er zu Hause längst hatte.

»Es geht in ›Resturlaub‹ um alle großen Themen unserer Zeit: um die Fortpflanzungsunlust von Menschen Mitte dreißig. Um eine total lockere und trotzdem verdruckste Heimatliebe. Und um die strukturelle Unreife der Männer, ihre ritualisierte Trunksucht, ihre erotischen Hirngespinste, ihre ›komplette Hilflosigkeit‹. Ein Hammer von Gegenwartsroman also.« *Wolfgang Höbel, DER SPIEGEL*

»Skurril, trendy, amüsant.
Tommy Jauds absurde Komik ist perfekt!«
Freundin

Fischer Taschenbuch Verlag

Tommy Jaud
Hummeldumm
Das Roman
320 Seiten. Broschiert

»Sitzreihe 12 war die letzte, die zwischen
Tortellini und Hühnchen wählen durfte. Ich saß in
Reihe 13. Schon auf dem Hinflug hätte mir klar sein
können, dass der Jahresurlaub zum Albtraum wird.«

Wer an allem schuld ist, ist für Matze sowieso klar: seine
Freundin Sina. Während er in endlosen Verhandlungen die
neue Eigentumswohnung klargemacht hat, sollte sie einfach
nur »irgendwas« buchen. Hat sie auch. Doch musste dieses
»irgendwas« ausgerechnet eine zweiwöchige Gruppenreise
durch Namibia sein, ein Land, in dem jede hüftkranke Schildkröte schneller ist als das Internet? Was hat er denn verbro-
chen, dass man ihn nun täglich in einen Kleinbus voller
Bekloppter sperrt, um ihn dann zu österreichischen Schla-
gern über afrikanische Schotterpisten zu rütteln? Und warum
stolpert er bei minus zwei Grad in einem albernen Wander-
hut über die Dünen der Kalahari, statt auf Mallorca ein Bierchen zu schlürfen? Als Matze dann noch daran erinnert wird,
dass die sicher geglaubte Wohnung an andere Käufer geht,
wenn er nicht sofort die fünftausend Euro Reservierungs-
gebühr überweist, hat er gleich noch drei neue Probleme: Das
nächste Internetcafé ist fünfhundert Kilometer entfernt, der
Handyakku plattgedaddelt und das einzige Ladegerät fest in
österreichischer Hand.

Scherz